小書痴的下剋上

為了成為圖書管理員不擇手段！

第五部 女神的化身 II

香月美夜——著
椎名優 繪 許金玉 譯

本好きの下剋上
司書になるためには
手段を選んでいられません
第五部 女神の化身 II

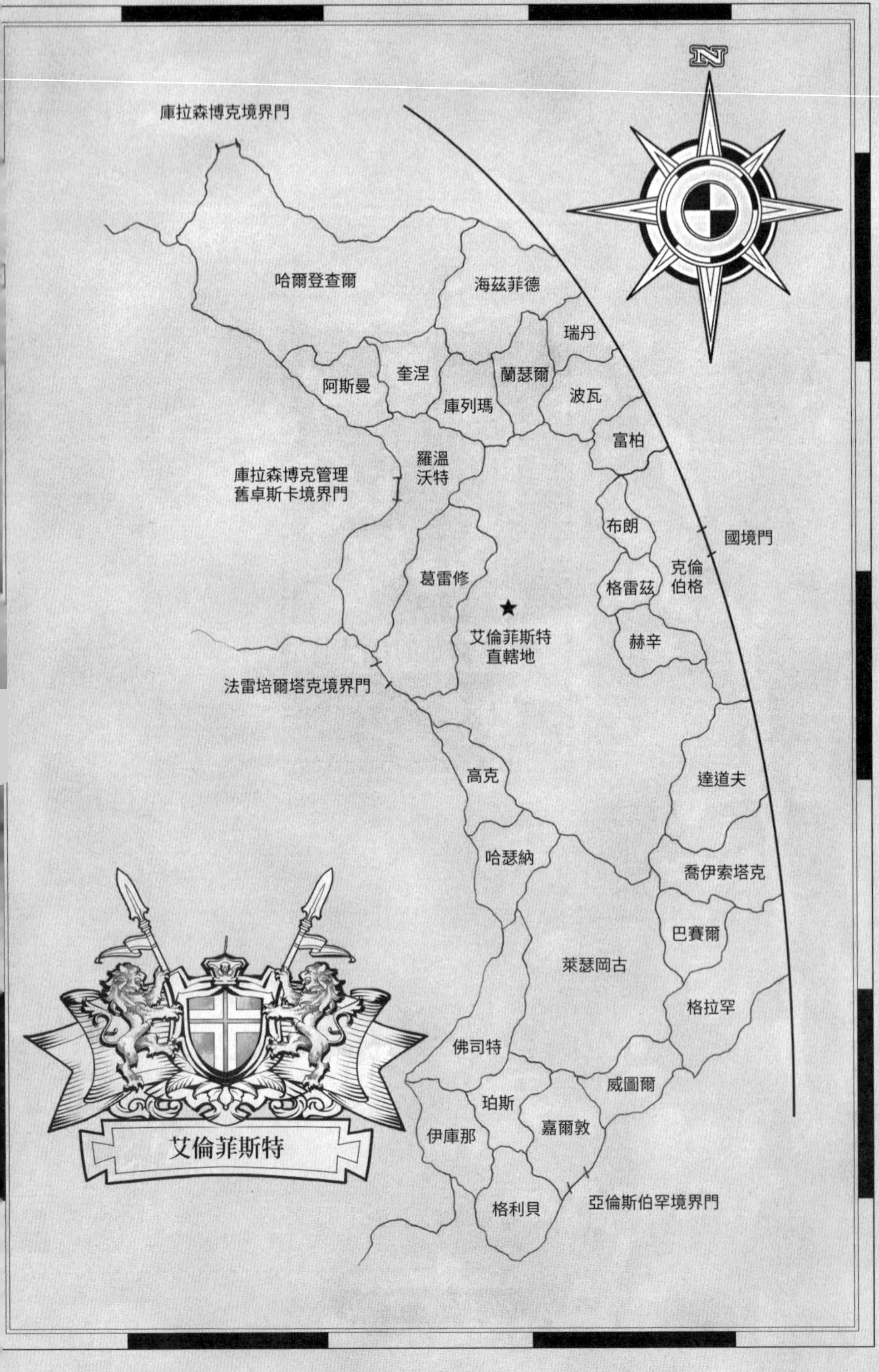
N
庫拉森博克境界門
哈爾登查爾
海茲菲德
瑞丹
阿斯曼
奎涅
蘭瑟爾
庫列瑪
波瓦
富柏
羅溫
沃特
庫拉森博克管理
舊卓斯卡境界門
布朗
國境門
克倫
伯格
葛雷修
格雷茲
艾倫菲斯特
直轄地
赫辛
法雷培爾塔克境界門
達道夫
高克
哈瑟納
喬伊索塔克
巴賽爾
萊瑟岡古
格拉罕
佛司特
威圖爾
珀斯
嘉爾敦
伊庫那
格利貝
亞倫斯伯罕境界門
艾倫菲斯特

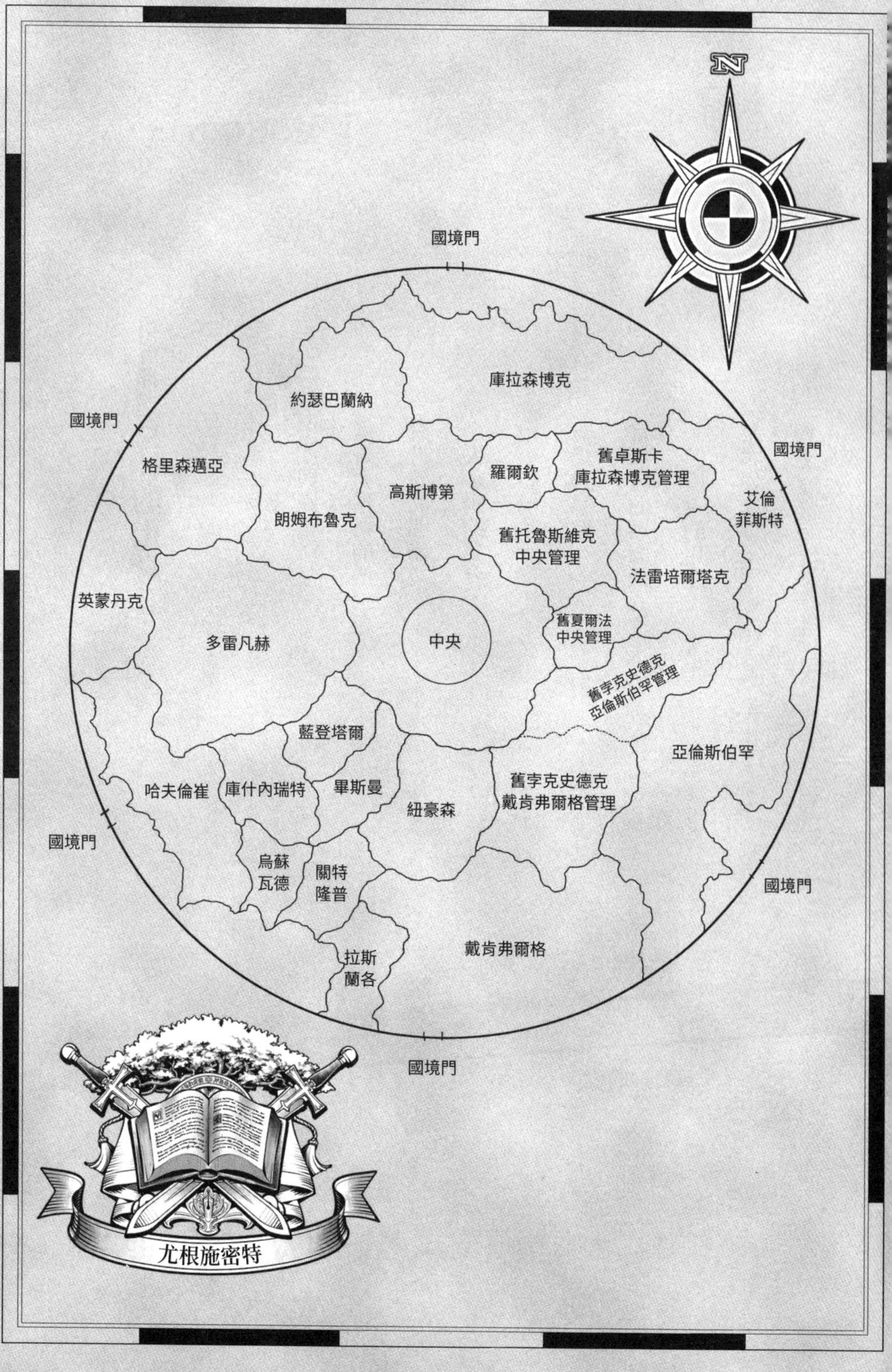
N
國境門
庫拉森博克
約瑟巴蘭納
國境門
格里森邁亞
國境門
舊卓斯卡
庫拉森博克管理
羅爾欽
高斯博第
艾倫
菲斯特
朗姆布魯克
舊托魯斯維克
中央管理
法雷培爾塔克
英蒙丹克
多雷凡赫
中央
舊夏爾法
中央管理
舊孛克史德克
亞倫斯伯罕管理
藍登塔爾
亞倫斯伯罕
哈夫倫崔
庫什內瑞特
畢斯曼
紐豪森
舊孛克史德克
戴肯弗爾格管理
國境門
烏蘇
瓦德
關特
隆普
國境門
戴肯弗爾格
拉斯
蘭各
國境門
尤根施密特

CONTENTS

第五部 女神的化身II

登場人物

第四部劇情摘要

進入貴族院就讀後，羅潔梅茵既是問題兒童，也是連續兩年的最優秀者。在學期間，她因為釋出祝福成了魔導具的主人，還與大領地比了迪塔、為王族提供戀愛方面的建議，更打倒了黑色魔物、治癒採集場所……與此同時，因知曉斐迪南出生秘密的中央騎士團長所提出的建言，國王下令要斐迪南入贅至亞倫斯伯罕。斐迪南於是奉命前往了亞倫斯伯罕……

艾倫菲斯特的領主一族

韋菲利特

齊爾維斯特的長男，羅潔梅茵的哥哥。貴族院三年級生。

羅潔梅茵

本書主角。稍微長高後，外表看來約九歲左右，但內在還是沒什麼變。到了貴族院，依然是為了看書不擇手段。現為貴族院三年級生。

齊爾維斯特

收養羅潔梅茵的艾倫菲斯特領主，羅潔梅茵的養父。

芙蘿洛翠亞

齊爾維斯特的妻子，三個孩子的母親。羅潔梅茵的養母。

夏綠蒂

齊爾維斯特的長女，羅潔梅茵的妹妹。貴族院二年級生。

麥西歐爾

齊爾維斯特的次男，羅潔梅茵的弟弟。

波尼法狄斯

齊爾維斯特的伯父，卡斯泰德的父親，羅潔梅茵的祖父。

斐迪南

艾倫菲斯特的領主一族。奉國王之命前往亞倫斯伯罕。

黎希達

首席侍從。熟知三名監護人孩提時期的上級貴族。

莉瑟蕾塔

貴族院六年級生，中級見習侍從。安潔莉卡的妹妹。

布倫希爾德

貴族院五年級生，上級見習侍從。

谷麗媞亞

貴族院四年級生，中級見習侍從。已獻名。

繆芮拉

貴族院五年級生，中級見習文官。已獻名。

羅德里希

貴族院三年級生，中級見習文官。已獻名。

菲里妮

貴族院三年級生，下級見習文官。

萊歐諾蕾

貴族院六年級生，上級見習護衛騎士。

馬提亞斯

貴族院五年級生，中級見習騎士。已獻名。

勞倫斯

貴族院四年級生，中級見習騎士。已獻名。

優蒂特

貴族院四年級生，中級見習護衛騎士。

泰奧多

貴族院一年級生，中級見習護衛騎士。貴族院限定的近侍。

羅潔梅茵的近侍

哈特姆特	上級文官，也是新任神官長。奧黛麗的么子。
柯尼留斯	上級護衛騎士。卡斯泰德的三男。
安潔莉卡	中級護衛騎士。莉瑟蕾塔的姊姊。
達穆爾	下級護衛騎士。
奧黛麗	上級侍從。哈特姆特的母親。

艾倫菲斯特舍

赫思爾	艾倫菲斯特的舍監。文官課程的教師。
伊西多	貴族院六年級生，韋菲利特的上級見習侍從。
伊格納茲	貴族院四年級生，韋菲利特的上級見習文官。
亞歷克斯	貴族院六年級生，韋菲利特的上級見習護衛騎士。
瑪麗安妮	貴族院四年級生，夏綠蒂的上級見習文官。
娜塔莉	貴族院五年級生，夏綠蒂的上級見習護衛騎士。
托勞戈特	貴族院五年級生，上級見習騎士。曾是羅潔梅茵的近侍。

他領學生

克拉麗莎　戴肯弗爾格的上級見習文官，貴族院六年級生。
勞爾塔克　戴肯弗爾格的上級見習騎士，貴族院六年級生。
奧爾特溫　多雷凡赫的領主候補生，貴族院三年級生。
蒂緹琳朵　亞倫斯伯罕的領主候補生，貴族院六年級生。喬琪娜的女兒。
瑪蒂娜　亞倫斯伯罕的上級見習侍從，貴族院五年級生。
雷蒙特　亞倫斯伯罕的中級見習文官，貴族院四年級生。赫思爾的弟子。
費雅琴麗　約瑟巴蘭納的上級見習文官，貴族院五年級生。
蕊兒拉娣　約瑟巴蘭納的上級見習文官，貴族院三年級生。
露絲桃妮　約瑟巴蘭納的上級見習文官，貴族院三年級生。
夢蓮露意　英蒙丹克的領主候補生，貴族院四年級生。

藍斯特勞德
戴肯弗爾格的領主候補生，貴族院六年級生。

漢娜蘿蕾
戴肯弗爾格的領主候補生，貴族院三年級生。

貴族院其他相關人士

艾格蘭緹娜　領主候補生課程的教師。第二王子的第一夫人。
洛飛　戴肯弗爾格的舍監。騎士課程的教師。
賈鐸夫　多雷凡赫的舍監。文官課程的教師。
傅萊芮默　亞倫斯伯罕的舍監。文官課程的教師。
歐丹西雅　圖書館的上級館員。
索蘭芝　圖書館的中級館員。
休華茲　圖書館的魔導具。
懷斯　圖書館的魔導具。

他領貴族

特羅克瓦爾　國王。亦稱君騰。
席格斯瓦德　中央的第一王子。
亞納索塔瓊斯　中央的第二王子。
錫爾布蘭德　中央的第三王子。
洛亞里提　中央騎士團的副團長。
歐斯溫　亞納索塔瓊斯的首席侍從。
阿度爾　錫爾布蘭德的首席侍從。
柯朵拉　漢娜蘿蕾的首席侍從。
阿道芬妮　多雷凡赫的領主一族。
喬琪娜　亞倫斯伯罕的第一夫人。齊爾維斯特的姊姊。
萊蒂希雅　亞倫斯伯罕的領主候補生。
賽吉烏斯　斐迪南的侍從。

艾倫菲斯特的貴族

卡斯泰德　騎士團長，羅潔梅茵的貴族父親。
艾薇拉　卡斯泰德的第一夫人，羅潔梅茵的貴族母親。
艾克哈特　斐迪南的護衛騎士。卡斯泰德的長男。
尤修塔斯　斐迪南的侍從兼文官。黎希達的兒子。
雷柏赫特　蘿洛翠亞的文官。哈特姆特的父親。

其他

葳瑪　畫師。負責管理神殿孤兒院。
羅吉娜　羅潔梅茵的專屬樂師。

第五部

女神的化身 II

序章

亞倫斯伯罕城堡內，有間辦公室是專門配給下任領主的未婚夫、來自艾倫菲斯特的斐迪南使用。此刻辦公室內，正聚集了許多奧伯．亞倫斯伯罕的文官。

「這些是有關阿妲姬莎公主的資料。夏天時蘭翠奈維曾派來使者，詢問有關呈獻公主一事。下一次領主會議上，必須向國王稟報此事。」

「阿妲姬莎的公主嗎……」

斐迪南喃喃低語，內心一陣苦澀。這讓他想起了中央騎士團長勞布隆托，知道他異於常人的身世——也就是他原為阿妲姬莎之實。說不定在場也有人和騎士團長一樣，知道他特殊的出身。文官們絲毫沒有察覺斐迪南的警戒，接著說明何謂阿妲姬莎。

「他領的人可能不知道，但阿妲姬莎的公主皆來自蘭翠奈維。關於屆時要如何迎接公主，詳細的資料都在這裡，還請過目。」

文官接連把文件和資料搬運進來。他們的任務，就是要把公務交接給斐迪南。由於即將成為下任領主的蒂緹琳朵，必須優先讓基礎魔法染上自己的魔力，因此交接的工作泰半都落在他身上。

……可以理解文官們也知道我比蒂緹琳朵更習慣處理公務，所以溝通起來會更順暢，但下任領主的教育工作仍不該怠慢才對……

與待在艾倫菲斯特時會協助領主處理公務的斐迪南不同，蒂緹琳朵至今似乎從未處理過像樣的公務。主要也是因為，她的母親喬琪娜原是第三夫人，而她又是么女。原先光是下任領主的候補人選，就有第二夫人的兩個兒子、第三夫人的一個兒子，以及第一夫人從多雷凡赫收養來的孫女萊蒂希雅，而蒂緹琳朵可說是與下任領主之位最為無緣的領主候補生。

豈知，第二夫人的兩個兒子因遭政變過後的肅清波及，被降為上級貴族；蒂緹琳朵的兄長則因意外亡故；萊蒂希雅更是還未成年，奧伯．亞倫斯伯罕便病倒了。因此，蒂緹琳朵才成了臨時暫代的下任領主。文官們告訴斐迪南，一直到領主亡故之前，為了不讓蒂緹琳朵的聲勢壓過年紀尚幼的萊蒂希雅，他們對於蒂緹琳朵的教育並沒有投入太多心力。

……話又說回來，我現在竟要負責把蘭翠奈維的公主送往那座離宮……

往後在公務上，他將不斷接觸到與蘭翠奈維以及阿妲姬莎有關的事情。儘管表面上文風不動，斐迪南卻是抱著苦澀的心情翻閱資料。

「噢，我還心想今天特別冷……看來終於開始下雪了。」

聽見文官等人有些興奮的話聲，斐迪南抬起目光看向窗外。確實隱隱有著白色雪花在窗外閃現。大概是因為在亞倫斯伯罕十分罕見，文官們全往窗邊聚集，但在艾倫菲斯特，約莫初冬就會出現這樣的細雪。親眼確認了窗外的雪花後，斐迪南收回目光，準備繼續閱覽資料。

「……同樣是冬天，但這裡的景色與艾倫菲斯特截然不同呢。」

這時尤修塔斯端來茶水，像是有意要妨礙斐迪南把精神集中在工作上。意思是他該休息了吧。明白尤修塔斯的用意，斐迪南無奈地放下筆與資料，拿起茶杯。來到亞倫斯伯罕後才成為他侍從的賽吉烏斯似乎聽見了尤修塔斯說的話，被引起興趣地眨了眨黃綠色眼睛。

「是怎樣的不同呢？」

自領與他領的差異似乎是很有意思的話題，在場的文官們也都看向尤修塔斯。

「比如在艾倫菲斯特，從我們出發來此的秋季尾聲直到初冬，便會降下像窗外這樣的細雪。但到了現在這時候，道路想必已被積雪掩埋，人們不得不待在屋內過冬。」

「除此之外，過冬的方式也不相同。先前在艾倫菲斯特，城堡裡雖有頻繁的社交活動，但騎士們為了冬之主的討伐，都得心無旁騖地進行準備、接受訓練。但是，亞倫斯伯罕不需要討伐冬之主。我想這一點便造成兩領極大的不同。」

護衛騎士艾克哈特接著說明後，眾人「噢噢」地驚嘆回道。多半是因為亞倫斯伯罕不需要討伐冬之主，這裡的騎士們看來並不怎麼投注精力在訓練上。

「最大的不同就是兒童室了吧。得知這裡的兒童室只有在學生往貴族院移動的那段時間會真正使用到，我實在大吃一驚。在艾倫菲斯特因為有冬之主的討伐，整體而言大人都十分忙碌。為免妨礙到大人工作，尚未就讀貴族院的孩子們一整天都會待在城堡的兒童室裡。」

而在亞倫斯伯罕，由於不需要趕在積雪變深之前積極地展開社交活動、蒐集情報，大人便有非常充裕的時間。因此貴族們極少從早到晚都待在城堡，孩子們也不會一直待在兒童室內，反倒是跟著大人參加社交活動。斐迪南負責指導的領主候補生萊蒂希雅，現在也是優先忙於與同派系的人加深交流。

「聽到你們冬季只有下午才會進行社交活動時，我也大感吃驚。因為在艾倫菲斯特，社交活動都是在短暫一段時間內密集進行。每到冬季的社交期間，我們每天必然都有安排好的行程。」

在亞倫斯伯罕，天氣有些變暖的午後才是他們的社交時間。冬季期間，甚至第四鐘響起前絕不外出。雖說要與人共進午餐時便會早些出門，但也僅此而已，所有活動仍是等到了午餐結束後才開始。到了夏天，則是太陽高掛且炎熱的第三鐘到第五鐘這段時間會避免外出。基於這樣的風土民情，上午斐迪南都是待在辦公室裡處理交接工作，下午才以萊蒂希雅的指導者兼下任領主的未婚夫之身分參加社交活動。

「不過，現在的生活已比我當初預想的有餘裕多了。我個人還很希望能趁著現在向各位討教。」

由於一到亞倫斯伯罕便發現領主已經亡故，斐迪南本來有著諸多擔憂，但目前一切大致還算順利。難纏又煩人的蒂緹琳朵不過數日就去了貴族院，他提防著的喬琪娜似乎也正沉浸在丈夫離世的悲傷中，待在離宮內閉門不出，完全沒在社交場合上現身。教他驚訝的是，曾服侍過領主的文官們將公務交接給他時，她也未曾從中作梗。至少目前為止，他身為下任領主的未婚夫、身為今後將在亞倫斯伯罕處理公務的人，貴族們都給予他應有的敬重。他對此感到安心的同時，內心也掠過一抹悵然。

……跟父親大人臥病在床後的艾倫菲斯特大不相同哪。

「您說的趁現在是什麼意思呢？」

「你們是奧伯．亞倫斯伯罕的文官。那麼等蒂緹琳朵大人從貴族院回來，你們會去她手底下處理公務吧？畢竟她是下任領主。」

這也意味著，只有蒂緹琳朵待在貴族院的這段時間，文官們才能把全副心力放在公務的交接上。等她回來，他領出身的配偶自然會被晾到一旁，他們將優先教育自領的新領主。聞言，文官等人面面相覷，露出五味雜陳的表情對彼此苦笑。

「在蒂緹琳朵大人手下執行公務嗎？她目前接受到的領主教育可還遠遠不夠。等她可以處理公務的時候，說不定萊蒂希雅大人都成年了。」

「再者，如果她願意認真學習也就罷了，但那位大人不喜接受指導，實在教人頭疼。雖說只是暫代，但多少也該……」

有人說出了像在批評下任領主的發言後，旋即有人出言袒護。

「可是那位大人尚未成年，又是第三夫人的第三個孩子，至今從未學過如何處理公務。期望若太高，似乎也太為難她了。」

「是啊是啊。況且她不過是暫代的奧伯，只會當到萊蒂希雅大人成年後與錫爾布蘭德大人成婚為止，太關心政務也不好吧。像她現在這樣毫無興趣，不是正好嗎？」

……她雖然對公務不感興趣，但對權力的渴望似乎倒不小……

斐迪南僅在心裡咕噥。畢竟他可沒有愚蠢到會在這種情況下，一本正經地批評國王為他指定的未婚妻。不過，即便在艾倫菲斯特與在亞倫斯伯罕都只相處過數天，他也已經了解到了自己奉命要與之成婚的女性，其個性與言行有多麼教人頭痛。

他點頭聽著文官們的發言，同時盡可能藉此掌握每個人的想法與品性，但自己絕不發表評論。畢竟與蒂緹琳朵的婚約是國王所指定，在旁人面前他又裝作對她十分寵愛，這時要是應和，便等同在批判自己的未婚妻。聽到自領的人批評下任領主，文官們還能面帶苦笑聆聽，但換作是來自他領的斐迪南開口，他們或許就會心生不快。

「現在不能再把她當成是個孩子，一味加以縱容。再過不久蒂緹琳朵大人就要成年了，不能再拿還未成年當藉口。等到了春天，她將以奧伯的身分出席領主會議。」

「雖說只是暫代，但她要就任成為奧伯還是太勉強了吧。老實說，現在有斐迪南大人在真是幫了我們大忙。」

「說到幫了大忙，就讓我想起喬琪娜大人。因為她竟然順從地搬去離宮。」

話題接著跳到了喬琪娜身上。斐迪南一邊聽著文官們的閒談，一邊在心中與尤修塔斯蒐集來的情報做比對。

「畢竟以前她曾伸出援手，讓小聖杯盈滿魔力，藉此成功拉攏到了舊孛克史德克的人。好不容易到了手的權力，我還以為她會捨不得放掉。」

「我聽說是沒有了艾倫菲斯特提供的援助……」

「這應該是因為援助已改為透過斐迪南大人提供，而非喬琪娜大人吧？畢竟與奧伯．艾倫菲斯特交情更為深厚的，是斐迪南大人。」

尤修塔斯不著痕跡地這麼幫腔後，文官們點頭應道：「原來如此。」在舊孛克史德克，以及在亞倫斯伯罕北方與艾倫菲斯特接壤的幾塊土地，喬琪娜的影響力似乎都比齊爾維斯特他們預想的還要巨大。斐迪南微微蹙眉。

「雖說原是同領的領主一族，但我與喬琪娜大人幾乎不曾見過面。本以為到了這裡後能有些交流，想不到只在一開始見面時打了聲招呼……」

明明是領主的第一夫人，但打從斐迪南來到這裡，卻發覺喬琪娜的存在感薄弱到了教人感到詭異的地步。對尤修塔斯知之甚詳的她，還絕不讓他靠近離宮。尤修塔斯向斐迪南報告過，喬琪娜曾揚言，即便他喬裝改扮也會被她認出來。斐迪南試著向文官們探問，但他們似乎都覺得失去了丈夫的妻子會沉浸在悲傷中也很正常。

只要文官們一說起有關喬琪娜的事情，斐迪南便分外留心傾聽。就在這時，敲門聲響起，房門打開。

「打擾了。這是人在貴族院的雷蒙特送回來的。」

侍從賽吉烏斯上前接過，打開木盒。緊接著，他拿出了雷蒙特改良過的錄音魔導具與一封信。

雷蒙特是斐迪南的弟子，此刻正成天待在赫思爾的研究室裡。在亞倫斯伯罕領內時，雷蒙特的身分雖是近侍，但兩人的關係比起主從仍更像師徒。雷蒙特因為魔力不多，熱中於進行改良，想用更少的魔力就能發動魔導具。起先是羅潔梅茵相當欣賞雷蒙特、想與他多做交流，斐迪南才乾脆將他收為弟子，一方面便於監視，一方面也能蒐集亞倫斯伯罕的情報。然而到了現在，由於弟子的著眼點與自己十分不同，與他一起討論研究成果、回覆他來信提出的疑問，已成了斐迪南能喘口氣的寶貴時光。

「噢，這就是改良過的魔導具嗎？」

「但明明是錄音魔導具，魔石卻顯露在外……」

「啊，還有羅潔梅茵大人的來信。那我們先檢查這封信吧。」

文官們拿起羅潔梅茵寄來的信件，開始進行檢查。像是有無夾帶危險物品，信中是否藏有暗號等。「無妨。」斐迪南如此回應後，繃緊全身。

……那個笨蛋，這次究竟又寫了什麼？

上一封信裡，羅潔梅茵提到了赫思爾研究室的情況。她不僅直接在信中揭露斐迪南學生時期曾給赫思爾添麻煩，還把他們都只顧著研究也不打掃研究室、甚至不按時吃飯這些事全寫下來，最後更向他提醒道：「不可以連到了亞倫斯伯罕也過著不健康的生活喔。」惹得文官們苦笑連連，斐迪南恨不得當場將那封信撕碎。但以發光墨水寫成的秘密報告更為重要，所以他當然不能這麼做。

一名文官負責唸信，其他文官則是檢查內容有無可構成暗號的規律。但無論他們如何檢查，發光墨水都絕不可能浮現出來。斐迪南一邊端詳先交到他手中的雷蒙特所做的魔導具，一邊聽著文官唸出的內容。

斐迪南出給弟子的作業，是要縮小錄音魔導具的體積，同時也要能節省魔力。先前雷蒙特雖已成功地將得用兩手拿取的魔導具縮小到了能放在掌心上，但斐迪南要求他繼續改良，並給予提示說：「若能去掉蓋子，應該能再變得更小。」而此刻斐迪南收到的魔導具，用以錄下聲音的魔石正顯露在外，成品相當出色。

「『至於與亞倫斯伯罕的共同研究，赫思爾老師說了，我的強項是魔力量與調合技術。所以我在老師的研究室這裡，負責照著雷蒙特的設計試做魔導具。』」

「……嗯，難怪這次完成得這麼快，原來是由羅潔梅茵負責製作嗎？」

雷蒙特的魔力不多，到畫出設計圖為止進展都十分迅速，但一做起試作品就得耗上不少時間。斐迪南正納悶他這次為何完成得這麼快，原來是因為交給了羅潔梅茵進行調合。既然雷蒙特在設計羅潔梅茵想要的東西，那讓她來幫忙製作也很合理。

「『詳細情況也寫在了另外請傅萊芮默老師轉交的報告書裡』……嗯？舍監曾把與共同研究有關的報告書寄回來嗎？」

聽見文官這麼詢問，斐迪南轉頭看向身後的侍從們。

「這我不清楚……賽吉烏斯、尤修塔斯，我不在的時候，你們近侍收到過報告書嗎？」

「不，並沒有。即便斐迪南大人因為參加社交活動的關係不在辦公室，舍監寄回領地的報告書也不可能直接送往客房。」

賽吉烏斯的答覆完全在斐迪南的預料之中。因為任何東西在送到斐迪南手中之前，必定會經過檢查。他絕不可能收到在場文官們連聽也沒聽過的報告書。

「嗯。既然如此，還是向舍監詢問一聲吧。畢竟共同研究若因此停滯不前就糟了，也要避免給他領造成困擾。」

「遵命。」

緊接在那行就像在打小報告的文字之後，羅潔梅茵接著說起王族主辦的愛書同好茶會。明明再三告誡過她、不要靠近王族，看這樣子她還是興沖沖地湊了過去。想也知道一看到書和圖書館，她的戒心就不知道消失到了哪裡去。

「話說回來，羅潔梅茵大人竟然受邀參加王族主辦的茶會。真希望蒂緹琳朵大人也能與王族有些交流……」

明明排名比我們低的艾倫菲斯特接到了邀請，亞倫斯伯罕的領主候補生卻未受邀，怎麼會這樣——在場文官有人為此咳聲嘆氣，有人則對茶會上出現的甜點更感興趣。

「戴肯弗爾格根據購得的食譜，製作出了新點心嗎？」

「我們也在領主會議上購買了食譜，是否也該使用領內特有的水果，開發新口味呢？斐迪南大人，您應該曉得哪些水果適合做成磅蛋糕吧？」

「不……如同羅潔梅茵也在信上說過的，我對食物並沒有太大興趣。還是交給熟知領內有哪些水果的廚師會更妥當吧。」

文官們似乎希望他能開發新點心，但斐迪南對此一點也提不起興致。羅潔梅茵能開發出那麼多新點心與豐富的口味，是因為她對食物有著莫名的追求。這時，斐迪南忽然想起她曾說過：「若想吃到美食，請自己栽培廚師。」倘若是她，說不定也能把亞倫斯伯罕的重口味食物改成自己喜歡的味道。

「『我借到了中央與王宮圖書館的書。向索蘭芝老師借來的書聽說取自閉架書庫，書裡還有關於休華茲與懷斯的研究資料。若有什麼新發現，我再告訴您。』」

「怪不得。既能出入赫思爾的研究室，還能獲得認可成為斐迪南大人的弟子，也難怪有辦法借到閉架書庫裡的書……」

文官們忽然稱讚起羅潔梅茵，教斐迪南感到意外。一問之下，他才知道原來是閉架書庫裡的書籍十分貴重，實力若沒有得到圖書館員認可，便會被說「你還不夠資格」而無法借閱。斐迪南自身因為沒被拒絕過，所以不曉得有這回事。

……但是，現在與從前不一樣了。

如今圖書館裡的館員人數驟減，多數魔導具也停止運作，難以維持和過往完全一樣的功能，圖書館幾乎快與自習室沒有兩樣。現在雖有新的上級館員到職，情況或許會稍微改善，但仍不足以回到和過往一樣的狀態。恐怕在場的文官並不曉得，也很難實際感受到，如今的圖書館已與從前大不相同。

「『這次參加茶會很順利，沒有在中途暈倒喔。我成長了很多吧？多虧了斐迪南大人幫我調配藥水。』……以上就是此次信件的內容。」

文官們並未在羅潔梅茵的來信中發現可當暗號的可疑之處，便將信件呈交給斐迪南。斐迪南沒有接過，只是輕輕擺手。

「這封信不急著現在重看，回信之後再寫即可。賽吉烏斯，把雷蒙特寄來的信與魔導具放回房間。如今是分秒必爭，接著處理公務吧。尤修塔斯，把茶具收走。」

宣告休息時間結束後，斐迪南再度拿起筆和資料。

當天夜裡，斐迪南回到自己的房間寫下回信。有其他近侍在的時候，他只能用一般墨水寫下覆蓋用的表面回覆，不能拿出發光墨水。而羅潔梅茵以發光墨水寫下的報告，也得等到大半近侍都已離開的第七鐘過後才能閱讀，還僅限艾克哈特值夜班的時候。再加上艾克哈特因為擔心主人的身體狀況，總會頻頻出聲打斷，因此斐迪南能寫回信的時間非常有限。他很快看了一遍內容後，不由自主扶額。

……居然可以一而再、再而三地與王族扯上關係……

首先，亞納索塔瓊斯王子與艾格蘭緹娜似乎早已發現，畢業儀式時給予兩人祝福的人就是羅潔梅茵，還要求她在席格斯瓦德王子的星結儀式上擔任神殿長。

一旦王族正式提出委託，根本無法拒絕。再加上這一次並非臨時提出要求，有著諸多考量，站在羅潔梅茵與艾倫菲斯特的立場很難推辭吧。只是這樣一來，勢必會與中央神殿有所牽扯，領主會議上也將受到各領領主及高層貴族的矚目。不僅如此，羅潔梅茵答應下來的理由之一還寫著：「也是因為我想親眼看到斐迪南大人與蒂緹琳朵大人的星結儀式。」

……千萬不要。妳給我的祝福會比給王子的還多吧。

斐迪南是真心如此認為。羅潔梅茵曾說他等同她的家人，因此輕易便能想見她若不加節制地給予他祝福，屆時會是什麼情況。斐迪南已經聽聞，就是因為突然有祝福從天而降，曾有人主張艾格蘭緹娜更該成為下任國王。如今斐迪南已因阿妲姬莎之實的身分被懷疑對王位存有覬覦之心，萬一他都已經入贅來到亞倫斯伯罕，卻在星結儀式上得到了最大量的祝福……屆時的事態實在教人不敢想像。

……至少得讓哈特姆特同行才行吧……

羅潔梅茵的近侍當中，就屬哈特姆特的反應最為機靈。只要讓他以神官長的身分跟在一旁，應付起任何情況都能輕鬆一些吧。

緊接著，是羅潔梅茵成為了圖書館鑰匙的管理者。先前無論是她自稱為圖書委員、頻繁造訪圖書館，還是為魔導具供給魔力，這些斐迪南都能任由她去。但是，若是負責保管得有三個人才能打開的書庫之鑰匙，情況只怕不妙。

……因為在那處地下書庫裡，存放著許多指引人得到古得里斯海得的資料。

想起神殿長聖典上浮現的魔法陣與文字，斐迪南按住太陽穴。他自己因為並未當過神殿長，從不曉得聖典會有那樣的變化。如今的羅潔梅茵，恐怕要比王族更接近古得里斯海得。倘若她就這麼進入地下書庫，很有可能僅因對書本與圖書館的好奇心，一不小心就取得了古得里斯海得。

……到底該怎麼做，才能讓那傢伙遠離地下書庫？

正思索著這個問題時，「只要圖書館員檢查過後沒有問題，裡面的書就能借我看」這一行字忽然吸引了他的目光。斐迪南不禁皺眉。能夠進入那處書庫的人非常有限。而且書庫一向是由魔導具負責整理，圖書館員只負責保管鑰匙。

……新來的館員與進不到地下的索蘭芝老師就算不知道也很正常。但是，為何應該要造訪地下書庫的王族也不知情？

斐迪南本以為肅清過後，隨著圖書館員減少，王族便自己獨占知識，但現在看來似乎是知識未能繼續傳承。雖是自作自受，但斐迪南仍覺得王族遺失的資訊量實在多到非比尋常。很可能是有人在王宮那裡限制了情報的流動，或是有些資料已被隱藏起來。

……我是否該提供情報？

斐迪南正是因為被懷疑有意奪取古得里斯海得，才奉命入贅至亞倫斯伯罕。他既不想再做出會惹來懷疑的舉動，也不想與王族有任何瓜葛。但萬一羅潔梅茵粗心地與王族以及地下書庫有了牽連，事後才被發現他曾藏匿情報，他將加倍受到質疑。

「即便我未持有古得里斯海得，讓虛幻的和平能持續下去也是我身為君騰的職責。」

國王說過，只要出現了可能讓尤根施密特再度陷入動盪的隱憂，他身為國王就必須加以排除——比如身為阿妲姬莎之實的斐迪南，或是政變時並未加入特羅克瓦爾陣營的艾倫菲斯特，是否有意篡奪王位。在斐迪南看來，他只是做了國王該做的決定。

……只要預先告訴王族，地下書庫裡收藏著哪些資料，應該能讓羅潔梅茵遠離地下書庫吧。

一旦提供有關地下書庫的消息，王族應該也能察覺到，所有情報都會透過羅潔梅茵傳到斐迪南耳中。羅潔梅茵身為艾倫菲斯特的領主候補生，正被視為危險人物，他們必然會對她提高警覺。屆時也會禁止她出入圖書館，不再讓她管理鑰匙吧。命他來到亞倫斯伯罕的王族，絕不可能讓羅潔梅茵接近地下書庫。

……只要她能不靠近地下書庫就好。

就算要利用王族，只要能讓羅潔梅茵遠離地下書庫，這便是最好的結果。一想到神殿長聖典上浮現的魔法陣與文字，便能想見羅潔梅茵肯定會在毫無自覺的情況下，一步步慢慢接近古得里斯海得。

……雖不曉得羅潔梅茵一旦看到充滿資料的書庫，能忍耐到何種程度，但最好也叮囑她一聲。

「這些情報若已無人知曉，我建議最好向王族告知，但妳不能接近書庫。感覺只會發生麻煩的情況。」

寫完回信，斐迪南深深發出嘆息。

……拜託了，別再繼續牽扯不清。

斐迪南在心裡同時對王族與羅潔梅茵這樣祈求道。

王族與圖書館

面見王族的日子到來前，我每天都精力充沛地投入工作。

為了與戴肯弗爾格的共同研究，我把要問見習騎士的問題整理好列出來。然後讓自己的文官們複製那些問題、準備畫好作答欄的紙張，也讓他們練習怎麼做問卷調查。

除此之外，在雷蒙特的錄音魔導具通過斐迪南的檢驗後，我也在赫思爾的研究室裡向他買下了設計圖。這下子我就能製作錄音魔導具了。魔導具的外形輕巧得可以放在掌心上，而且以前本來需要打開蓋子，但現在已經改良成沒有蓋子，直接觸碰魔石就能聽取留言。不僅如此，還能夠錄下不只一則的留言。

「只不過您想錄幾則留言，就得準備幾顆魔石，而且風、土與命屬性都要夠強。」

「這你不用擔心。」

大概是因為我頻繁施以治癒的關係，現在艾倫菲斯特的採集場所擁有充沛的魔力。根據見習騎士們的報告，由於藥草的品質提升了，聚集而來的魔獸也比以往要難應付。加上因為共同研究的關係，我們將與戴肯弗爾格比場迪塔，見習騎士們連日來都在採集場所展開狩獵，順便兼作訓練。需要什麼魔石，向他們購買就好。

「唔，居然可以隨心所欲購買魔石，真是教人羨慕。」

「再過不久，雷蒙特也能隨心所欲購買喔。如果也有其他人想購買你所設計的魔導具，我會支付一成的設計費給你。」

我告訴雷蒙特，就和版稅一樣，每賣出一個魔導具，我都會再支付一筆錢給畫出設計圖的他。雷蒙特一臉不明所以地眨眨眼睛。

「咦？可是，羅潔梅茵大人已經買下設計圖了吧？為何還要另外付錢給我？」

「……倘若你的設計值得推廣開來，當然需要再支付報酬給你吧？如果只會一味以低價買下設計圖，就無法栽培具有熱情的優秀研究者喔。」

聞言，雷蒙特與赫思爾都雙眼發亮地回道：「羅潔梅茵大人真是太有遠見了。」看這樣子，截至目前為止他們都是被人以低價買下設計圖。

隨後我一邊聽著雷蒙特的說明，一邊不斷投入魔石，完成了錄音魔導具。

「不知道能不能把魔導具放在布偶裡面，只要摸摸肚子或額頭就能聽取留言呢？」

「只要讓魔石顯露在外，我想應該是沒問題，但放進布偶裡有什麼用意嗎？」

雷蒙特滿臉疑惑地歪過頭。一旁的莉瑟蕾塔則是深綠色雙眼亮了起來，贊同道：「如果可以摸摸布偶就聽到留言，感覺非常可愛呢。」

「對吧？所以為了保有我的特色，我想做成小熊貓……」

「果然還是做成蘇彌魯吧，我覺得蘇彌魯的造型最可愛了。」

莉瑟蕾塔一派興致高昂，注視著我說：「若要製作布偶，請務必讓我幫忙。」針線活實在稱不上拿手的我，只好把「但我覺得小熊貓也很可愛！」這句話吞回肚子裡，請莉瑟蕾塔幫忙縫製蘇彌魯布偶。

……小熊貓巴士固然可愛，但要靠我自己縫出布偶恐怕是不可能的事，所以這也是萬不得已的妥協吧。

就這麼忙碌了幾天後，到了面見王族的日子。這次因為不是舉辦茶會，而是王族的召見，所以我只準備了帶去聊表心意的點心。攜帶物品不多，心情卻很沉重。

「真沒想到會在這麼短時間內再度前往離宮呢。」

我這麼說完，布倫希爾德與黎希達皆露出苦笑。

「羅潔梅茵大人明明可以保持沉默，卻還是決定向王族稟報呢。」

「我還接到報告，聽說就連奧伯．艾倫菲斯特也十分苦惱喔。但是，倘若這些資訊能給王族帶來一些幫助，就該不吝告知。我覺得大小姐的判斷很了不起。」

愛書同好茶會開始之前，聽完亞納索塔瓊斯說的那些，我的近侍們都了解到了王族有多麼辛苦。她們非常同情現在的國王明明沒有接受過應有教育卻得坐上王位，還得犧牲自己提供魔力。聽說是這樣的遭遇，讓她們想起了我。因為我明明在神殿長大、沒接受過貴族該有的教育，卻成了領主的養女與神殿長，犧牲自己提供魔力。

……但我覺得自己並不像國王陛下他們那麼辛苦呢。

與所需情報不足、不曉得自己該做什麼才好的王族不同，有很多人都在為我指引方向。能擁有身邊的這些人，我覺得自己非常幸運。

「今天雖然是王族的召見，但因為是亞納索塔瓊斯王子，就沒有那麼緊張了呢。」

畢竟我早就在亞納索塔瓊斯面前有過不少失禮的舉動，比如一聊起艾格蘭緹娜就不小心說了太多真心話，或是在他面前暈倒，但他都寬宏大量地不予追究。就算要討論非常重要的事情，他也不會突然就懷疑我有謀反或篡位的意圖，所以我現在的心情比接到其他王族的召見要輕鬆許多。

「大小姐，請您不要鬆懈心神。」

黎希達這麼斥責我時，我們已經來到了通往離宮的大門前。

「艾倫菲斯特的羅潔梅茵大人，恭候您的大駕。」

歐斯溫出來迎接後，帶著我們邁步移動。一進到屋內，我便發現在場等著的共有三人。錫爾布蘭德正滿面笑容，亞納索塔瓊斯則是低聲說道：「來了嗎？」而兩人之間，坐著一位我從未見過的男性。他的頭髮與亞納索塔瓊斯一樣是淡金色，有著一雙深綠色眼眸，臉上的微笑沉著穩重。從所坐位置與身上的服裝，我馬上猜到了他是什麼人。

……不──！居然是第一王子！亞納索塔瓊斯王子，請事先告訴我啊！

我完全料想不到席格斯瓦德也來了。我忍不住在心裡大肆抱怨，但今天並不是茶會，而是王族的召見，所以本就不會預先告知出席者有哪些人。

我按捺住了想要抱頭蹲下的衝動，擠出微笑後，向亞納索塔瓊斯與錫爾布蘭德問好，最後在席格斯瓦德面前跪下來，低頭問候：

「席格斯瓦德王子，歷經生命之神埃維里貝的重重嚴格遴選，得以有幸與您會面，願能為您獻上祝福。」

「准許妳。」

「我是艾倫菲斯特的領主候補生羅潔梅茵，往後還請不吝賜教。」

我一邊小心著別釋出太多魔力，一邊給予祝福，等道完初次見面的寒暄，在得到了

許可後便站起來。儘管坐在椅子上，席格斯瓦德投來的目光仍比我的目光要高一些。他與亞納索塔瓊斯不同，看起來成熟穩重。而且有種不知該說是正經八百還是操心成性的感覺，全身散發出來的氣質讓人一看就知道他是家教良好的長男。難以想像這樣的他，曾為了王位與亞納索塔瓊斯互相爭奪艾格蘭緹娜。難不成始終只是近侍們在鼓吹？

目光與席格斯瓦德對上後，他笑容可掬地看著我說道：

「妳就是羅潔梅茵嗎？儘管連續兩年獲選為最優秀者，卻也連續兩年都身體虛弱到了無法出席表揚儀式，還是艾倫菲斯特的聖女……我一直很想見見妳。」

「……我每次也都期待著可以出席表揚儀式，奈何總是無法如願。因為我聽說能在儀式上得到國王的親口表揚，是件非常光榮的事情。」

為了強調自己其實也很期待，並不是故意缺席，我參考了安潔莉卡失望時的表情，努力裝出失落的樣子。總不能讓王族知道一年級時為了看書，我其實是興高采烈地和斐迪南一起留在宿舍。

「那請妳坐下來，告訴我們圖書館書庫的詳細情況吧。因為王族現在任何一點消息都不能放過。」

我看向坐在席格斯瓦德兩側的亞納索塔瓊斯與錫爾布蘭德。兩人也都一臉興味盎然地看著我。但是，席格斯瓦德的目光最為犀利。那雙深綠色眼睛靜靜注視著我。儘管面帶沉穩的微笑，但看得出來他正在仔細觀察我。

「請妳如實回答。妳說需要三把鑰匙才能打開的書庫，只有王族、部分領主候補生以及休華茲與懷斯才進得去，當中還有王族應該閱覽的資料。這些話全部屬實嗎？」

「這我無法肯定。」

聽了我這麼誠實的答覆，席格斯瓦德眨眨眼睛，亞納索塔瓊斯則是扶額。

「羅潔梅茵，妳這是什麼意思呢？」

「因為我之前先是向艾倫菲斯特回報，說了自己已從休華茲兩人的管理者變成鑰匙的管理者，還很高興地報告了自己可以閱讀館員檢查過後的書籍。結果，我卻收到了對此提出質疑的回信。由於這不是我自己本來就知道的消息，所以除非進入書庫，不然我也不曉得這些事情是否屬實。」

「原來是這樣。」席格斯瓦德點了點頭，一旁的亞納索塔瓊斯嘆氣道：「妳還是老樣子，講話太老實了。」看來回話時好像需要再修飾一下。

……可是，明明是王族要我如實回答的吧？

「話說回來，這還真奇怪。」

「哪裡奇怪呢？」

「為何除了艾倫菲斯特，沒有任何人曉得需要三把鑰匙才能打開的書庫？不管是中央還是大領地，都無人知道這個書庫的存在。」

席格斯瓦德說完，我偏了偏頭。真的會沒有半個人知道嗎？我還以為經歷過肅清的王族都曉得呢。

「去年為止，負責指導領主候補生課程的老師也不曉得嗎？」

「她的丈夫年輕時似乎去過圖書館，但她說自己並不曉得這個書庫的存在。我也詢問過庫拉森博克與戴肯弗爾格的奧伯，但他們表示自己從未踏進過貴族院的圖書館。」

我知道為什麼領主候補生們都不去圖書館。因為要是帶著成群的近侍，進入圖書館占據閱覽席的位置，會給其他學生造成困擾。一般普遍認為，貴族院的圖書館是老師們存放研究成果用的地方，也專供買不起書的中級及下級貴族在此讀書學習、抄書賺錢。近侍們也提醒過我，會給其他學生造成困擾，所以希望我少去。但我因為喜歡待在圖書館看書，完全沒有就此不去的打算。今年只是因為有很多研究要忙，也要讓休華茲與懷斯的管理者順利完成變更，我才盡量不去圖書館。

「我聽說一般的領主候補生想要什麼書籍或資料，都是吩咐擔任近侍的見習文官去拿，很少有機會親自前往圖書館。可能是因為這個緣故吧。」

「……所以是艾倫菲斯特規定，領主候補生必須親自前往嗎？」

聽見席格斯瓦德像在忍笑的話聲，不用他人提醒，我自己就明白到了他的言下之意是「艾倫菲斯特的領主候補生還真奇怪」，默默別開視線。

「那個，我是因為喜歡書本與圖書館，才會樂於親自前往。但即便是同領地的領主候補生，韋菲利特哥哥大人與夏綠蒂也幾乎不去圖書館喔。」

「是啊，羅潔梅茵只是很喜歡書而已。她之前還會為休華茲與懷斯提供魔力，所以才比較常去圖書館。」

錫爾布蘭德似乎是想幫我說話，但在席格斯瓦德心裡，我想我是個奇怪領主候補生的評價還是不會改變吧。由於十分感謝錫爾布蘭德的好意，我笑著點頭應道：

「其實是因為以前在艾倫菲斯特，有位領主候補生的興趣就是做研究，所屬研究室的老師又很擅長使喚弟子，所以他經常前往圖書館。雖然我也聽說是因為他能信任的近侍不多，不放心把重要的書籍交給其他人……」

我簡單說明了前因後，三位王子都露出了非常難以形容的表情。這也許是不太需要提供的情報。

「那位領主候補生會發現書庫的存在，好像也只是偶然而已。他說自己當初只是在圖書館裡低聲唸著想找的資料，休華茲與懷斯便帶他前往書庫。當時的上級館員也沒有說什麼，直接幫他開了門，代表書庫在那時候並不是什麼秘密吧？」

雖然會親自前往圖書館的領主候補生相當少見，再加上當時的上級館員都不在了，無法證明這些事情，但如果那真的是只有王族才曉得的秘密書庫，上級館員不可能幫忙開門吧。

「至今我也曾多次前往貴族院的圖書館，又曾是休華茲與懷斯的管理者，與他們有過不少接觸。但就算是這樣，之前我也從未聽說過這個書庫的存在。所以，我想那位領主候補生當時在找的資料應該非常特殊。」

我雖然會拜託休華茲他們說：「我想看沒看過的書。」但從不曾指定過要找什麼資料。因此，只要提供給我閱覽室裡的書籍就足夠了。

「如果我已經看完了閱覽室裡所有的書，也看完了閉架書庫裡誰都能借閱的書籍，或許休華茲與懷斯也會告訴我還有那個書庫吧。但想在畢業之前看完這麼多書籍，我想是不可能的。」

我刻意不明白說出是誰提供的情報。但是，席格斯瓦德與亞納索塔瓊斯顯然都已經猜到了。席格斯瓦德依舊面帶微笑，深綠色雙眼亮起精光。

「如此重要的情報，那名領主候補生為何隱瞞至今？」

「應該是因為他沒想到，王族竟然不曉得書庫的存在吧。這次還是他說如果王族不知道的話，最好提供這項消息，我才向各位送出了奧多南茲。此外，他也覺得王族遺失的資訊量實在多到非比尋常，甚至懷疑有人在故意隱藏這些情報。」

斐迪南想必也很清楚，一旦由我傳遞這些消息，王族一定會對他產生懷疑。儘管如此，書庫裡的資料仍是重要到了他認為最好向王族告知。我不禁覺得，與其在這裡討論這些沒有意義的事情，不如去圖書館看看資料還比較有建設性。

「我也有問題想請教王族，請問方便嗎？」

「慢著。」亞納索塔瓊斯立刻出聲制止，席格斯瓦德則催促我繼續：「請說。」我對席格斯瓦德回以微笑。

「所以各位專程喚我前來，是想要問清楚我的情報是由誰提供嗎？還是想了解王族應該閱覽的資料裡有哪些內容？但我因為從未進過書庫，在提供內容這件事上，完全幫不上忙喔。」

周遭的近侍們頓時一陣譁然，席格斯瓦德也睜圓雙眼。亞納索塔瓊斯則說：「妳僭越了。」可是，再討論下去只是浪費時間。

「索蘭芝老師曾把從前館員所寫的日誌借給我，根據日誌裡的紀錄，過往已經成年的王族會在領主會議時造訪圖書館，所有上級館員還會出來迎接。由此可知，造訪圖書館對王族來說是非常重要的一件事情。如今中央騎士團長已經把日誌拿走了，諸位王族想必也看過了吧？我還以為各位都已意識到書庫的重要性……」

與其花時間質問我的情報由誰提供，還不如直接去圖書館——似乎明白了我想表達的意思，席格斯瓦德與亞納索塔瓊斯對看一眼後，輕輕點頭說「原來如此」。

「既然所有上級館員都會出來迎接，代表當時的王族很可能是進入了需要鑰匙才能打開的書庫。只要進去一探究竟，就能知道是否真有貴重資料。亞納索塔瓊斯。」

「是。我立刻請戴肯弗爾格的領主候補生前往圖書館。」

亞納索塔瓊斯喚來歐斯溫，指示他向漢娜蘿蕾送去奧多南茲。我急忙插嘴說：

「歐斯溫，請告訴漢娜蘿蕾大人，記得帶回復藥水。」

「回復藥水嗎？」

我點了點頭。

「我聽說對鑰匙進行登記時得消耗不少魔力，所以最好準備一下藥水吧？」

「經妳這麼一說，歐丹西雅確實說過類似的話。歐斯溫，麻煩你了。」

歐斯溫送出奧多南茲後，不久漢娜蘿蕾便捎來回覆：「遵命。我馬上前往圖書館。」

接著也向圖書館送去奧多南茲，告知三位王子即將前往後，大家一起成群結隊移動。由於太過醒目，我恨不得逃離現場，但身為鑰匙管理者的我當然不能真的逃跑。

只不過，一起移動也只持續了一段時間。因為依照我的走路速度，根本跟不上已經成年的王子。看著越離越遠的兩位成年王子，我暗暗鬆了口氣。這時，走路速度和我差不多的錫爾布蘭德與我攀談。

「羅潔梅茵，妳知道那個書庫裡放有哪些資料嗎？」

「我聽說有領主候補生課程的參考書和古老儀式的資料。而且那個書庫裡頭，似乎也有艾倫菲斯特在找的儀式資料。聽說領主會議時奧伯曾造訪圖書館，但因為休華茲他們說『沒有圖書館員，沒有鑰匙』，所以沒辦法進去。」

我很希望王族能意識到圖書館的重要性，進而多派點上級館員過來。我飽含私心地如此回答後，錫爾布蘭德像是想到了什麼好主意，拍向掌心笑道：

「既然如此，羅潔梅茵可以趁這機會一起進去找資料啊。」

「您、您的提議非常吸引人，但為免引起更多麻煩，監護人禁止我進入書庫。」

為免艾倫菲斯特再招來更多懷疑，也為了避免我在第一次進入的書庫內忍不住釋出祝福，我最好不要進去。

……但理智上雖然清楚，情感上還是想進去得不得了！

其實我很想進入書庫，也想翻看裡面的資料，但感覺黎希達絕不可能答應，也一定會惹得斐迪南大發雷霆吧。

一到圖書館，休華茲與懷斯便出來迎接我們。

「羅潔梅茵，來了。」

「錫爾布蘭德，來了。」

這還是休華茲與懷斯頭一次直接叫我的名字，感覺真是奇妙。儘管這才是理所當然的光景，但一想到他們不會再叫自己「公主殿下」，還是有些落寞。

「恭候各位大駕。我們已經請館內的使用者都離開了。」

由於通知圖書館時，說過三位王子都將前來，歐丹西雅與索蘭芝自然也都出來等著我們。雖然對本來在館內讀書的學生們很過意不去，但與其和王族發生糾紛，還是請他們趕快離開比較好吧。

在與圖書館員寒暄的時候，漢娜蘿蕾也緊接在我們之後到了。看見三位王子都出現在了這裡，她微微瞠大紅色眼睛。

……光是接到亞納索塔瓊斯王子的傳喚就讓人心驚膽戰，來了以後還發現三位王子竟然都在，肯定很吃驚吧？我懂、我懂，我也嚇了一大跳。

在我單方面萌生親切感的時候，漢娜蘿蕾向席格斯瓦德道了初次見面的問候。

「抱歉突然喚妳前來，我們想請妳以圖書委員的身分幫個忙。」

「這是我的榮幸。」

面對王族突如其來的要求，漢娜蘿蕾毫不驚慌，微笑著一口答應。

……真不愧是大領地的領主候補生。我也要向她看齊才行。

「鑰匙放在辦公室裡。只不過，辦公室內實在無法容納這麼多人，還請各位都只帶兩名護衛騎士與一名文官隨行。」

歐丹西雅接著請我們進入辦公室。但在場有三位王子與兩名領主候補生，根本不可能讓所有近侍都擠進辦公室裡。於是我選了上級騎士萊歐諾蕾，再選了同行的護衛騎士中最擅長近身戰的勞倫斯，最後是對文官業務最為熟悉的菲里妮。

「這些便是地下書庫的鑰匙。」

進入辦公室後，歐丹西雅「叩咚、叩咚」地將鑰匙放在辦公桌上。這些就是她在館員宿舍裡，從上級館員的房間中找到的鑰匙。據說每把鑰匙都得由不同的人進行登記。

「請登記成為管理者吧。羅潔梅茵大人、漢娜蘿蕾大人，請握住鑰匙灌注魔力。」

我與漢娜蘿蕾依言握住鑰匙，灌注魔力進行登記。這就和拿著聖典的鑰匙，登記成為主人一樣。我很快就完成了登記。

「您的速度真快呢。」

歐丹西雅睜大雙眼，我回以微笑道：「哪裡。」漢娜蘿蕾也沒有花多少時間便完成了登記。

「領主候補生與上級貴族的魔力果然不一樣呢。」

「歐丹西雅，兩位都是非常優秀的領主候補生，妳不需要與她們比較喔。」

索蘭芝安慰說道，再從鑰匙保管盒裡拿出兩把鑰匙。她說明一把是閉架書庫的鑰匙，一把是打開書庫內部門扉的鑰匙。

「真沒想到我現在竟會迎接王族，要用這把鑰匙開門呢。」

索蘭芝告訴我們，以往王族造訪圖書館的時候，全是由上級館員負責應對。她自己並不會在王族面前現身，只負責幕後工作，比如指示侍從要在哪裡泡茶、準備餐點。

帶著鑰匙往閱覽室移動後，先與剛才進不了辦公室的近侍們會合。接著，浩浩蕩蕩的一行人橫切過閱覽室一樓。

「愛書同好茶會上借給羅潔梅茵大人的那本書，就是取自這個閉架書庫。」

索蘭芝露出懷念的笑容，打開閱覽室盡頭的閉架書庫門扉。我因為是第一次進入閉架書庫，心情不由得亢奮起來。空氣中彌漫著些許塵埃，還混雜著羊皮紙的氣味，讓人心曠神怡。

大家一起進入空間並不寬敞的書庫後，索蘭芝再用鑰匙打開後頭的另一扇門。瞬間，門後亮起光芒，可以看見一道通往地下的階梯。由於階梯與四周全是白色的，感覺十分明亮。

「休華茲、懷斯，麻煩你們為大家帶路。」

「帶路。」

「重要的工作。」

聽了索蘭芝的指示，休華茲與懷斯立即一蹦一跳地走下階梯。

「歐丹西雅，請妳跟在休華茲與懷斯後面吧。身為中級貴族的我無法進去。接下來的事情，請妳再問休華茲與懷斯。」

上級館員歐丹西雅接著走下階梯後，王子隨即跟上。進不去的不只索蘭芝，近侍們也一樣。彷彿被一層透明的薄膜擋了下來，王子們的一些近侍都無法繼續向前，而他們全是中級貴族。

「下不來的人先去閱覽室待命。」

等三位王子與成功通過的近侍們都走下階梯，接著輪到漢娜蘿蕾。由於要按照領地排名，所以我是最後一個。而我的近侍當中，菲里妮與羅德里希他們都被擋在門外。能夠隨我一同進來的，只有黎希達、萊歐諾蕾與布倫希爾德三個人。跟王族與漢娜蘿蕾相比，我擁有的上級近侍真的不多。

「羅潔梅茵大人的近侍多是中級貴族呢。」

漢娜蘿蕾一邊走下階梯，一邊回過頭來說。

「因為艾倫菲斯特還有韋菲利特哥哥大人與夏綠蒂，之後更有名叫麥西歐爾的弟弟即將入學，所以領主候補生們都在爭奪可以當近侍的人選呢。」

「年紀相仿的領主候補生多達四人，也難怪在貴族院會招攬不到足夠的近侍呢。」

「是啊。之前就算這樣也沒問題，但沒想到會遇到這種只有上級貴族能同行的情況呢。我還是第一次遇到。」

我煩惱地垂下眉尾後，漢娜蘿蕾微笑道：「我也是第一次遇到喔。」

走下微光所照亮的雪白階梯，我們來到一處雪白的廳室。這個地方非常寬敞，即便把所有近侍都帶進來也容納得下。而且這裡還和茶會室一樣，備有幾張桌子和椅子。但與各領茶會室不同的是，這裡並沒有地毯或壁紙那類的裝飾，牆壁和地板都是白色的。

我來回環顧了一圈，發現在整體呈雪白的空間當中，只有一面牆壁的顏色看來就像金屬一樣。而那面牆上，有三個特別醒目且華麗的區塊，正好間隔相等地排開來。

「三個人上前。」

「開門。」

休華茲與懷斯拍了拍金屬牆，指向牆上特別華麗的區塊說。看來帶有金屬質感的這面牆壁就是書庫的大門，而裝飾性的區塊則是鑰匙孔。但走近一看，我發現上面並沒有鑰匙孔，而是要把鑰匙直接放進去。我看向漢娜蘿蕾與歐丹西雅，三人對彼此點點頭後，輕輕地將鑰匙放上去。

「按住鑰匙。」

我再照著休華茲的指示，按住鑰匙不讓它掉下來。三把鑰匙同時被按在牆上後，我聽見細微的「喀嚓」一聲。鑰匙上進行過登記的魔石隨即開始吸取魔力，然後猛然發出亮光。下一秒，牆上忽然出現流竄的紅線。

「後退。」

懷斯說完，我慢慢往後退開。退開之後，這才清楚看見了牆壁的全貌。原來整面牆上繪有精細複雜的魔法陣。魔法陣完成後，牆壁便「嘰嘰」地分成了三片門扉，開始旋轉。原本我還覺得這是面牆壁，但分成三片開始轉動以後，看起來就像是門了。三片門扉緩緩地轉了一百八十度，等到重新併在一起的時候，門便徹底消失了。

消失的門扉後方，確實出現了像是書庫的空間。裡頭有閱覽桌和寫字用的桌子，另外還有很多書架。書架上全是看來很像木板但又不是木板的白色板子，而桌面傾斜的閱覽桌上雖然放有像是書本的讀物，但大約只有二十本左右。

大家都吃驚得瞠大雙眼時，休華茲一邊說著「打開了」一邊走了進去。歐丹西雅本想跟上，卻和在階梯入口就被擋下的中級貴族們一樣，被一道透明的薄膜攔了下來。

「……我真的進不去呢。」

歐丹西雅按著透明的牆壁停在原地。懷斯仰頭看著她說：「公主殿下，沒有資格。」

「我想知道領主候補生是否進得去。羅潔梅茵，妳進去試試。」

「實在非常抱歉，監護人禁止我進入書庫。如果有我可以閱覽的資料，還請拿到這邊來吧。」

我欲哭無淚地抬頭看向亞納索塔瓊斯說完，懷斯卻搖了搖頭。

「資料，禁止拿出。」

「咦咦?!怎、怎麼這樣……」

……我本來還想待在外面仔細翻看，這也太殘忍了！

但聽到懷斯說資料不能拿出來，大受打擊的人並不只有我。歐丹西雅也搗著嘴角，全身微微顫抖。

……此刻我的心情肯定與歐丹西雅老師一模一樣！

看到我與歐丹西雅都無力地垮下肩膀，亞納索塔瓊斯受不了地嘆口氣後，看向另一名領主候補生漢娜蘿蕾。

「沒辦法。漢娜蘿蕾，妳進去吧。」

「……遵命。」

漢娜蘿蕾像是下定決心，用力吸一口氣後，戰戰兢兢地伸出手，慢慢往書庫內部走去。但不同於被擋下來的歐丹西雅，漢娜蘿蕾很順利地進到了內部。率先進去的休華茲好像還對漢娜蘿蕾說了些什麼，只見她偏過了頭。看來外面的人聽不見裡面的聲音。

「看來領主候補生真的進得去……王兄，那我先進去了。」

亞納索塔瓊斯率先走了進去，確認沒有危險後，轉過來點點頭。席格斯瓦德接著踏步走進。兩位王子進去以後，跟著想進去的近侍們也被擋在外頭。

「那我也進去了。」

錫爾布蘭德露出明亮的笑容，也跟著兩人想要進入書庫。然而，錫爾布蘭德卻被透明的牆壁擋了下來。他倒吸口氣，開始拍打透明牆壁。

「為什麼?!為什麼不讓我進去?!因為我已經與亞倫斯伯罕的女性領主候補生訂了婚約，以後不會是王族嗎?!」

錫爾布蘭德的聲音幾乎快哭了出來，對此懷斯搖一搖頭。

「不是。錫爾布蘭德，魔力不夠。」

聞言，不光錫爾布蘭德，眾人皆張大雙眼，僵在原地動也不動。畢竟懷斯正明白宣告，錫爾布蘭德雖是王族，卻因為魔力不夠而無法進入書庫。在場的近侍們也都不知所措地面面相覷，不知該對錫爾布蘭德說些什麼。看來，現在不是失望於資料不能帶出來的時候了。我邁步走向錫爾布蘭德。

「錫爾布蘭德王子，根據紀錄，以前都是已經成年的王族才會造訪這處書庫喔。您因為還未進入貴族院就讀，魔力會不夠也是很正常的事情。畢竟您還沒學會如何壓縮魔力，也還未取得思達普，更沒有取得諸神的加護。」

「羅潔梅茵……」

「您今後才會發育成長，所以今天先在這裡和我一起等大家出來吧。好嗎？」

我指向擺有好幾張椅子的方向。錫爾布蘭德抬起頭來，環顧四周。

「……羅潔梅茵要在這裡等嗎？」

他看向透明牆壁前方的桌椅問道。

「我雖然也很想進去，但奧伯禁止我隨意進入書庫……而且，在這裡可以清楚看見裡面的情形吧？我想近侍們都是在這裡待命，順便確認主人有無危險。我打算待在這裡一邊喝茶，一邊看他們能否找到有用的資料。」

「那我也一起等吧。」

錫爾布蘭德露出笑容，走向椅子。阿度爾頓時放鬆了緊繃的肩膀，朝我投來微笑表達感謝。

「布倫希爾德，請妳去問索蘭芝老師該怎麼準備茶水吧。」

「遵命。」

布倫希爾德旋即轉身上樓。見狀，其他人帶來的近侍們也開始討論該做什麼準備，然後展開行動。

「錫爾布蘭德大人，我也想為主人準備茶水。能請您准許嗎？」

「阿度爾，那麻煩你了。」

「我與莉瑟蕾塔回了宿舍一趟，但沒辦法一個人把所有東西都搬下來呢。」

布倫希爾德帶了一些泡茶用具回來，露出苦笑向我這麼報告。「既然妳還特地跑回宿舍，那先休息一下吧。」黎希達說完，便上去拿剩下的物品。

「布倫希爾德，等妳泡好茶，也坐在那邊休息一下吧。」

「不了，我的視線不能離開羅潔梅茵大人。因為難保您不會突然衝到書庫裡面去。」

布倫希爾德咯咯笑著說完，萊歐諾蕾也表示同意。好像是因為我一直坐立不安地看著書庫，讓她們不太相信我。

……可是，明明有個書庫就在眼前，裡頭還放著我從未看過的資料與書籍，會坐立難安也是正常的吧。而且，我想每個人應該都忍得很辛苦。

再加上得有三個人同時拿著鑰匙才能開門，下次再打開都不知道是什麼時候的事了。一想到這裡，大家一定都能理解忍著不進去的痛苦吧。

「該怎麼做才能增加魔力呢？」

錫爾布蘭德喝口茶，吐了口氣後，噘起嘴唇注視著自己的雙手說。

「等您進入貴族院，就會習得壓縮魔力的方法，所以現在不必太心急喔。只要順利摸索出了適合自己的壓縮方法，魔力就會有顯著的成長。王族應該有歷任國王研究出來的，特別有效的魔力壓縮法吧？」

我聽說魔力壓縮法通常都在一族之間代代相傳，不然就是只有自己知道。因此，王族他們想必也有增加魔力的一套辦法吧。感覺只要說得具體一點，錫爾布蘭德很可能就會試著開始壓縮魔力，我最好不要多嘴。如此判斷後，我刻意回答得模稜兩可，看向在書庫裡翻看資料的漢娜蘿蕾等人。

他們大概打算簡單地看一下，確認書庫裡的資料有哪些內容吧。三個人分散開來，各自從不同的書架上拿出白色板子，草草看過後又放回原位。接著只見漢娜蘿蕾搖搖頭，兩位王子面色凝重。隨後，亞納索塔瓊斯再翻開立於閱覽桌上的偌大書籍，喚來席格斯瓦德。

……好好喔。我也好想加入他們。

我一邊觀察書庫裡的情形，一邊慢吞吞吃著黎希達拿下來的點心。這時，漢娜蘿蕾與兩位王子在討論了幾句話後走出來。

「那個，羅潔梅茵大人，請您也進入書庫吧。書庫裡的資料大多太過古老，內容難以閱讀。您既然看得懂戴肯弗爾格的史書，應該精通古文吧？」

「羅潔梅茵，雖然會讓妳違背監護人的囑咐，我也十分過意不去，但能請妳幫個忙嗎？」

漢娜蘿蕾與席格斯瓦德接連提出請求後，我的決心大為動搖。好想進去，好想看書。可是，我也不想惹大家生氣。

「呃、呃，可是……可是我……」

我轉頭看向黎希達與萊歐諾蕾，想要徵得兩人的同意。兩人都露出了非常為難的表情，最終仍是輕輕垂下目光，意思應該是「不行」吧。錫爾布蘭德臉上的神情也彷彿在懇求「妳不要走」。就在這時，亞納索塔瓊斯說了：

「羅潔梅茵，進去。」

「亞納索塔瓊斯，你怎能用這種命令的語氣。羅潔梅茵只是好心的協助者喔。」

席格斯瓦德這麼斥責後，亞納索塔瓊斯搖頭反駁道：

「不是的，王兄。羅潔梅茵因為遭到艾倫菲斯特的監護人禁止，單純只是拜託她的話，她也無法答應。必須由地位更高的王族下令，她才有正當理由進入書庫……所以羅潔梅茵，妳要幫忙閱讀書庫裡的資料。這是王族的命令。」

……這是王族的命令喔？沒有辦法拒絕對吧！萬歲！

「黎希達、布倫希爾德、萊歐諾蕾，既然是王族的命令，我也是無可奈何喔。」

我轉頭看向近侍們說完，三人不約而同嘆氣。

「大小姐，您的表情怎麼看都不像無可奈何喔。」

「雖然說是無可奈何也沒錯……」

「羅潔梅茵大人，請您別太過興奮。」

既然是王族的命令，那我自然不能違抗。我笑容滿面地從椅子站起來。

「那我進去書庫了。」

我歡欣雀躍地邁開步伐，穿過透明牆壁。瞬間，休華茲的小臉一動，仰頭往我看來。

「羅潔梅茵，祈禱不夠。」

「咦？什麼？」

我不明白休華茲為什麼突然這麼說，納悶地歪過了頭。漢娜蘿蕾緊接著走進來後，問道：「羅潔梅茵大人，休華茲是不是也對您說了什麼呢？」

「是的。他說我祈禱不夠……」

「雖然我也不明白是怎麼一回事，但我進來這裡的時候，他也對我說了『屬性不夠』和『祈禱不夠』。這到底是什麼意思呢？」

漢娜蘿蕾歪了歪頭，而且休華茲好像也對兩位王子說了同樣的話。我正好奇這究竟是什麼意思時，亞納索塔瓊斯聳了聳肩。

「就連擔任神殿長的羅潔梅茵也被說祈禱不夠，我看我們想破頭也沒用。」

「說得也是呢。那我馬上開始看書……」

我決定停止思考，只想著看書。我正要往立於閱覽桌上的書本伸出手時，卻遭到亞納索塔瓊斯制止，然後被帶往放滿白色板子的書架。

「那邊的書偏現代用語，我們也看得懂，所以要麻煩妳看這邊的資料。」

「漢娜蘿蕾說這邊的資料妳應該看得懂，但妳真能讀懂上面的內容嗎？」

亞納索塔瓊斯從架上的整排白色板子中取出一塊來，遞到我手中。石板的材質就和構成建築物的白色石頭相同，上頭刻有古文。那只要支撐著貴族院與圖書館的魔力持續供應，記錄在這種白板上的資料永遠也不會損壞吧。

……石板嗎？用來保存很適合呢。雖然有點太重，每片石板能寫的字也不多。

我以指尖追逐起石板上的文字，把內容唸出來。

「上面寫的是很久以前的儀式流程……嗯，原來聖典上的那段記述，舉行成為儀式時是這個樣子啊。」

石板上寫著儀式的起源。傳說萊登薛夫特的眷屬神們起了爭執後，因為情緒太過激動，導致炎熱的夏天降臨，海之女神緋亞弗蕾彌雅便設法讓祂們冷靜下來。倘若哈爾登查爾的儀式會喚來春天，這個儀式的目的就是要驅散夏天的酷熱。

聖典上都只記載著神話與詩歌，偶爾穿插圖畫，但是這塊石板卻詳細記錄了該如何舉行儀式。如果也有石板記錄了哈爾登查爾儀式的舉行方式，想必一定有辦法重現。

「雖然我對這些資料很感興趣，也想深入調查聖典與儀式之間的關係，但對現在的王族來說沒什麼幫助呢。我會照著順序，大概察看石板上的內容。休華茲，請從最上面左邊開始，依序把石板拿給我吧。」

「好。」

我於是開始看起休華茲幫忙取下的石板。與此同時，席格斯瓦德與亞納索塔瓊斯則是去看那些內容較新、外觀和書本一樣的資料，漢娜蘿蕾則是慢慢閱讀白色石板上的內容。連續幾塊石板都是儀式的舉行方式，終於我發現有塊石板上的資料與儀式無關。

「席格斯瓦德王子、亞納索塔瓊斯王子，這份資料對王族來說有參考價值嗎？是很久以前的國王的回憶錄。內容是關於魔力壓縮法，與他取得的加護。這上面與加護有關的內容，感覺也對我們與戴肯弗爾格的共同研究有幫助呢。」

這份資料真不知該說是回憶錄還是參考書，總之是從前國王把自己成王的過程寫下來，訴說自己一路走來有多麼辛苦。

「……不過，因為要把內容刻在石板上，所以在當時還是常識的事情好像就直接省略了。有個地方我看了也不知道是什麼意思。」

「上面寫了什麼？」

「像這裡，意思應該是『我來回繞了無數次，向所有神祇獻上祈禱』。但究竟是在哪裡，繞什麼東西呢？難不成是邊跳奉獻舞，邊獻上祈禱嗎？中央裡頭有哪個地方是需要繞行的嗎？」

我腦海中浮出了邊繞圈邊獻上祈禱的想像畫面，亞納索塔瓊斯也一臉傷腦筋。

「現在貴族院內，沒有人比擔任神殿長的妳更了解祈禱吧。神殿裡有沒有妳說的這種地方？唔，就是可以邊繞圈邊獻上祈禱……」

「意思也許不是原地繞圈，而是指前往好幾處地方，向各個神祇獻上祈禱吧？」

席格斯瓦德冷靜地提出自己的看法後，有個人在原地轉來轉去的想像畫面頓時消失，我鬆了口氣。本來還很煩惱，從前的人到底都在做些什麼，但如果只是前往各個地方向神獻上祈禱，那還滿普通的嘛。

「但我在神殿獻上祈禱的時候，都是請人把神具拿過來，不然就是前往禮拜堂，從不會跑去好幾個地方。」

雖然舉行祈福儀式與收穫祭的時候，會前往領內各地，但也都是向同一位神祇獻上祈禱，並非每個地方都是不同的神祇。陷入沉思後，我忽然想起與莫妮卡的對話。

「……啊！對了，神殿的侍從曾告訴我，神殿內到處都藏有神祇的雕刻喔。如果所有領地的神殿都一樣，那也許以前的人會前往神殿的各個地方向神獻上祈禱。」

「有這個可能。」

亞納索塔瓊斯臉色變得凝重，席格斯瓦德也「嗯……」地沉吟起來。

「羅潔梅茵，這份國王的回憶錄似乎十分重要，可以的話我希望能譯為現代語後再抄寫下來，不知是否能麻煩妳？雖然也能抄下原文，交由文官們翻譯，但裡頭似乎有不少用語都只有熟知神殿與祈禱的妳才看得懂。」

「好，我知道了。那我先出去一趟，向人在閱覽室待命的菲里妮取來紙張和墨水。

因為我的文官無法進來這裡。」

我話剛說完，漢娜蘿蕾便揚聲開口：

「我去吧。看得懂古文的羅潔梅茵大人還是留在這裡，才能盡快看完資料。由我去通知羅潔梅茵大人的侍從們。」

「怎、怎麼能拜託漢娜蘿蕾大人做這種事情！」

怎麼可以讓上位領地的領主候補生做這種像是跑腿的工作。我大力搖頭，急忙推辭，席格斯瓦德卻微笑著點點頭。

「漢娜蘿蕾，那就麻煩妳了。等向羅潔梅茵的侍從們下達完指示，妳先休息一會吧。畢竟妳從一開始就非常盡力配合。」

……啊，對喔。漢娜蘿蕾大人需要休息。

跟一看起書和資料就會忘記時間、也不需要吃飯和休息的我不同，其他人一般都需要休息時間。我完全忘了這回事。

看著漢娜蘿蕾走出書庫後，我再低頭看起白色石板。

「羅潔梅茵，我聽聞妳在研究祈禱與加護的關聯，但真的只要祈禱，就能取得更多加護嗎？」

「藉由祈禱，確實可以取得更多加護喔。只不過，好像還需要具備幾項條件，比如祈禱時是否發自真心，也要看祈禱的頻率與次數，以及平常有無在奉獻魔力等。為了了解到底怎樣的程度能取得加護，我們已經向戴肯弗爾格與見習騎士們尋求協助。因為他們有不少人都取得了萊登薛夫特與安格利夫的加護。」

席格斯瓦德低頭看向從前國王的回憶錄，輕吐了口氣。

「我雖然從具有適性的大神那裡取得了加護，但也只覺得操控起魔力比以往要輕鬆一些，其餘並無太大變化。若能取得眷屬神的加護，會有什麼改變嗎？我十分煩惱比起王族現在的職責，是否真有必要給予祈禱更多重視。」

意思是他們現在本該專心灌注魔力，維持尤根施密特的運作，沒有多餘的時間待在書庫裡翻閱資料嗎？

「席格斯瓦德王子，與其操之過急，冒著危險抄近路，不如繞點遠路選擇安全的途徑，有時反而能更快抵達終點喔。建議您還是選擇安全又牢靠的做法吧。」

「妳這話是什麼意思？」

席格斯瓦德偏頭反問後，我微微一笑。

「像是閱讀資料，藉由魔力壓縮法與祈禱來取得加護這些事情，您可能覺得是在繞遠路吧。但是，如果能讓魔力增加、取得更多加護，最終也能大幅減輕自己的負擔。因為若能取得大量眷屬神的加護，便能減少魔力的消耗。」

「能減少多少？」

席格斯瓦德驚訝地張大那雙深綠色眼睛。

「我想每個人感覺到的差異都不一樣。不過，像韋菲利特哥哥大人總共得到了十二位神祇的加護。他說過跟以前比起來，現在進行調合只要消耗七成的魔力。」

「減少到只消耗七成嗎……那他有多頻繁祈禱才達到這種程度？」

席格斯瓦德投來的目光既銳利且迫切，看得出來王族現在有多麼一籌莫展，又有多麼需要魔力。

「……那麼，據說得到的加護比韋菲利特還多的妳又是如何？」

亞納索塔瓊斯凶神惡煞地瞪過來問道，我不禁抿緊嘴唇。究竟該坦白告訴王族，還是應該隱瞞呢？可是，我又覺得王族應該要更了解祈禱具有多大的效果。

「既然妳之後會發表在神殿祈禱的成果，在這裡先說出來也無所謂吧。」

「由於我取得的加護量與其他人相差太多，所以發表研究成果的時候，我預計會說得保守一些。只不過，我很希望王族能夠理解祈禱的重要性，所以現在便老實告知吧。確切的數字我甚至沒向艾倫菲斯特報告，還請兩位不要告訴其他人。」

「……我們答應妳。」

亞納索塔瓊斯與席格斯瓦德都點頭後，我慢慢開口說了：

「我總共得到了四十三位神祇的加護，魔力消耗量也只有以前的四成左右。不管是調合還是魔力供給，都只需要消耗不到以前一半的魔力，所以我現在反而是花時間在適應這件事情。」

「不到以前的一半嗎?!妳平常到底都是如何向神獻上祈禱？」

由於吃驚的兩個人喊得太過大聲，我連忙再次叮嚀：「絕不可以告訴任何人喔。」接著，我把禱詞寫在自己的寫字板上。

「在艾倫菲斯特，我們都會一邊向神獻上祈禱，一邊為基礎魔法供給魔力。就連奧伯．艾倫菲斯特，也因此取得了複數眷屬神的加護。由於只要供給魔力的時候詠唱禱詞就好，相信王族再忙，這麼簡單的祈禱也辦得到吧？」

「只要這樣就好了嗎？」

亞納索塔瓊斯朝我投來懷疑的眼光。

「當然，如果想要更多加護，必須積極地前往神殿、舉行儀式。但是，王族好像沒有多餘的心力做這些事情，而且如果突然想要主導儀式，也會與中央神殿起衝突吧。所以我建議從簡單的事情開始做起。久而久之，就會自然而然地能夠向神獻上祈禱，魔力還會自行釋出變成祝福喔。」

重點在於習慣成自然。而且習慣以後，還可能被視為怪人、惹別人生氣。這些我都已經有過經驗。

「此外，雖然我們還沒有正式展開研究，但聽說成年以後仍能取得加護。所以只要經常在供給魔力的時候獻上祈禱，幾年之後應該會覺得輕鬆許多喔。」

「成年以後依然可以嗎？艾倫菲斯特究竟隱瞞了多少事情？」

「我們並非有意隱瞞喔。因為一直到這次舉行加護儀式、與他領進行比較之前，我都以為大家在為基礎魔法提供魔力的時候，也會獻上祈禱。」

而且一直以來沒公開的，全是斐迪南持有的情報。所以沒有說出這些情報的其實是斐迪南，而不是艾倫菲斯特。但當然，我不會多嘴說出這些事情。

「羅潔梅茵大人，紙張與墨水送到了。」

「漢娜蘿蕾大人，謝謝您。」

漢娜蘿蕾幫忙拿了紙張和墨水進來。我接過後，開始一邊翻譯，一邊抄寫從前某位國王的回憶錄。

「接下來換我們去休息。漢娜蘿蕾，抱歉，麻煩妳抄寫這邊石板上的內容。」

「遵命，席格斯瓦德王子。」

看著兩位王子走出書庫後，我吐出一口大氣。漢娜蘿蕾跟著吁了口氣，然後輕笑起來。

「羅潔梅茵大人，真沒想到接到亞納索塔瓊斯王子的傳喚以後，到了圖書館一看，竟然三位王子都在呢。」

「是啊。看到席格斯瓦德王子的時候，我也嚇了一大跳。」

……只不過我當時是在王子的離宮，並不是在圖書館。

「我還以為自己只負責開門，想不到現在還要抄書呢。我因為不太擅長古文，羅潔梅茵大人也在就讓我安心多了。」

「王族平常好像都優先處理公務，也看不太懂古文。所以，我倒覺得慢慢可以看懂的漢娜蘿蕾大人很厲害喔。」

我一邊與漢娜蘿蕾閒聊，一邊把石板上的內容改寫為現代語。

「……哎呀，這是繼位儀式嗎？」

漢娜蘿蕾看著自己手上的石板，忽然揚聲這麼說。由於這種儀式絕不可能在艾倫菲斯特的神殿裡舉行，被勾起好奇心的我探頭看向石板。

「這裡寫著，『新國王展示自己手中的古得里斯海得』，所以這上面寫的應該是繼位儀式沒錯……」

「是啊。我也覺得是繼位儀式。」

……那麼，未持有古得里斯海得的現任國王，當初是怎麼舉行繼位儀式的呢？

我內心升起這樣的疑惑，繼續閱讀手中的白板。漢娜蘿蕾判定儀式步驟是無關緊要的資訊後，便把白板遞給我說：「您若想看的話，請拿去吧。」接著，她再請休華茲取來新的石板。

我於是看起漢娜蘿蕾遞來的白板。繼位儀式上，神殿長似乎需要戴上頭冠，也就是光之女神的神具。因為光之女神是司掌契約與約定的女神嗎？

……這是咒語嗎？

寫著儀式流程的白板上，還有疑似讓思達普變形用的咒語。我把疑似是咒語的詞彙抄寫在自己帶來的寫字板上。

……斐迪南大人以前肯定經常往這裡跑吧。

在記錄著其他儀式的石板上，還寫有教人如何變出黑暗之神的披風，和如何變出土之女神聖杯的咒語。之前我還奇怪，為什麼就只有斐迪南的知識特別淵博，而且都是沒什麼人知道的事情。他鐵定是在這處書庫裡學到的。

……我也要努力把石板通通看完！

後來，我一直閱讀資料到圖書館閉館為止，再把書庫的鑰匙放回辦公室的保管盒。由於讀到了各種儀式的流程，現在我已經知道每一種神具的咒語。而在看過大量資料、吸收了大量新知以後，我心滿意足的同時，也覺得自己像喝醉一樣腦袋昏沉沉的。

「現在只要鑰匙的管理者到齊，我們就能進入書庫，而且王族不現身的話，也不需要請其他學生離開。所以不如就由我代替忙碌的王族，努力把所有資料看完吧。」

我這麼提議後，卻立即遭到黎希達與亞納索塔瓊斯的反對。

「大小姐，萬萬不可。您還有許多該優先完成的事情，好比與大領地的共同研究。況且在沒有人能將您帶出來的情況下，我絕不能讓您進入侍從無法干涉的書庫裡。」

「妳的侍從說得沒錯。妳一看起資料，就會完全不聽我們說話，絕不能讓妳獨自入內。再者若沒有人負責監督，妳還會看得太過專注，忘了要抄寫資料。」

兩人說完，其他人紛表贊同。我環顧了一圈後，卻沒有半個人幫我說話。

……怎麼會這樣?!居然沒有半個人站在我這邊！

我接著看向在場權力最大的人，也就是席格斯瓦德。只見他依然面帶沉穩的笑容，看向歐丹西雅與漢娜蘿蕾說：

「除非我們王族再度傳喚各位，否則此處的地下書庫禁止任何人進入。歐丹西雅、漢娜蘿蕾，即便羅潔梅茵提出請求，妳們也不能為她開門。」

「遵命。」

好不容易發現了有趣的書庫，竟然不能進去！我沒精打采地返回宿舍。

回到宿舍以後，黎希達對著我訓斥了很長一段時間。因為我在書庫裡面時，眼睛完全沒離開過資料，就算席格斯瓦德說話也只是虛應了事；而且我本來還想待到最後一秒鐘，是亞納索塔瓊斯抽走我手中的資料，再把我趕出書庫。韋菲利特一臉傻眼，說：「羅潔梅茵，妳不是說過妳會盡量不與王族接觸嗎？這又是怎麼回事？」

……韋菲利特哥哥大人，我覺得這件事可不是我的錯喔。

戴肯弗爾格的儀式

在我造訪過圖書館書庫的幾天後，洛飛捎來的奧多南茲重複了三次說：「我們在騎士樓比迪塔吧！」對此，我只是回覆道：「如果是指共同研究的話，沒有問題喔。」很快地，換漢娜蘿蕾捎來奧多南茲說：「非常抱歉，是老師說錯了。是共同研究才對。」於是我爽快地答應下來。

「羅潔梅茵，進行共同研究的時候，不知道妳又會做出什麼事情，所以我也一起去騎士樓吧。」

「哥哥大人，您只是想看迪塔而已吧？」

被夏綠蒂一語戳破後，韋菲利特瞬間語塞。在看過羅德里希創作的迪塔故事以後，男孩子們突然都對迪塔興致勃勃。雖然可能也對迪塔前後的儀式感到好奇，但最好奇的果然還是迪塔吧。

「……哥哥大人到時候可能無法專心，而且我也對能取得更多加護的研究感興趣，所以我也一同前往吧。姊姊大人，請問可以嗎？」

夏綠蒂說完，朝我看來。聽到認真進取的妹妹說，想要在明年的加護儀式到來前多蒐集點情報，我怎麼可能拒絕她的請求。姊姊就該實現可愛妹妹的心願！

「夏綠蒂，當然可以啊。既然哥哥大人與夏綠蒂都要同行，那也讓兩人的見習文官一起幫忙吧。」

於是，我把韋菲利特與夏綠蒂的見習文官召集到多功能交誼廳，發完紙張以後，開始教他們如何做問卷調查。由於宿舍裡沒有印刷機，不可能一下子就準備好內容一模一樣的問卷調查表。因此，我打算採取街頭問卷調查的方式，把問題都列在第一面，再由文官向見習騎士發問，然後把回答寫下來。這樣一來，見習文官只要抄寫一面的問題就好，再要求他們一定要按著規定格式寫下回答，方便之後統計結果。

「韋菲利特大人……」

「伊格納茲，你認命吧。既然這是羅潔梅茵想出來的新方法，也只能學起來了。因為你就算不想學，以後也會經常用到。」

教了大家如何做問卷調查，準備也完美就緒後，我們往騎士樓出發。聽說洛飛會幫忙召集見習騎士，所以我們的目的地是某間比較寬敞的教室。由於騎士樓由大大小小的訓練場組成，占地非常遼闊，移動時必須使用騎獸。

在萊歐諾蕾的帶領下，艾倫菲斯特一行人往騎士樓移動。不僅三年級以上的見習騎士都在，三名領主候補生又各自帶著近侍同行，隊伍相當浩大。

「這裡就是騎士樓嗎？」

「我第一次來這裡呢。」

在地面降落後，我與夏綠蒂一起左右張望。黎希達輕笑道：「兩位大小姐，領地對抗戰的時候不是就來過這裡了嗎？」這麼說也沒錯，但因為當時只去了最大的訓練場，我還是第一次來到學生上課的地方。

「我還以為汗臭味會很重呢。」

畢竟騎士專業樓是見習騎士平常出入的地方，他們又會在訓練上花費大把時間。我本來還作好心理準備，以為這裡會和麗乃那時的女子更衣室一樣，每次體育課過後就滿是讓人作嘔想吐的芳香噴霧，或是像社團大樓那樣，充斥著分不清是男生體臭、汗臭還是灰塵的氣味，結果卻是一點味道也沒有。

「因為很多人訓練結束後會施展洗淨魔法，所以不像文官樓有著獨特的氣味。」

馬提亞斯說完，泰奧多小聲笑了起來。大概是想起了文官樓裡的藥草臭味吧。

……洗淨魔法真是太偉大了。

我一邊這麼心想一邊前進，很快看見洛飛與戴肯弗爾格的領主候補生藍斯特勞德及漢娜蘿蕾已經出來迎接。雙方接著互道寒暄。

「那我們馬上來比迪塔——」

「洛飛老師？」

「……在比迪塔之前，我想先說明一下比賽前後的儀式，並且實際做示範。」

在漢娜蘿蕾的瞪視下，洛飛火速改口，但我總覺得他臉上就只寫著「迪塔」兩字。現在可不能被一心只想比迪塔的老師牽著鼻子走。

……比起迪塔，應該先進行研究才對。

我與漢娜蘿蕾互相對望，對彼此輕輕點頭。

「在聽取儀式的說明之前，我想先問見習騎士們一些問題。老師，您還召集了他領的見習騎士吧？總不能讓他們一直乾等。」

「羅潔梅茵大人說得沒錯，必須先向大家問問題才行。反正我們已經與艾倫菲斯特約好了，稍後再比迪塔也沒關係吧？」

「說得也是。先把要問的事情問完，之後就能專心比迪塔了。」

大概是想到要比迪塔就慷慨激昂，洛飛的走路速度相當快。

寬敞的教室裡，已集結了許多見習騎士。我請同行前來的十名艾倫菲斯特見習文官，到最後面的那排桌子坐下，然後請他們備好墨水、問卷題目表以及寫回覆用的紙張。

「今天非常感謝各位的幫忙。接下來請各位依序上前，回答艾倫菲斯特的見習文官所提出的問題。調查結果將在領地對抗戰上當作研究成果發表，所以回答完問題的人，就可以先離開了。庫拉森博克的見習騎士，請從這邊開始排隊。回答完問題的人，就請從這裡離開吧。」

貴族院不管什麼事情，都是照著領地排名來決定順序，所以引導起來非常容易。就連在宿舍裡頭，也會分成上級、中級與下級貴族，然後再依年級細分。因此我一開口引導，大家便自動自發照著順序排隊。

緊接著，十名見習文官同時開始問問題，振筆寫下回答。由於讓他們練習過好幾次了，現場秩序十分良好，問卷調查也進行得很順利。

「這邊已經結束了。下一位這邊請。」

看見菲里妮舉起手來，我便引導正在排隊的見習騎士走向菲里妮。等到庫拉森博克的見習騎士減少大半，我接著請下個領地的見習騎士上前排隊。

在這次的問卷調查中，我最重要的任務就是引導大家，現在看來一切也很順利。我正對自己的工作表現感到心滿意足時，布倫希爾德帶著侍從們朝我走來。

「羅潔梅茵大人，我們已經知道該如何引導眾人，接下來請交給我們吧。洛飛老師說了，他想與您討論接下來的迪塔。」

……可是比起討論迪塔，我更想指揮交通呢。

然而我身為共同研究的負責人，不可能不參與討論。於是我帶著黎希達，走向其他領主候補生所在的方向。

「這種問問題的方式好特別唷。」

「這種方式很適合用在一對一的情況下，而且是重複詢問相同的問題喔。我看聚集在這裡的，似乎都是三年級以上的見習騎士，但老師通常是什麼時候把儀式時的歌舞教給大家呢？因為好像就連艾倫菲斯特的一年級生也知道……」

我看向泰奧多說道。泰奧多曾跟我說，今年因為要進行共同研究的關係，洛飛興高采烈地把儀式時的歌舞教給了大家。

「為了使用訓練場，一年級生打從入學便會出入騎士樓，所以我都會教給他們。應該一年級生也都知道吧。只不過除了戴肯弗爾格的見習騎士，其他學生大概是不習慣，都不會認真地唱歌跳舞。今年聽到我說，也許可以藉此取得神祇的加護後，才有越來越多他領的見習騎士也認真照做。」

這點艾倫菲斯特的見習騎士也一樣。在宿舍裡頭，聽到戴肯弗爾格都會舉行儀式以後，萊歐諾蕾也說過：「因為以前根本不明白為什麼要唱歌跳舞。如果早知道這麼做可以取得神祇加護的話，大家也會認真一點吧。」

「羅潔梅茵大人，那關於今天的迪塔，要訂定怎樣的規則呢？」

雙眼閃閃發亮的洛飛這麼發問後，我只是把頭一歪。

「沿用平常訓練訂的規則就好了喔。」

「但是，平常的訓練都是比競速迪塔……」

「是啊。所以既然要比競速迪塔，不需要再另外訂定規則了吧？」

我話一說完，洛飛便瞪大雙眼，僵硬不動了整整三秒鐘。

「為什麼?!妳明明對奪寶迪塔傾注了那麼多熱情，寫出了那麼精采的故事，竟然不比奪寶迪塔……！」

「首先迪塔故事並不是我寫的，再者也是因為奪寶迪塔太耗時間了。我們只是為了研究，想觀看各位舉行的儀式而已。因此，我認為這次比競速迪塔比較適合。」

怎麼這樣——洛飛顯得大受打擊。而在他周圍，戴肯弗爾格的見習騎士們也都張大了雙眼和嘴巴，直直盯著我瞧。看來在戴肯弗爾格領內，似乎都認定了要比奪寶迪塔。

「可是，羅潔梅茵大人……」

「戴肯弗爾格應該不是非得比奪寶迪塔，才能舉行儀式吧？還是說，比的是競速迪塔，戴肯弗爾格就無法拿出真本事嗎？」

雖然當初他們要求，為了研究必須比場迪塔，但可沒有指定種類。聽到我這麼說，漢娜蘿蕾笑著點點頭。

「羅潔梅茵大人說得沒錯，不管是競速還是奪寶，迪塔就是迪塔，我們一樣可以舉行儀式。況且戴肯弗爾格面對任何迪塔，從來都是拿出真本事。既然今天的迪塔是為了研究而舉行，我也認為比競速迪塔比較好。」

「漢娜蘿蕾大人，話雖如此……」

畢竟開口說話的人是戴肯弗爾格的領主候補生，洛飛與見習騎士們也不好反駁吧。於是在漢娜蘿蕾的笑容推動下，就決定比競速迪塔了。

「不過，很高興聽到洛飛老師這麼喜歡迪塔故事，感覺您看得非常投入呢。」

「因為這本書現在在戴肯弗爾格舍裡引發了熱烈討論。書裡的作戰方式，是不是斐迪南大人提供了建言呢？記得我們中過同樣的計謀。」

洛飛說起當年的情景，我輕嘆口氣。

「……因為我把斐迪南大人給我的迪塔作戰資料，借給了創作迪塔故事的作者。這既不是斐迪南大人想出來的故事，他也沒有提供過任何協助喔。」

「那還真是教人期待續集。請問續集何時出呢？」

看樣子洛飛已經得了「給我續集的病」。一切正按計畫進行。

「續集嗎？我想想……對了，由於藍斯特勞德大人說過他會畫插圖，所以會是收到插圖以後吧。而且第一集也預計要加入插圖，重新裝訂。」

因為書本只是用線固定起來，雖然得費點工夫，但要加入插圖並非難事。第二集應該也會先完成一本樣書，再交給藍斯特勞德請他繪製插圖，然後加入插圖。其實我本打算等畫師畢業以後，將對方招攬來艾倫菲斯特，所以雖說要向他領購買插圖，但我還沒想好該如何進行交涉，也還沒有決定要買。

……畢竟，我根本沒想過要由即將畢業的領主候補生來擔任畫師啊！

「插圖我已經畫好了，但今天沒帶來，下次再拿給妳看吧……嗯，比如換妳舉行儀式的時候。」

「我會拭目以待。」

……在那之前，得先想好購買的價格與到時要怎麼收取插圖才行。

我一邊思考接下來的安排，一邊聽著戴肯弗爾格的近侍們訴說迪塔故事的讀後感想，不知不覺問卷調查也結束了。

「回到宿舍以後，我們會統計結果。至於調查結果，會在領地對抗戰開始前先向戴肯弗爾格告知。」

「羅潔梅茵大人，至少請讓我幫忙統計吧。現在的共同研究不過虛有其名，我根本什麼忙也沒幫到。」

克拉麗莎說完，要一起進行研究的戴肯弗爾格見習文官們也用力點頭。我本來想請他們幫忙比較我與戴肯弗爾格所舉行的儀式有何不同，但今天在做問卷調查的時候，戴肯弗爾格的人確實沒能幫上半點忙。既然我都聲稱這是兩領的共同研究了，或許也該指派點工作給他們。

「……不如這樣，統計工作就在艾倫菲斯特的茶會室裡進行吧。由於我想盡快知道結果，明天一早上課鐘響後就會開始統計。有空的人歡迎來幫忙。」

「遵命。無論如何我一定會到！」

克拉麗莎握起拳頭，露出開心的笑容說。這時，漢娜蘿蕾卻一臉不安地問道：「羅潔梅茵大人，這樣真的好嗎？我是不是也該到場呢？」

……克、克拉麗莎的參加，是件教人這麼擔心的事情嗎？

我忽然感到不安，於是也請漢娜蘿蕾一同前來，負責監督戴肯弗爾格的學生。向漢娜蘿蕾提出請求後，藍斯特勞德倏地揚起頭。

「身為負責人，那我也……」

「哥哥大人，您還要上課吧？我要向母親大人報告，說您只顧著畫迪塔故事的插圖，都沒去上課唷。」

……漢娜蘿蕾大人真是太可靠了！

我的心臟正因此猛然揪緊時，夏綠蒂輕笑起來說：

「藍斯特勞德大人與漢娜蘿蕾大人，還真像是拚命找藉口要看書的姊姊大人與努力阻止她的黎希達呢。」

「的確。不過，我個人雖然不想挨黎希達的罵，但如果能像漢娜蘿蕾大人這樣用可愛一點的方式勸阻，我倒是不介意。」

「韋菲利特小少爺，您這話是什麼意思呢？」

黎希達「呵呵呵」地微笑說道，韋菲利特的臉龐立即一僵。看著韋菲利特，我點了點頭。

……我稍微能懂韋菲利特哥哥大人的心情。

問卷調查結束後，我們便前往訓練場比競速迪塔。我的目的是觀看比賽開始前所唱的古老戰歌，以及他們向戰鬥系神祇奉獻魔力的儀式。由於很少看到自己以外的人舉行儀式，我心裡無比期待。

艾倫菲斯特與戴肯弗爾格的學生都往訓練場移動。由於這是兩領的共同研究，禁止他領的人入內參觀。我們和領地對抗戰時一樣，待在可以俯瞰比賽場地的看臺上。訓練場的構造也都一樣，但不同的是這裡沒有椅子，只能站著參觀。

到了看臺以後，艾倫菲斯特與戴肯弗爾格的學生們不自覺地分別站到左右兩邊。可能因為熱愛迪塔是當地的特色，抑或單純只是見習騎士的人數很多，戴肯弗爾格那邊看起來就是黑壓壓一片。

「羅潔梅茵，光是在場聲援的人數我們就輸了。不然也把想看迪塔的低年級生們叫過來吧？」

韋菲利特說完，我看向戴肯弗爾格，發現不少見習騎士以外的學生也來了，於是點一點頭。

「難得有這種機會，讓大家一起來加油吧。」

夏綠蒂立即送出奧多南茲，最終幾乎所有艾倫菲斯特的學生都來到了訓練場。儘管如此，還是比不上戴肯弗爾格的人數與他們興奮的程度。

「那開始吧。現在要向艾倫菲斯特展示我們的儀式，要參加比賽的見習騎士出列！」

洛飛嘹喨的話聲一響，戴肯弗爾格的見習騎士們隨即變出騎獸，飛往下方的比賽場地。學生們爆出「嗚哇啊啊——！」的歡呼聲。光是要比競速迪塔就能這麼興奮，完全沒有必要比奪寶迪塔嘛。

「漢娜蘿蕾，妳呢？」

「就交給哥哥大人吧。」

藍斯特勞德點點頭，拿出魔石在貴族院的黑色制服上變出簡易鎧甲，接著躍上騎獸飛到場地上，然後消除騎獸。他在見習騎士們圍成的圓圈中心降落後，旋即變出思達普，扯開喉嚨大喊：

「賜予將上場戰鬥的吾等力量吧！嵐恩翠！」

聞言，所有見習騎士皆把手中的思達普變成長槍。

「創世諸神，吾等在此敬獻祈禱與感謝。」

熟悉禱詞傳來的同時，眾人手中高舉的長槍「咚」地敲向地面。

「賜予吾等贏取勝利的力量吧，強大如同無人能敵的安格利夫。賜予吾等贏取勝利的速度吧，迅疾如同無人可比的休泰菲黎茲。」

和哈爾登查爾的儀式一樣，他們就像是把聖典裡的禱詞加上曲調，高聲唱起戰歌，向與戰鬥有關的諸神獻上祈禱。與此同時，周遭的見習騎士們也以劍舞般的動作使起長槍。只見他們將長槍一轉，再以槍尾敲擊地面。每當他們換手拿取，長槍便會撞上魔石變成的鎧甲發出鏗鏘聲響，一次又一次像在打著拍子。

站在圓圈中心的藍斯特勞德同樣揮著長槍，與見習騎士們一同跳起戰舞。拿著長槍跳舞，動作居然還能那麼穩定，難怪奉獻舞也跳得很好。

「漢娜蘿蕾大人，您也能像這樣拿著長槍跳舞嗎？」

我看著藍斯特勞德發問後，漢娜蘿蕾露出了有些靦腆的笑容。

「當然我也會被迫練習，但本身並不擅長，所以不能在大家面前獻醜。」

……當然嗎？看來溫柔乖巧的漢娜蘿蕾大人竟然也能跳這種戰舞，戴肯弗爾格真是太了不起了。

「戰鬥吧！」藍斯特勞德大聲一喝，高舉起思達普變成的長槍。「噢噢！」周遭的見習騎士們也發出威猛的吶喊，朝著天空一致舉起長槍。

看臺上的戴肯弗爾格學生緊接著發出歡呼。連在一旁看著的我們也被感染，心情跟著激昂起來。看得出在場上跳舞的見習騎士們，都因即將到來的比賽而團結一心。

「……好厲害喔。跟訓練時老師教我們的樣子完全不一樣。」

優蒂特目瞪口呆地低聲說完，旁邊的見習騎士們也點點頭。

「接下來要和他們比賽嗎？」

馬提亞斯喃喃說道，像是完全被他們的氣勢給震懾住了。還沒開始比賽，氣勢就已經輸給對方，這樣下去可不行。

「勞倫斯，既然洛飛老師教過，艾倫菲斯特的見習騎士們也會同樣的歌舞吧？」

「是，基本上沒問題。那個，羅潔梅茵大人，難不成您……」

我對欲言又止的勞倫斯投以微笑。

「沒錯，我們也做一樣的事情來與他們對抗吧。」

「可是，艾倫菲斯特緊接在他們之後才跳，恐怕也提振不了多少大家的士氣……」

「只論獻上祈禱的話，這可是我的拿手絕活喔。」

我「唔呵呵」地笑著說完，萊歐諾蕾似乎明白了我的意思，彎起嘴角微笑。

「那就麻煩羅潔梅茵大人待在圓圈中心唱歌，提升艾倫菲斯特的士氣吧。」

我跟著要上場比賽的見習騎士們一起變出騎獸後，韋菲利特立刻垮下臉來，一把抓住我的手。

「羅潔梅茵，雖然我不知道妳要做什麼，但我勸妳最好不要。根據以往的經驗，我總覺得妳一親自出馬，就會發生什麼預料之外的事情。」

「韋菲利特哥哥大人，我只是要模仿戴肯弗爾格的儀式而已。只要能讓艾倫菲斯特的見習騎士稍微打起精神來，這樣我就心滿意足了。」

說話的同時，我指向熱血沸騰的戴肯弗爾格一行人，再指向已被對方氣勢震懾住的我方見習騎士。夏綠蒂以手托腮，思考片刻。

「姊姊大人，但戴肯弗爾格如果沒有在接下來的比賽上獲勝，就無法舉行之後的儀式，所以現在這樣也沒關係吧？我認為您沒有必要模仿戴肯弗爾格的儀式。」

「……妳這麼一說，確實是呢。」

戴肯弗爾格雖會在比賽前後舉行儀式，但結束後的儀式都是在慶祝得勝，並向神祇獻上感謝。我被夏綠蒂的意見說服，正想要消除騎獸時，回到看臺上來的藍斯特勞德擺擺手說了：

「來都來了，那就試試看吧。同樣的儀式，戴肯弗爾格與艾倫菲斯特舉行起來是否會有不同……既然要進行研究，也該了解這些事情吧？」

「這、這個……雖然藍斯特勞德大人說得沒錯……」

韋菲利特與夏綠蒂一臉為難地對望。

「正好我很好奇，同一時間在同一地點，舉行儀式的人不同，是否結果會不一樣。為了研究妳就試試看吧。」

「我明白了。這是為了研究嘛。」

我對藍斯特勞德點了點頭，然後與見習騎士們一起騎著騎獸來到比賽場地。落地後，優蒂特一邊示意我該站的位置，一邊悄聲問我：

「羅潔梅茵大人，您知道怎麼唱歌跳舞嗎？」

她那充滿擔憂的話聲讓我看向大家，發現反倒是被迫舉行同樣儀式的見習騎士們，全都一臉不安。只有萊歐諾蕾察覺到了我是想趁機偷偷給予大家祝福，正俐落地指示見習騎士們要站到哪個位置。

「不。我今天是第一次看到，所以並不會喔。我只會模仿藍斯特勞德大人，一起拿著長槍而已。這樣就可以偷偷給予大家安格利夫的祝福。」

聞言，優蒂特微微瞠大堇紫色雙眼，然後輕笑起來。

「這樣一來，結果怎麼可能和戴肯弗爾格一樣嘛？您還說是為了共同研究，這個理由根本不成立。」

「妳放心吧，因為我唸的禱詞會和戴肯弗爾格一樣。我只是想偷偷給予大家祝福，但這樣還是能對研究有些幫助吧？」

優蒂特點點頭，回到自己的位置上。接著換萊歐諾蕾走來，向我報告所有人都已經就定位，再為我說明要注意的時間點。簡單來說，就是只要一開始與結尾有抓準時機就沒問題了。

我看向在周遭圍成一個圓圈的見習騎士們。首先要由我發出吆喝，再用思達普變出長槍，儀式才能正式開始。

「賜予將上場戰鬥的吾等力量吧！」

……呃，接下來只要變出長槍就好了吧？

「嵐恩翠！」

我先是變出思達普，接著變成萊登薛夫特之槍。聽見我的大喊，所有見習騎士也都把思達普變成長槍。只不過，大家都一臉吃驚地注視萊登薛夫特之槍。

……這麼說來，雖然我去年曾在課堂上簡單變過一次，但好像從來沒向見習騎士們展示過吧？

由於平常也不會刻意展示萊登薛夫特之槍，所以除了會出入神殿的近侍們外，即便在艾倫菲斯特領內，可能也有許多人從未見過萊登薛夫特之槍。不過，現在可不是驚訝地張大雙眼、盯著我瞧的時候喔。

……喂喂，別看我這邊，要快點唱歌才行啊。

我往看得出神的見習騎士們輕睨一眼，盡可能抬高音量唸出禱詞：「創世諸神，吾等在此敬獻祈禱與感謝。」然後舉起長槍，敲向地面。大概是因為聽到了熟悉的禱詞，又看到我揮舞長槍，見習騎士們像是恍然回到現實，重新動了起來。

「賜予吾等贏取勝利的力量吧，強大如同無人能敵的安格利夫。賜予吾等贏取勝利的速度吧，迅疾如同無人可比的休泰菲黎茲。」

在大家邊唱歌邊揮舞長槍的時候，我只是握著長槍站在圓圈中心。而且因為我並未記住曲調，所以也不會唱。但是，要唸禱詞給予祝福的話倒是沒問題。我隱沒在大家的歌聲中，小聲地詠唱禱詞、給予祝福。

……最後再大喊「戰鬥吧！」並舉起長槍就好了吧？

我算準時機，舉起長槍。

「戰鬥吧！」

我努力地扯開喉嚨大聲呼喊後，下一秒忽然聽見「咚！」的巨響。

「嗚呀?!」

我不自覺發出了怪叫聲。但由於大家的目光都緊盯著從萊登薛夫特之槍飛出的魔力，好像沒有半個人注意到。

我也仰望上空，慢慢放下高舉的長槍。如今我手中的萊登薛夫特之槍已經不再綻放藍色光芒，釋出了所有魔力，魔石也變得透明。

把會擋到視線的長槍移開後，我定睛觀察起飛出去的魔力。可以的話，真想叫魔力趕快回到自己身上，但不知道這種事情能否辦到。只見魔力在上空不停旋轉，漸漸地變幻成了幾種色彩。有黃、有紅、有綠，但主要是藍色居多。緊接著那些光芒同時傾灑下來，耀眼得讓我忍不住閉上眼睛。

但就算閉著眼睛，我也感覺得到四周十分明亮，但光芒很快就消失了。我戰戰兢兢地張開眼睛後，看見周遭艾倫菲斯特的見習騎士們也都一臉茫然，不曉得究竟發生了什麼事。這時上空已經不見半點魔力。

現場靜寂了幾秒鐘後，看臺上的人們忽然嘈雜地討論起來：「剛才那是怎麼回事?!」不過，主要是戴肯弗爾格的人在議論紛紛，韋菲利特與夏綠蒂則正一致扶額。連我在這裡也能想見，回到看臺上後他們一定會說：「所以我們都叫妳不要去了……」

「羅潔梅茵大人，接下來競速迪塔就要開始，請您回到看臺上吧。」

「萊歐諾蕾，妳知道剛才發生了什麼事情嗎？」

「我只知道羅潔梅茵大人給予了非常大量的祝福，其他並不清楚。請您上去問其他人吧。因為隔著一段距離，也許他們看得更清楚。」

聽萊歐諾蕾這麼說，我只好不得已地返回看臺。不同於正頭痛扶額的兩名艾倫菲斯特領主候補生，戴肯弗爾格的兩名領主候補生倒是來勢洶洶地馬上向我追問。

「羅潔梅茵大人，剛才那究竟是怎麼一回事呢？」

「我第一次在儀式上看到這樣的光景，妳到底做了什麼?!」

漢娜蘿蕾與藍斯特勞德不約而同開口發問，其他人也一臉興致勃勃地等著我回答。可是，我根本無法明確給予答覆。

「我想那應該是祝福，但因為我也是第一次舉行這個儀式，不太清楚到底發生了什麼事。當時我由下往上看，好像看到了好幾種顏色的祝福，不知道你們在這邊看到的景象又是什麼樣子呢？」

兩人先是互相對望，然後開始描述他們剛才看見的儀式。

「羅潔梅茵大人，您不是變出了萊登薛夫特之槍嗎？我雖然之前就見識過了，但因為其他人從未親眼目睹，都嚇了一大跳喔。」

「這也是當然的吧。很久以前妳好像向我報告過這件事，但誰想得到她真的能當場變出神具。」

藍斯特勞德說完，一旁眾人也點頭同意。漢娜蘿蕾露出了有些生悶氣的表情，說：

「明明我報告的時候，哥哥大人還一口咬定那不可能是真的神具。」

「羅潔梅茵大人，您剛才的模樣真是美麗無比。相同的儀式我已經在領內看過了無數次，今天卻是第一次知道原來這個儀式如此神聖。真不愧是聲名遠播的艾倫菲斯特聖女羅潔梅茵大人。」

「那個，克拉麗莎……」

克拉麗莎興奮得藍色雙眼燦亮生輝，滔滔不絕地說起我剛才的模樣有多麼美麗。

「您手中的萊登薛夫特之槍不停發出滋滋聲響，還綻放著耀眼藍光，完全是無庸置疑的神具。而羅潔梅茵大人靜佇原地，唱著祈禱戰歌的模樣更是超凡脫俗，宛如得到神的恩准借得神具的梅斯緹歐若拉。」

「妳快點讓她閉嘴。」

藍斯特勞德一臉厭煩地看向克拉麗莎。的確，克拉麗莎要是一直興奮地滔滔不絕下去，我們根本無法談話。

「能夠親眼目睹，我真的、真的打從心底慶幸自己能夠活在這世上。可是，明明我還想將羅潔梅茵大人的更多面貌深深烙印在腦海裡，為何我的領地與年級皆和羅潔梅茵大人不同呢！」

「克拉麗莎，有件事我想拜託妳。」

「羅潔梅茵大人，什麼事呢？請儘管吩咐。」

克拉麗莎猛地轉過身來，我拿了菲里妮帶來的幾張紙遞給她。

「我想請妳趁著還沒忘記的時候，寫信給哈特姆特。為了哈特姆特的研究，請把妳今天在儀式上看到的所有事情，盡可能鉅細靡遺地寫下來。協助未婚夫完成研究也是很重要的事情吧？」

「盡可能鉅細靡遺……遵命。包在我身上吧！」

克拉麗莎接過紙張後，埋頭開始振筆疾書。這樣應該可以讓她安靜一陣子吧。我如此判斷後，看向藍斯特勞德與漢娜蘿蕾，示意接著討論。

「剛才舉行儀式時，我模仿了藍斯特勞德大人舉起長槍，結果萊登薛夫特之槍裡的魔力突然往外飛出，嚇了我一跳呢。」

「妳也嚇了一跳嗎？真是看不出來。」韋菲利特低聲嘀咕。聽說魔力從我手中的長槍飛出以後，一邊在上空旋轉一邊變得五彩繽紛，隨後往下灑落。

「我還注意到，部分祝福的光芒好像飛到了其他地方。」

夏綠蒂說完，大家也附和同意。待在正下方的我雖然看不見，但待在看臺上的大家似乎都看得很清楚。

「那是飛去哪裡了呢？」

「我也不曉得。總之光芒在上方旋轉的時候，有一部分就這樣咻地飛走了……」

「這麼說來，以前我在舉行另一個儀式的時候，也曾有魔力往外飛出去。這可能是在貴族院舉行儀式的特有現象吧。」

就連在領主候補生上課的教室內，提到用以取得黑暗之神與光之女神名字的儀式時，也非常小心慎重。為免多嘴說出不該說的話，我講得非常籠統。

「在我看來，妳獻上祈禱後，諸神所給予的祝福全灑落在了你們身上。可是，妳所舉行的儀式究竟與戴肯弗爾格有何不同？難道原本應該使用萊登薛夫特之槍嗎？」

藍斯特勞德神色認真地思考起來，我也試著思索為何會有這樣的差異。

「可能是因為用的長槍不一樣，也可能是因為魔力奉獻的有無。因為，我剛才長槍裡的魔力都釋放出去了。但戴肯弗爾格剛才並沒有奉獻魔力吧？」

「我們都是在獲勝後的儀式上奉獻魔力。」

「若想得到諸神的祝福與加護，就必須奉獻魔力。這應該是最大的不同吧。」

我們討論著儀式的差異時，不知不覺競速迪塔已經開始了。洛飛在魔法陣中召喚了需要打倒的魔獸後，見習騎士們紛紛躍上騎獸，開始討伐。戴肯弗爾格先比，而他們的合作默契依舊讓人嘖嘖稱奇。

戴肯弗爾格打倒魔獸後，接著輪到備受矚目的艾倫菲斯特。由於剛才得到了大量的祝福，現場觀眾都往前傾身，十分好奇見習騎士們會有怎樣的表現。

「開始！」

洛飛召喚了魔獸後，比賽隨即開始。然而，見習騎士們的動作卻相當反常。有人突然以極快的速度往前猛衝，但馬上就像踩了煞車一樣停住撲倒；擅長遠距離攻擊的優蒂特從遠處發動攻擊後，下一秒卻像被某種東西彈開般往後飛出。每個人的動作都無比僵硬，明顯不太對勁。

「發生什麼事了？」

「大家的動作好奇怪。」

韋菲利特與夏綠蒂紛紛不安地說，藍斯特勞德則是冷哼一聲。

「我看妳剛才給的不是祝福，而是奇怪的詛咒吧？」

「哥哥大人！」漢娜蘿蕾立即揚聲制止。但看到場上眾人的模樣，我忍不住覺得搞不好還真被藍斯特勞德說中了。

「喝啊啊啊啊啊！」

就在見習騎士們都無法順利動作的時候，只有托勞戈特一個人大聲吶喊，舉劍要朝魔獸砍去。他手中的長劍已凝聚了大量魔力，綻放出虹色亮光。

「托勞戈特，快停下來！操控不了的魔力太危險了！」

「但再不快點我們就要輸了吧！」

「我們早在陣腳大亂時就輸了！不要做出危險行為！」

聽到馬提亞斯的大吼，托勞戈特先是瞪大雙眼，隨即一臉不甘地把劍放下。

「至少把長劍裡的魔力減到七成左右，否則你的攻擊很可能飛到看臺那邊去。」

「怎麼可能，依我的魔力……」

「現在的情況就是這麼危險。你要減輕力道再攻擊。」

最終托勞戈特似乎遵從了馬提亞斯的指示，稍微減少長劍裡的魔力。長劍散發的光芒稍稍減弱，緊接著托勞戈特往魔獸輕輕揮下長劍。然而，這記攻擊幾乎足以與騎士團長卡斯泰德匹敵。因為就這麼輕輕一擊，魔獸便灰飛煙滅了。

托勞戈特竟然有這麼豐沛的魔力嗎？我還眨著眼睛時，洛飛揚聲宣布：「比賽結束！戴肯弗爾格勝！」

「我去問問得到了妳祝福的見習騎士們，剛才到底發生了什麼事。」

韋菲利特說完變出騎獸，飛下場地。我與夏綠蒂也跟著飛到下方的場地，兩名戴肯弗爾格的領主候補生也跟著來了。

「你們知道剛才是怎麼一回事嗎？」

「我們突然無法調節魔力。明明是自己的身體，卻完全不聽使喚……」

他們說只是坐上騎獸的話還沒問題，但一旦傾注魔力想要加速，速度卻快得超出預期，想要停下卻又戛然止住。不僅如此，發動攻擊後的反作用力之大也是前所未見，讓他們無法在原地保持平衡。

「是因為接收到了太多祝福嗎？」

大家現在的狀態，可能就和舉行完加護儀式後，變得難以操控魔力的我一樣。對於我這個問題，見習騎士們都點點頭。

「應該是。由於超出了我們所能控制，身體適應不了突如其來的變化吧。」

結果竟然因為得到太多祝福，導致身體不聽使喚，比賽就輸了。這還真是沒面子。搞不好我什麼也不做，比賽還會精采得多。

「羅潔梅茵，妳的祝福還真的和詛咒差不多。」

「姊姊大人，您以後給予祝福的時候，記得要控制魔力喔。」

韋菲利特與夏綠蒂所言甚是。我不由得低下頭，向戴肯弗爾格的人道歉。

「實在非常抱歉。那個，我沒想到事情會變成這樣……這明明是戴肯弗爾格傳承至今的重要儀式，我不是故意要讓大家像得到詛咒一樣。」

「羅潔梅茵大人，您只是運氣有些不好而已。況且這次我們也有新發現，您不必這麼沮喪唷。」

……嗚嗚，漢娜蘿蕾大人太溫柔了。真是我心靈的摯友！

我正因漢娜蘿蕾的溫柔而大受感動時，藍斯特勞德揮開披風，指向場地中心。

「漢娜蘿蕾，接下來是最後要舉行的儀式。由妳去吧。」

「是，哥哥大人。」

漢娜蘿蕾於是坐上騎獸，飛到比賽場地中央。藍斯特勞德在原地目送了一會兒後，朝我們看過來。

「只有騎士可以待在這裡，我們回上面去吧。」

我們依言回到看臺上。

由於隔得很遠的關係，我聽不見漢娜蘿蕾說了什麼。但是，只見她將思達普變成了我從未見過的法杖，然後高舉過頭，開始慢慢轉圈。法杖頂端有著像是開展魚鰭又像蝙蝠翅膀的精巧造型，將水晶球般的偌大魔石夾在中間。

「藍斯特勞德大人，那個法杖是？」

「據說是海之女神緋亞弗蕾彌雅的神具，但我也不知是真是假。」

我想一定是真的。因為每當漢娜蘿蕾轉動法杖，我都會聽見浪潮聲。唰唰、唰唰的浪濤聲不斷傳來，接著只見魔力如熱氣般從艾倫菲斯特的見習騎士們身上裊裊升起，向著法杖聚集。

……我如果是艾倫菲斯特的聖女，漢娜蘿蕾大人就是戴肯弗爾格的聖女吧。

我感佩不已，看著魔力如同海浪般一邊翻滾一邊往法杖匯集。這時，藍斯特勞德忽然瞇起雙眼低喃：「這是怎麼回事……」

「您怎麼會問這是怎麼回事呢……戴肯弗爾格在比完迪塔以後，都會舉行這個儀式吧？」

「但這樣的現象我還是頭一次見到。」

「咦?!可是，我看艾倫菲斯特的見習騎士們都被吸走了魔力，這樣沒問題嗎？」

「不知道。」

「怎、怎麼這樣……」

我頓感不安，俯瞰底下的比賽場地。

被漢娜蘿蕾旋轉法杖的動作影響，見習騎士們釋出的魔力也跟著捲起漩渦，不停往中心聚集。緊接著漢娜蘿蕾不知道說了什麼，猛然高舉法杖後，匯聚的魔力便像一條飛龍般衝上天際。

至此儀式似乎就結束了。以漢娜蘿蕾為首，見習騎士們都回到看臺上來。

「漢娜蘿蕾大人，剛才那是怎麼一回事呢？」

「這種景象我第一次在儀式上看到。」

我與藍斯特勞德一前一後發問後，漢娜蘿蕾臉色為難地露出微笑。

「我現在完全可以明白羅潔梅茵大人剛才困惑的心情呢。因為我也不曉得到底發生了什麼事。我只是覺得中斷儀式也不好，便硬著頭皮完成儀式。」

這時，反倒是萊歐諾蕾與馬提亞斯回答了我們問漢娜蘿蕾的問題。

「我想戴肯弗爾格在最後舉行的儀式，目的可能是歸還眾神賜予的祝福。」

「我的想法和萊歐諾蕾一樣。因為羅潔梅茵大人給予我們的祝福似乎都消失了，魔力又回到原先的狀態。除此之外，這個儀式可能也有讓人冷靜下來的鎮定效果。因為我現在的心情非常平靜，難以想像剛才還發生了那麼多事。」

「有鎮定效果嗎？」漢娜蘿蕾眨眨眼睛，看向戴肯弗爾格的見習騎士們。「的確，明明才剛比完迪塔，大家卻沒有很激動呢。」

接著只見漢娜蘿蕾用力握拳，低聲說著：「得想辦法好好活用這個儀式才行……」明明儀式出來的效果與過往截然不同，她的反應卻很正向積極。眼看漢娜蘿蕾一派鎮定自若，很有大領地領主候補生的風範。哪像我，面對意想不到的發展只會驚慌失措，感覺就不太聰明。我也該向漢娜蘿蕾看齊，想想如何能把儀式的效用發揮到極致。

……如果可以調節灌注的魔力，往後應該也能在討伐冬之主時派上用場，我得好好研究才行。

「今天發生的事情雖然全在意料之外，但也有許多新發現，不枉比了這場迪塔。」

「您能這麼說是我們的榮幸。」
我站在一步後方，看著藍斯特勞德與韋菲利特這樣往來客套。
「那麼，艾倫菲斯特的儀式預計何時舉行？」
「哥哥大人，剛才羅潔梅茵大人不是已經舉行過了嗎？」
漢娜蘿蕾輕輕拉扯藍斯特勞德的披風，但他搖了搖頭。
「剛才她只是模仿戴肯弗爾格，那並非是艾倫菲斯特的儀式。當初就已說好，若想看我們的儀式，他們也必須展示自己的儀式。」
經他這麼一說，我確實還未展示艾倫菲斯特的儀式。
「預計什麼時候？」
藍斯特勞德低頭往我看來，紅色雙眼裡盈滿濃濃的好奇。由於這次的儀式出現了意想不到的結果，似乎讓他對艾倫菲斯特的儀式更好奇了。
「我想想喔……」
我先看向一臉過意不去的漢娜蘿蕾，再看向興致勃勃地等著我回答的藍斯特勞德，最後則是看向滿臉興奮的克拉麗莎與戴肯弗爾格的其他學生，微笑說道：
「等藍斯特勞德大人都修完課了，請再與我聯繫吧。萬一奧伯・戴肯弗爾格以為，藍斯特勞德大人為了艾倫菲斯特的書與儀式而使成績下滑，會影響到兩領今後的關係吧。」
聞言，漢娜蘿蕾高興得揚聲應和：「羅潔梅茵大人，您這提議真是太棒了。」周遭眾人則是一致看向藍斯特勞德，像在問他：「沒問題嗎？」

「哼！……只要我有心，馬上就能修完課了。」

藍斯特勞德沒好氣地板起臉孔後，甩著藍色披風轉過身，大步離開訓練場。

統計時的閒聊

「羅潔梅茵，妳說今天的報告就交給大家是什麼意思？」

「因為今天幾乎宿舍裡的所有人都去了訓練場，哥哥大人與夏綠蒂的見習文官也一起做了問卷調查，對於要報告的內容應該都沒有疑問吧？我想先為明天做準備。」

許多人都會報告今天發生了什麼事情，但明天要統計調查結果的只有我的近侍們，再加上地點還臨時改到了茶會室。不僅得準備桌椅，而且雖說不是茶會，但畢竟領主候補生漢娜蘿蕾也會前來，多少要做些準備招待對方。

「請幫我告訴養父大人，關於與戴肯弗爾格的共同研究，之後我會再送報告書回去。至於必須立即送回的報告就交給大家了。」

接著我指示侍從們去布置茶會室，再與萊歐諾蕾、優蒂特以及見習文官們，一起再次確認明天要如何統計調查結果。

「……姊、姊姊大人居然在做文官的工作……?!」

「泰奧多，你的反應也太誇張了。為了執行護衛任務，我之前也常常出入神殿啊。雖然不像菲里妮那麼厲害，但我多少也做得來喔。」

真是失禮──優蒂特鼓起臉頰。但其實她每次要提交資料的時候，都會悄悄拜託菲里妮或羅德里希說：「斐迪南大人太可怕了，請幫忙連我的份一起拿過去吧。」不過，我決定不向泰奧多揭露優蒂特這令人莞爾的一面。

……好不容易泰奧多流露出了尊敬的眼神，還是幫她守住姊姊的尊嚴吧。

「羅潔梅茵大人的護衛騎士到了神殿，都要處理文書工作。馬提亞斯、勞倫斯，你們再不願意，從春天開始也要幫忙，所以現在先一邊負責護衛一邊好好觀摩吧。」

萊歐諾蕾說完，勞倫斯臉色慘白地哀嚎：「可是，我就是不擅長做文官工作才來當見習騎士的耶。」從這點來看，感覺勞倫斯與安潔莉卡會非常合得來。馬提亞斯似乎並不覺得棘手，泰然自若地點點頭。

「關於明天要如何進行統計，請在今天之內討論完畢。因為到時候大小姐得在這邊陪著漢娜蘿蕾大人。」

「可是，這是我帶頭進行的共同研究吧？」

我因為也算是見習文官，本打算一起進行統計，卻遭到黎希達制止。她說總不能讓領主候補生漢娜蘿蕾也做這些文書工作，何況明明在場還有同樣也是領主候補生的我，絕不能交由侍從與她談天。

「羅潔梅茵大人，關於今天最後舉行的儀式，您不是想向漢娜蘿蕾大人詢問詳情嗎？因為最後那個儀式與見習騎士們也能教您的戰歌不同，似乎是戴肯弗爾格特有的活動。」

漢娜蘿蕾在場地中心旋轉著法杖時，我很想知道她究竟詠唱了什麼禱詞。萊歐諾蕾說她當時並沒有聽清楚，而且也因為漢娜蘿蕾唸的是古文。

「明明漢娜蘿蕾大人與羅潔梅茵大人不同，既沒有在神殿長大，也沒有經常接觸聖典，卻能那般流暢地詠唱古文寫成的禱詞，真是了不起呢。」

聽見萊歐諾蕾這麼稱讚，我大力點頭。莉瑟蕾塔則是輕笑起來，向我遞來一張紙，上頭寫著明天可以聊的話題。

「戴肯弗爾格連史書都那麼厚重且歷史悠久，想必領內還有許多古老的書籍吧。羅潔梅茵大人要不要也趁機問問呢？兩位同是喜愛書籍的人，肯定會聊得非常開心。」

「莉瑟蕾塔，這真是好主意。」

統計的工作就交給文官他們，您要負責蒐集領主候補生才蒐集得到的情報——對於大家的叮囑，我點一點頭。

二鐘半響起前，我們便在茶會室內做好一切準備。不僅設置好了文官們工作用的空間，也擺好了我與漢娜蘿蕾談話用的桌椅。點心則請人準備了可以簡單食用的餅乾，侍從們也做好了沖泡茶水的準備。

門外一響起鈴鐺聲，谷麗媞亞便上前打開茶會室的門扉，戴肯弗爾格一行人魚貫走了進來。走在最前頭的是漢娜蘿蕾。

「羅潔梅茵大人，早安。今日非常感謝，還勞煩妳準備場地。」

「漢娜蘿蕾大人，早安。戴肯弗爾格的學生願意前來幫忙，我們才是不勝感激。感謝各位特意過來一趟。」

然後布倫希爾德請漢娜蘿蕾與她的近侍們走向備好茶水的桌子，谷麗媞亞則帶著參與共同研究的見習文官們，走向稍後要做統計工作的桌子。

「羅潔梅茵大人，克拉麗莎大人託我轉交這個給您。她說這是給哈特姆特的信件，裡面詳細描述了昨天的儀式。」

帶領文官們到位置上坐下後，谷麗媞亞向我遞來厚厚的一封信。

「谷麗媞亞，等妳確認過內容沒有問題，請馬上送回艾倫菲斯特吧。」

「遵命。」

其實並不急著現在送回去，但面對上位領地的戴肯弗爾格學生們，谷麗媞亞顯得十分緊張，還是派她離開去辦事，稍微歇口氣會比較好吧。我要她退下後，谷麗媞亞的嘴角隱隱泛起笑意。

「那我開始說明如何進行統計。」

菲里妮朗聲開始說明，在場文官都神色認真地傾聽。我則喝了一口布倫希爾德泡的茶，再吃口餅乾，然後邀請漢娜蘿蕾一同享用，在旁邊看著見習文官們認真工作。由於菲里妮在神殿接受過斐迪南的訓練，翻開下一張紙、統計結果的速度遠比戴肯弗爾格的見習文官要快。看見她的速度，克拉麗莎一臉吃驚，那副表情十分有趣。

「菲里妮，妳速度真快呢。」

「雖然還遠遠比不上哈特姆特，但由於滿長一段時間都在接受斐迪南大人的訓練，我現在做起文書工作比以前拿手多了。」

菲里妮呵呵笑道，克拉麗莎旋即露出有些不甘心的表情，說：「既然我也要成為羅潔梅茵大人的文官，絕不能輸！」然後全神貫注地開始統計結果。畢竟克拉麗莎不僅屬於上位領地，又是上級文官，看來是刺激到她的自尊心了吧。

「早知道克拉麗莎會這麼專心投入工作，也許我根本沒必要過來呢。」

漢娜蘿蕾露出苦笑。她說因為只要出現與我有關的新情報，或是像共同研究那樣有能夠與我見面的機會，克拉麗莎都會興奮到教人不敢恭維。

「……今年由於她興奮的程度更是變本加厲，有時我還心想她說不定是在演戲。為了不與進入神殿任職的未婚夫分開，她才刻意不斷強調自己是羅潔梅茵的下屬，藉此讓其他人完全無法干預。」

這一定是因為克拉麗莎深愛著哈特姆特吧——漢娜蘿蕾的表情顯得有些心馳神往。站在她身後的侍從輕聲發出嘆息。

「漢娜蘿蕾大小姐，我想克拉麗莎應該沒想這麼多。」

……我也這麼覺得。因為克拉麗莎與哈特姆特一樣，並不是根據喜歡與否來選擇結婚對象。

「柯朵拉，妳每次都這麼說，那羅潔梅茵大人覺得呢？居然為了給未婚夫寫信而犧牲自己的睡眠時間，我認為這要有愛才辦得到吧。」

貴族院戀愛故事集裡，有篇故事就是某個見習文官為了寫信，不惜犧牲睡眠時間。因為領內的一些事情，女主角若想讓信確實送到未婚夫手中，就必須直接交給他的主人。為了把握送出信件的機會，女主角總在眾人皆已入睡的深夜時分寫信。漢娜蘿蕾說，故事裡對於女主角的心境描寫令她十分動容。

「我非常希望克拉麗莎能像那篇故事一樣，有情人終成眷屬。」

……單純地支持著兩人的漢娜蘿蕾大人真是可愛。

首次見到克拉麗莎的時候，我就聽說了她向哈特姆特求婚的經過。所以我雖然認為兩人非常適合，卻不覺得兩人單純只是喜歡彼此。

名喚柯朵拉的侍從取了點心放到盤子上，再重新倒了杯茶。漢娜蘿蕾不疾不徐地喝口茶後，改變話題。

「話說回來，艾倫菲斯特的見習文官真是優秀呢。完全不亞於戴肯弗爾格的見習文官。」

「多謝您的稱讚。」

不光是菲里妮，就連羅德里希與萊歐諾蕾也毫不遜色。還不習慣處理文書工作的繆芮拉與優蒂特雖然動作比較慢一些，但與不習慣新的統計方式而不知所措的戴肯弗爾格見習文官們相比，正好不相上下。

「那個，我好像看到羅潔梅茵大人的護衛騎士也混在文官之間……」

萊歐諾蕾與優蒂特因為是女性騎士，經常陪同我出席茶會，漢娜蘿蕾顯然認得兩人，語帶困惑地這麼問道。我笑著點點頭。

「是啊。我的護衛騎士到了神殿也要處理文書工作，所以像現在這樣需要人手的時候，就會請他們幫忙。我聽說克拉麗莎是也能擔任護衛的見習文官，請把兩人想成是類似的存在就好了。」

「就像尚武的文官一樣……也就是尚文的騎士囉？」

漢娜蘿蕾一臉納悶地低語。畢竟克拉麗莎說過，戴肯弗爾格裡有很多人都想當騎士，所以他們領內雖有尚武的文官，但可能沒有尚文的騎士吧。我的近侍們也是在達穆爾的帶領下，才出現了許多尚文的騎士。

「關於昨天的儀式，我想向漢娜蘿蕾大人仔細請教一些問題。」

「什麼問題呢？」

「藍斯特勞德大人說，您在儀式上使用的法杖是海之女神緋亞弗蕾彌雅的神具。但由於我對緋亞弗蕾彌雅的神具並不清楚，請問你們是怎麼知道這個神具的呢？」

「因為每次舉行儀式時奧伯都會變出來，也會把方法教給我們，所以領主候補生都會變喔。只不過，雖然我們都說那是緋亞弗蕾彌雅的神具，但其實也不知是真是假。因為變形用的咒語，就和在騎士課程上學到的、用來變出長杖的咒語一樣。」

漢娜蘿蕾露出傷腦筋的笑容回答。看來就和藍斯特勞德說過的一樣，他們都不清楚詳細情況。

「但漢娜蘿蕾大人旋轉法杖的時候，我聽見了海浪聲，所以我想那確實是海之女神緋亞弗蕾彌雅的神具喔。你們在領內變出法杖時，都不知道那是神具嗎？」

「您說的海浪聲，就是儀式途中突然出現的聲音吧？我昨天還是第一次聽到，所以不太清楚，原來那是與大海有關的聲音嗎？由於戴肯弗爾格附近沒有海洋，那是否真的是海之女神的儀式……我沒有辦法斷言。」

在我聽來像是浪濤聲的那些聲響，漢娜蘿蕾說她是儀式舉行到一半時才突然聽見，還覺得很奇怪又刺耳。看來昨天舉行儀式時，不論是祝福的歸還，還是海浪的聲響，漢娜蘿蕾都是首次遭遇。她說她才想知道，為什麼這次的儀式會出現與以往不同的結果。

「漢娜蘿蕾大人，可以告訴我您在儀式時唸的禱詞嗎？若能知道祈禱文的內容，也許可以知道這個儀式是在向哪位神祇獻上祈禱。」

「好呀。」

聽完漢娜蘿蕾唸出的禱詞，我可以肯定這確實是向海之女神奉獻魔力的儀式。

「前陣子在地下書庫檢查白色石板上的資料時，有塊石板就記載了詳細的儀式流程。根據那塊石板，這是一種驅除暑氣的儀式。但看昨天的情況，奉獻了魔力以後，好像還有鎮定的效果。難道是種降溫驅暑的儀式嗎？」

若能學會如何舉行這個儀式，說不定就可以前往羅岩貝克山盜取拉莬凡庫之卵，而不會導致噴火。我正這麼心想時，漢娜蘿蕾也在一旁喃喃低語：「真想再次進入書庫，確認資料呢。」究竟是只會收回祝福，還是奉獻魔力後就能讓在場眾人冷靜下來，對她來說似乎非常重要。

「不過，居然還有羅潔梅茵大人不曉得的神具呢。因為您光看禱詞就能判定這是什麼儀式，我還以為您對諸神無所不知。」

「我比較清楚的，就只有聖典上有記載的事情而已，以及神殿裡會祭拜的最高神祇與五柱大神……另外我個人會特別留意的，就是圖書館裡的睿智女神梅斯緹歐若拉吧。但話雖然這麼說，我也只知道她曾將古得里斯海得賜予初任國王……」

雖然還有許多眷屬神，但聖典上並未提到祂們各自有什麼神具，以及神具的外形。聖典講述的，主要都是最高神祇與五柱大神。

「那麼，等您看過我為了愛書同好茶會、從戴肯弗爾格帶來的書籍，也許會有新發現呢。」

漢娜蘿蕾露出欣喜的微笑說。

「這次我帶了一本古書來，內容全是聖典裡沒收錄的，與神祇有關的各種奇聞軼事。雖然有可能是後來的人們自己加油添醋，但也有梅斯緹歐若拉的故事喔。熟知各種神祇的羅潔梅茵大人應該會看得很開心。」

「那我真是太期待了。」

我瞬間湧起了滿滿的幹勁。好想一本接著一本看書喔。

「羅潔梅茵大人，問卷調查已經統計完畢。」

菲里妮將統計完的結果交給我，我很快看了一遍。曾取得加護的見習騎士幾乎都來自戴肯弗爾格，而且多數騎士都是取得了戰鬥系神祇的加護。

「甚至每年就只有幾個人無法取得嗎？難怪加護儀式時，老師們面對戴肯弗爾格的學生都是用另一套標準呢。」

就算戴肯弗爾格有學生取得了複數眷屬神的加護，或是從沒有適性的屬性神那裡得到加護，大家都沒有什麼反應。也是因為這樣，這次艾倫菲斯特有學生取得了複數的加護後，才那麼受到矚目。但我覺得，其他領地應該針對戴肯弗爾格展開調查才對。

……但不管怎麼調查，最後大概都只會扯到迪塔上去吧。

若要進行共同研究，就得比場迪塔。其他領地可能是為了避免比迪塔，才刻意不向戴肯弗爾格打探消息。

「戴肯弗爾格似乎有不少見習騎士都取得了眷屬神的加護，不知道見習文官和見習侍從又是如何呢？」

其實我只是自言自語，漢娜蘿蕾卻開口回答了。

「……我聽說就連尚武的見習文官與見習侍從也會取得加護。那個，而且我想人數應該比他領要多。」

真想也了解一下戴肯弗爾格領內的情況。文官和侍從當中，究竟有多少人取得了戰鬥系神祇的加護呢？

「真想也對戴肯弗爾格的見習文官及侍從進行調查呢。克拉麗莎，能麻煩妳也向見習騎士以外的學生詢問同樣的問題，再把調查結果交給我嗎？」

「這是交給我個人的第一份任務吧。遵命。我一定竭盡全力為您效勞。」

克拉麗莎握起拳頭，高興地接下任務。我請羅德里希把問卷調查用的紙張交給她。

「看完統計結果，他領的見習騎士真的很少有人取得加護呢。有七成都是戴肯弗爾格的學生。」

雖說戴肯弗爾格是大領地，見習騎士的人數也多，但其他領地取得加護的學生最多也不超過三個，差距非常巨大。順便補充一下，艾倫菲斯特的見習騎士則是半個人也沒有取得戰鬥系眷屬神的加護。這是因為以前見習騎士們根本不知道唱歌跳舞有什麼意義，所以並未認真執行，還有也是因為我會給予祝福，他們自己反而不會向神祈禱。

……我太輕易就給予祝福，結果好像因此慣壞大家了。我要反省才行。

為了能靠自己取得加護，得讓見習騎士們多獻上祈禱才行。希望他們能向菲里妮看齊，因為她可是從原本未有屬性的眷屬神那裡取得了加護。

「那個，羅潔梅茵大人。可是至今我們在迪塔前後舉行儀式時都沒有奉獻魔力……這樣也能取得加護嗎？」

上次因為我以萊登薛夫特之槍奉獻了大量魔力，大量祝福也從天而降，但漢娜蘿蕾說了，他們以前舉行儀式時從來沒有祝福灑落下來，也不曾奉獻過魔力。

「我想儀式本身就是種大規模的祈禱，大家又會揮舞以思達普變成的長槍，所以可能多少還是奉獻了一些魔力吧。畢竟你們取得的加護，都來自禱詞裡出現過的神祇。」

就算沒有出現肉眼可見的祝福，但當下應該也奉獻了些許魔力。

「而且你們都是在比賽前後舉行儀式，所以也有可能越常參賽的人，越容易取得加護。因為獲得複數戰鬥系眷屬神加護的見習騎士們，參賽的次數好像也比較多。」

現在的統計結果只有一排排的數字，因此很難看出關聯，但發表研究成果時如果能畫成圖表，應該會比較容易理解吧。我看著統計結果，開始思考該畫成怎樣的圖表才淺顯易懂。這時，漢娜蘿蕾有些難以啟齒似地向我提問。

「那個，羅潔梅茵大人。昨晚我們在討論，若儀式時改成變出萊登薛夫特之槍，是不是就連戴肯弗爾格的人也能得到祝福呢？」

由於跟之前的儀式相比，這次明顯出現了不同的結果，戴肯弗爾格的人似乎也討論過了今後該怎麼辦。補充一下，在艾倫菲斯特舍，大家都是很認真地在思考究竟該怎麼做才能阻止我亂來，以及該怎麼做才能有效回避大領地的要求。而戴肯弗爾格討論的時候，重點似乎放在「如何讓儀式回到本來該有的樣子」。

「如同各位所猜想的，只要實際觸摸過、也對神具灌注過魔力，等到可以明確回想出外形時，便能變出神具。因為連我手下會出入神殿的近侍也變得出來。只不過變出神具得消耗不少魔力，若不具有上級貴族等級的魔力，很難在整個儀式期間維持住神具的外形；而且一旦在儀式上奉獻了魔力，之後多半就無法上場參加比賽。」

聞言，不光漢娜蘿蕾，她身邊的近侍們也點頭道：「原來如此。」為了能在比迪塔時獲得祝福，戴肯弗爾格的貴族會願意前往神殿嗎？由於他們的行事標準似乎與其他領地不太一樣，我有些混亂。

……不過，其實也不用特地跑到神殿變出萊登薛夫特之槍，只要變出一般的長槍再奉獻魔力，我想一樣可以達到儀式原有的效果。

儘管我這麼心想，卻什麼也沒說。因為他們如果願意為了迪塔前往神殿，我很希望貴族們能親自前往，並對神殿進行改革。也希望這有助於改變人們對神殿的看法。

「祝福的規模會因奉獻的魔力量而有差異，所以若需要大量的祝福，也需要奉獻大量的魔力。但是，最好不要只由一個人負責這件事情，而是該由一群人都奉獻一些魔力。因為神殿的儀式一向不是為了自己，而是為了他人向神祈禱，所以不管自己奉獻了多少魔力，也不會變成祝福回到自己身上。」

聽我這麼說，漢娜蘿蕾與她的近侍皆瞠大雙眼。

「也就是說，奉獻了那麼多魔力的羅潔梅茵大人……」

「在昨天的儀式上，我並沒有收到半點祝福。也是因為這樣，明明當時見習騎士們都身體不聽使喚，我卻一點影響也沒有。」

我想這個儀式就是要一群人一起舉行，每個人都奉獻一些魔力，而不是只由一個人承擔。聽完，漢娜蘿蕾露出了可以理解的表情。

「只不過，舉行儀式時若下級貴族也在場，請一定要小心。因為下級貴族有可能會被吸走太多魔力而不支倒地。」

「咦？」

「大家一起舉行同個儀式的時候，魔力會很容易往外釋出。所以魔力量的差距若太大，對魔力較少的人來說會很危險。戴肯弗爾格的人做事似乎都喜歡身體力行，還請各位務必小心留意。」

只要是為了迪塔，戴肯弗爾格的人一向是先試再說。如果不事先提醒舉行儀式時該注意哪些事情，到時候他們很可能連迪塔也比不了。

「我曾聽說以前都是在比迪塔的前一天舉行儀式，莫非這也有什麼用意嗎？」

「我想一定有什麼理由吧。像是花點時間讓魔力恢復，或是讓身體習慣得到的祝福等等。倘若隨便更改原先的做法，必然會在日後逐漸產生不良的影響。難得貴領至今一直守護著這樣的傳統，請在詳加調查過後，再舉行儀式吧。」

「感謝您的建言。我會提醒大家的。」

漢娜蘿蕾笑著點一點頭。

戴肯弗爾格一行人回去後，我轉移陣地到多功能交誼廳，教菲里妮他們如何把統計結果畫成圖表，做成淺顯易懂的資料。果然比起用嘴巴說話，我更喜歡動手做事。不自己動動雙手，一點也沒有在做研究的感覺。

用各種圖表製作了幾份資料後，統計結果變得一目了然，讓我十分滿意。而其他見習文官紛紛問我：「這些是什麼東西？」看來以往在貴族院，從沒有出現過使用圖表的資料。

「羅潔梅茵，妳在領地對抗戰上發表這種東西，不會引起騷動嗎？」

「可是，我們與三個大領地進行共同研究就已經引發騷動了，應該沒關係吧？」

但我忽然感到非常不安，還是寫了信問斐迪南：「發表研究成果時我想使用這種畫了圖表的資料，請問沒問題嗎？」

令人不耐的茶會

要給斐迪南的信寫好後，一到赫思爾的研究室我便交給雷蒙特。後來，我花了一整天的時間試做新的魔導具。目前雷蒙特在研究的，是種到了既定時間就會灑下七彩光芒的魔導具。只要使用這個魔導具，發光時便會往紙面灑下光芒，所以就算很專心在看書，也會嚇得抬起頭來。由於可以趁著抬起目光時抽走書本，輕輕鬆鬆地阻止我繼續看書，我的侍從們對此都讚不絕口。其實我本想研究可以讓書自動回到書架上的魔導具，侍從們卻態度強硬地主張：「羅潔梅茵大人，您的圖書館需要可以灑下光芒的魔導具。」

「妳還是先研究可以灑下光芒的魔導具，讓書自動歸位的魔導具之後再說吧。」

「赫思爾老師，果然您也這麼覺得呢。」

赫思爾與雷蒙特二話不說就採納了侍從們的意見。因為侍從們都負責準備食物，這兩人早就被收買了。

……雖然可以明白他們抗拒不了美食的心情，但我還是無法接受！明明是我吩咐侍從準備食物的耶！可惡！

「那麼為了研究發光魔導具，我去一下圖書館。」

「雷蒙特，我跟你一起去，問問休華茲他們有沒有相關資料……」

「如果只是要問問題，雷蒙特自己就能問休華茲他們，況且王族禁止大小姐出入圖書館吧？您若想要看書，便回房間吧。」

……嗚嗚，我也好想去圖書館喔。

被黎希達制止的我猛然垮下肩膀。一旦被人禁止，就更想去了。現在因為房間裡還有沒看過的書，我還能夠忍耐，但等到都看完了，戒斷症狀可能會讓我非常苦惱。

「羅潔梅茵大人，您不是要把這份資料交給赫思爾老師嗎？」

莉瑟蕾塔遞來一疊紙張。是我之前抄寫下來的，關於休華茲兩人的研究結果。

「赫思爾老師，這是以前對休華茲與懷斯進行過研究的人所留下來的資料。這份資料只是借給您而已，所以若有需要留下紀錄的地方，還請自己抄寫下來。因為以後我還想拿給斐迪南大人過目，不能直接給您。」

「這些資料妳在哪裡找到的？圖書館二樓應該沒有才對。」

「聽說是放在閉架書庫裡的資料。是之前索蘭芝老師借給我的。」

聞言，赫思爾眨眨眼睛，看看我再看向資料。

「……這麼說來，我雖然經常麻煩弟子跑一趟，自己卻從沒問過索蘭芝。不知道閉架書庫裡放有多少資料。」

「聽說閉架書庫裡存放的，都是貴重到必須使用魔導具來保存的資料。以前索蘭芝老師好像都無法確認裡頭究竟有多少資料。自從休華茲與懷斯重新開始活動，協助者也變多了，不必再擔心沒有足夠的魔力能維持運作以後，現在終於可以動手整理資料了。您可以找機會去問問索蘭芝老師喔。」

以前只有索蘭芝一個人在管理圖書館，而那時候因為沒什麼魔力，無法為保存書庫提供足夠的魔力，所以資料好像都有些劣化了。目前歐丹西雅正優先搶救那些資料、提供魔力，聽說十分辛苦。由此可知，只有休華茲與懷斯會動是不夠的。

……其實圖書館還需要更多魔力才行吧。

「羅潔梅茵大人，雖說妳預計把這份資料交給斐迪南大人，但他現在身處的環境沒辦法進行研究吧？」

「他現在還沒有自己的房間與秘密房間，應該無法進行研究吧。不過，他回信時曾說過很想動手研究，所以我想幫他至少把資料保留下來。」

等他有了秘密房間，可以著手研究的時候，我想用道具、資料和原料塞滿小熊貓巴士，再載到亞倫斯伯罕的城堡送去給他。

……不過若想騎著騎獸進入城堡，多半無法取得奧伯．亞倫斯伯罕的同意，所以我目前也只是想想而已。

「搬去他領的人，直到成婚之前都得住在客房嘛。不過，斐迪南大人算是提前就過去了吧。倘若持續很長一段時間都沒有秘密房間，一定會感到備受拘束。這件事要是能設法解決就好了。」

我們兩人就這麼擔心起正在亞倫斯伯罕的斐迪南。但沒想到，赫思爾居然一下子就轉換好了心情。

「那就由我代替他多多進行研究吧。」緊接著她又說：「羅潔梅茵大人，不如妳回宿舍看書吧？如果又發現了什麼有用的資料，請再提供給我。還有，妳也差不多該再向傅萊芮默提交報告了。」

……咦？再多聊點有關斐迪南大人的事情嘛。

但是，眼看赫思爾開始集中精神抄寫資料，我也不好纏著她不放。而且在雷蒙特畫好設計圖之前，負責試做魔導具的我幾乎無事可做。最後我決定回房看書。我想快點看完，借下一本書。

沉浸在閱讀的世界裡後，我開始零星接到茶會的邀請。來貴族院就讀的學生們似乎慢慢在展開社交活動了。我與夏綠蒂兩人的侍從們會聚在一起商量、調整行程，然後回覆對方我們會一起出席。

與此同時，我也請人向傅萊芮默預約了會面時間。如赫思爾所說，我確實該把最近的研究進度寫下來，向傅萊芮默提交第二份報告書了。也要提醒傅萊芮默，我提交的第一份報告書斐迪南還沒收到。

傅萊芮默多半也十分好奇共同研究現在的進度，和之前我請她安排考試時不同，這次很快就指定好了時間。我帶著報告書去找傅萊芮默後，她馬上向我伸出手來。伸出來的手上還緊緊戴著手套，完全沒打算當場就翻開來看。跟斐迪南擔心有人下毒時的樣子真像呢。我一邊這樣心想著，一邊提交報告書。

「對了，傅萊芮默老師。斐迪南大人好像還沒收到第一份報告書，請問之前的報告書您已經送回亞倫斯伯罕了嗎？」

「那應該是亞倫斯伯罕的文官有些怠忽職守吧。我確實已經送回去了。」

傅萊芮默看也不看我一眼地說。我以手托腮，嘆了口氣。

「倘若真是這樣，也許該請蒂緹琳朵大人了解一下情況呢。大領地的文官竟然怠忽職守，真教人傷腦筋。傅萊芮默老師專門教授情報的蒐集與整理，想必也很頭疼吧？」

「嗯，是呀。」

傅萊芮默露出假惺惺的笑容應道，接著往我這邊瞄了幾眼。

「……羅潔梅茵大人是怎麼與斐迪南大人取得聯繫的呢？」

「他是我的監護人，所以我們有好幾種聯絡方式喔。但若告訴傅萊芮默老師，不就等於將舒翠莉婭之盾交給萊登薛夫特嗎？」

就算說了也沒意義，而且您想用來做什麼嗎？──我帶著這樣的含意回答後，傅萊芮默尖聲喊道：「我的天呀！」隨即把頭撇到一旁。

「不說這個了，老師知道蒂緹琳朵大人大概何時會修完課嗎？」

「這種問題才無異於將舒翠莉婭之盾交給萊登薛夫特吧。」

「因為我們與蒂緹琳朵大人是堂表親，預計要一起舉辦茶會，也要把髮飾提交給她……傅萊芮默老師也知道，我現在正忙於進行共同研究，最近也安排了不少茶會行程，所以只是想預先了解一下而已。那請幫我轉告蒂緹琳朵大人，倘若屆時訂下的時間我真的抽不開身，會請侍從將髮飾帶過去。」

目前不僅有三個共同研究在進行，侍從們又因為只有今年這個機會，全卯足了勁想要多出席社交活動。趁著我看書時隨口應和，她們已經幫我安排好了一堆活動。

坦白說，比起參加茶會我更想看書，無奈我今年還有一項任務，就是要多與其他領地交流，努力洗刷齊爾維斯特與艾倫菲斯特的負面傳聞。但感覺亞倫斯伯罕很積極地在散布對我們不利的謠言，所以我反而還想把與他們的茶會往後拖延。

……但我很好奇去了亞倫斯伯罕的斐迪南大人現在過得如何，所以還是會出席堂表親的茶會吧。不過，整個人實在提不起勁呢。

「姊姊大人，我又收到了好幾封茶會的邀請函，請問您要參加哪些茶會呢？」

「又有邀請函了嗎？」

從傅萊芮默的研究室回到宿舍後，夏綠蒂向我遞來好幾份邀請函。目前就已經敲定要參加幾場茶會了，閱讀時間又要被壓縮了嗎？一思及此，我有些厭煩地望著木板製的邀請函，夏綠蒂便對我投來安撫的微笑。

「因為接下來將正式進入社交時期。透過舍監，幾乎所有領地都曉得姊姊大人正忙於共同研究，所以才想盡快與您約好時間吧。」

她說等到領地對抗戰逼近，研究也都進入收尾階段了，很可能根本沒有時間社交。

夏綠蒂說完，布倫希爾德也微微一笑。

「再加上，這是羅潔梅茵大人第一次不回領地舉行奉獻儀式。」

「可是，要我每天都參加社交活動是不可能的喔。我想我一定會病倒。」

雖說現在身體變得健康一點了，但安排太多行程還是很危險。最好一天參加完茶會後，就要給我兩天的讀書時間。若不照著這種步調安排行程，萬一我突然病倒了，就會打亂之後的所有計畫。

「是啊。目前還不曉得何時要再與戴肯弗爾格進行共同研究，也不知道何時會有王族的召見，所以行程也不能排得太緊湊。」

我與侍從們一起討論，安排今後的茶會行程。就在這時，奧多南茲飛了進來。

「羅潔梅茵大人，我是亞倫斯伯罕的蒂緹琳朵。因為我也很忙，很難空出時間，與堂表親一起舉辦的茶會就訂在四天後的下午吧。」

看樣子傅萊芮默已經把我的話傳達給蒂緹琳朵了。但她沒讓侍從們先詢問時間、互相協調，直接就告知自己的決定，這樣好像不太好吧。

「……我們沒辦法拒絕吧？」

「因為是姊姊大人先催促對方的吧？那也通知哥哥大人一聲吧。」

「其實我並沒有催促的意思啊……」我嘆著氣這麼回應夏綠蒂後，與近侍們重新調整行程，再送出奧多南茲回覆對方。

這天要與下位領地舉辦茶會。只不過，我與夏綠蒂是分開行動。由於臨時多了與亞倫斯伯罕的茶會，我們不得不調整行程。下位領地當中，有的領地似乎因為艾倫菲斯特過往都保持中立，所以覺得與其向獲勝領地示好，我們應該會更容易接納他們。

夏綠蒂說了，我們必須盡可能與下位領地打好關係，將他們納入保護傘下。但傷腦筋的是，我根本不知道該怎麼做。聽說整個艾倫菲斯特也還在摸索，該怎麼改變與其他領地的關係，而夏綠蒂也沒有能教給我的訣竅與知識。這正是排名提升過快的害處。

「我一直想與負有盛名的艾倫菲斯特聖女羅潔梅茵大人說說話呢。」

到了茶會會場，基本上就是一直受到吹捧。眾人不斷稱讚艾倫菲斯特的點心、稱讚羅吉娜的琴藝，然後央求她多彈奏幾曲。只見他領的樂師們都眼神專注，很努力想把曲子學起來。與此同時，我們也互借書籍。

「去年因為太臨時了，沒能徵得許可從領內帶出書籍，但我今年早早就向奧伯徵得了同意……」

對於這種爽快就借出書籍的領地，一定要與他們打好關係。我笑容滿面地接下後，也把艾倫菲斯特的書借給對方。聽說在上位領地間十分流行，所以她們一直很想閱讀。

……果然流行就是要從上面的人開始推廣呢。希望可以藉機提升閱讀的風氣。

但是，我臉上那自然流露的笑容，只維持到了互借書籍這個階段。下位領地似乎非常好奇艾倫菲斯特是如何提升順位，當追問到達了煩人的程度時，我只能擠出禮貌性的微笑來應對。

「因為貴領的排名提升得非常迅速嘛。才幾年而已就能上升這麼多，應該有什麼秘訣吧？」

「居然可以同時與三個大領地進行共同研究，羅潔梅茵大人真是優秀。不僅推出了許多新流行，還能與大領地一起研究，心地更善良到了成為養女後仍願意擔任神殿長。能夠發現羅潔梅茵大人的優秀，將您收為養女，奧伯真是慧眼獨具呢。」

「大家都說奧伯．艾倫菲斯特冷酷無情，會把親生孩子以外的領主候補生送進神殿，奪取他們的魔力。您的境遇真教人同情呢。」

每當聽到齊爾維斯特的負面謠言，我都加以否定，強調所有領主候補生都會為了舉行祈福儀式與收穫祭而前往農村，也會在教育上投注心力，卻沒有半個人相信。奇怪的是，她們甚至回我：「居然還這樣袒護他們，羅潔梅茵大人真是太善良了。」

……我都說不是了。喂喂喂，妳們到底有沒有在聽我說話?!

她們不停說著齊爾維斯特的壞話，還以貴族特有的說法迂迴地批評韋菲利特與夏綠蒂過得太過輕鬆，然後一味地吹捧我是慈悲為懷的聖女。無論我如何反駁，她們都完全不聽我解釋。這種情況讓我十分不耐火大，就這麼結束了茶會。

……幸好在我不分對象全方位地釋出威懾之前，茶會就結束了。我忍得超級辛苦。

回到房間以後，便是反省會。我看向一同出席茶會的近侍們。

「那些充滿惡意的發言，她們只對我一個人說而已嗎？難不成也會當著夏綠蒂的面說那些話？」

「當著奧伯親生孩子的面，不至於說出那些謠言吧。由於羅潔梅茵大人是養女，她們都認為您如同傳聞所說受到虐待，才會擺出自以為站在您這邊的姿態說出那些話。」

對於今天的茶會，布倫希爾德與黎希達似乎也十分不耐。兩人臉上雖然帶著笑容，但話聲都隱隱含著怒火。

「……她們懷有惡意的對象，並不只有奧伯他們。乍聽之下雖然都在稱頌讚美，但言語間也暗含對您的惡意，想要貶低人稱聖女的羅潔梅茵大人。」

「谷麗媞亞？」

「雖然她們口口聲聲稱您是聖女，但是在我聽來，其實是暗諷您在神殿長大，也沒發現奧伯對您與對親生孩子有著差別待遇，居然還出言袒護、貢獻魔力，實在是很好操控的存在。」

這樣解讀會不會太過負面了呢？儘管我這麼心想，但谷麗媞亞向來沉默寡言，難得特意開口發言。最好也要考慮到，也許有人真的抱持這種看法。

「他領很有可能覺得，羅潔梅茵大人總對監護人言聽計從，是位身體虛弱又乖巧聽話的聖女。請一定要小心被人擄走的可能，也要慎防遭人威脅。」

「我知道了。」

谷麗媞亞說完，我都還沒開口，萊歐諾蕾便這麼回道。

反省會結束後，為了調查在奧伯親生孩子未出席的茶會上，他領究竟都有怎樣的發言，我與夏綠蒂收到指示要分開參加茶會，以便之後分享資訊，查清每個領地對我們抱有的看法。儘管知道這是為了引出會說奧伯壞話的領地，但我越來越感到鬱悶。因為每次都要反駁說：「各位真為我著想呢。可是，奧伯．艾倫菲斯特並不是這樣的人喔。」

每參加完一次茶會，我都要靠著看書來緩解火大的心情，但很快又要再參加讓人火大的茶會。早知如此，倒不如回艾倫菲斯特舉行奉獻儀式還比較輕鬆。

……嗚嗚，我今年特別想回神殿。

處在這樣的精神狀態下，我將參加蒂緹琳朵主辦的堂表親茶會。雖然很不想去，卻不得不去，心情這麼煩悶，我還有辦法為斐迪南與蒂緹琳朵兩人的婚約開口道賀嗎？得小心別脫口說出「請把重要的靈魂人物還給我們」才行。

「馬提亞斯、勞倫斯、繆芮拉、谷麗媞亞，到時請你們留在宿舍吧。現在還是別讓人知道舊薇羅妮卡派的學生都成了我的近侍比較好。」

「關於肅清，也不知道他們打聽到多少消息了。我們最好不要洩露半個字。」

然後我與韋菲利特以及夏綠蒂一起討論，究竟哪些情報可以提供、哪些不行。

……不管再怎麼火大不耐，也不能表現在臉上。因為有可能影響到斐迪南在亞倫斯伯罕的待遇。一定要讓茶會圓滿落幕。

將這件事牢記在心後，我、韋菲利特與夏綠蒂一同前往亞倫斯伯罕的茶會室。

「各位好呀，歡迎。」

「您好，蒂緹琳朵大人。本日由衷感謝您的邀請。」

韋菲利特作為代表寒暄後，我們便在招待下入座。蒂緹琳朵的心情看來很好。「那是髮飾嗎？」看到侍從們正把帶來的東西交給自己的侍從，她微笑這麼說完，又道：

「今天我會請樂師彈奏亞倫斯伯罕的新曲。是斐迪南大人為我創作的情歌，用來獻給蓋朵莉希唷。」

蒂緹琳朵「呵呵呵」地笑著，用手輕撥自己那頭華麗的金髮，轉頭看向樂師。樂師點一點頭後，開始演奏。是之前在音樂課上也聽過的思鄉歌曲。

「這我之前在音樂課上就聽過。」

「是呀。為了讓眾人知道這是亞倫斯伯罕的新曲，我特意讓擅長彈琴的學生們加以練習。由於斐迪南大人是在冬季社交界的開場宴上贈送這首歌給我，幾乎沒有多少練習時間，他們練得很辛苦呢。」

蒂緹琳朵一臉得意地說完，喝了口茶，再吃口點心以示安全。我們也吃了口自己帶來的點心，請她享用後，蒂緹琳朵開心地笑說：「斐迪南大人的專屬廚師，應該是春天的星結儀式過後就會來亞倫斯伯罕吧？」

……咦？星結儀式過後會把專屬廚師帶過去嗎？這件事我好像從來沒聽說。

斐迪南的專屬廚師早就留在神殿裡，由哈特姆特接著雇用。不過，我不能針對別人的專屬開口說些什麼。寫信時最好提醒一下斐迪南——我正這麼心想時，蒂緹琳朵心滿意足地緩緩吐了口氣，放下杯子。

「當初確定要與斐迪南大人訂下婚約的時候，我的心情還十分苦悶，但近來終於可以比較樂觀看待此事了呢。」

「……您本來很苦悶嗎？」

「嗯，那當然呀。我可是亞倫斯伯罕的下任奧伯喔。然而，父親大人為我指定的配偶卻年長我那麼多歲，還來自排名較低的艾倫菲斯特，更是個曾經進入神殿、沒有母親的領主一族。任誰都會失望吧？」

在感到光火之前，我先感到震驚。因為在我看來，斐迪南可是連續多年都獲得最優秀表彰的優秀領主一族，還是文官、騎士與代理領主工作皆能勝任的全能瘋狂科學家。然而，他領貴族完全不曉得斐迪南在艾倫菲斯特負責了多少工作，再加上若沒有曾與他同時就讀過貴族院，就會覺得他是糟糕至極的結婚對象吧。

……原來旁人都是這樣看待斐迪南大人啊。

「實際與他見過面後，我發現他的能力優秀，待人也親切溫柔，總算有些放心了。而且斐迪南大人也說過，他會為了我竭盡所能。」

……待人親切溫柔？應該是他的假笑讓蒂緹琳朵大人誤會了吧。唔，能讓她誤會固然很好，但真想反駁說「妳被騙了」。

不過，既然對方在了解斐迪南的優秀以後，比較能夠樂觀看待這樁婚事，我也按捺下自己的心聲，宣傳斐迪南有多麼優秀。

「斐迪南大人因為能力出眾，還在貴族院留下了許多傳說喔。譬如……」

「嗯，我知道。為了了解他的為人，我請人蒐集了情報，結果讓我大吃一驚呢。照這樣看來，他就算要以伴侶的身分站在我身邊也沒問題吧。」

蒂緹琳朵的說法讓我有些火大。

……斐迪南大人可是非常厲害！倒是蒂緹琳朵大人，妳身為伴侶有足夠的資格站在他身邊嗎？

我把到了嘴邊的話硬生生吞回肚子裡。今天一定要忍耐才行。

我壓下衝動後，擠出禮貌性的客套笑容。夏綠蒂大概是看出來了，她稍微往前傾身，改變話題。

「蒂緹琳朵大人，您說聽到要訂下婚約時心情十分苦悶，難道是之前曾有意中人嗎？正好新的貴族院戀愛故事集裡有類似的故事。倘若您有過難以忘懷的戀情，還請說出來與我們分享吧。」

夏綠蒂這麼詢問後，蒂緹琳朵眨了眨眼睛，接著哀傷地垂下深綠色眼眸。

「嗯，當然有呀。曾經有位男士心儀於我，但因為我是下任奧伯嘛，必須與父親大人指定的對象成婚。無論對方是多麼出色的男士、如何向我示愛，我也不能與資格不符的對象結為連理。儘管心裡清楚，但要由我開口道別實在太痛苦了。明知最終不可能在一起，卻還讓我們相遇，我真是怨恨結緣女神黎蓓思可赫菲呢。」

多半是想起了意中人，蒂緹琳朵訴說時微微眺望遠方。聽說她是在夏季時分向對方告別，而且對方似乎不是貴族院裡的學生，而是亞倫斯伯罕的貴族。

……原來對蒂緹琳朵大人來說，要與斐迪南大人訂婚也讓她很痛苦啊。

因為在貴族院這裡，我從沒聽說過與蒂緹琳朵有關的戀愛傳聞，之前好像也還沒決定好男伴，所以我一直以為與斐迪南的婚約正好讓她有了臺階可下。但原來不是這樣。撇開旁人不說，但對於這兩位當事人，這樁婚事都並非他們所願。明白到這一點後，不如人願的現實讓我發出嘆息。

「所以，也是為了自己沒能開花結果的戀情，我必須當個好奧伯才行。」

蒂緹琳朵滿懷決心地下了這樣的結語。我有些感傷的同時，忽然也感到非常擔心。蒂緹琳朵居然這麼頻繁地提到「下任奧伯」這幾個字，代表奧伯．亞倫斯伯罕的身體狀況真的很不好吧。

「對了，奧伯．亞倫斯伯罕近來還好嗎？畢竟斐迪南大人還不得不提前過去，我一直十分擔心呢。」

若能喝下斐迪南製作的藥水，應該可以讓奧伯維持健康一陣子吧。但是，他們想必不可能委託他領的人製作藥水。斐迪南也不能在信上提及奧伯的病情，所以我始終在擔心交接的工作是否順利。

我開口問起後，蒂緹琳朵難過地長嘆口氣。

「……現在的情況實在稱不上好呢。不過，因為斐迪南大人來了的關係，公務的處理不再像之前那麼混亂，相信他也放心多了吧。」

「這樣子啊。」

在茶會這種公開場合上，竟然說出「情況實在稱不上好」，代表實際情況應該更糟吧。由於斐迪南已經動身前往的關係，艾倫菲斯特的人都知道奧伯．亞倫斯伯罕的身體狀況不佳，但他領應該不知道。至少我沒在貴族院內聽到任何傳聞。

「如果可以，我也很想馬上返回亞倫斯伯罕。但母親大人說了，我身為下任奧伯，應該把心力投注在社交活動上。」

即便身體狀況還算穩定，但聽到家人重病，一定會想衝回去陪在家人身邊吧。蒂緹琳朵居然能忍下這種心情，繼續在貴族院上課、努力參加社交活動，讓我對她有些另眼相看。要是我家人生了重病，我肯定以最快速度修完課返回領地，就算被嫌棄只會礙手礙腳，也絕不離開父親床邊半步。

「所以畢業儀式的時候，我必須展現出下任奧伯該有的樣子。」

「那您好好加油喔。」

「為了獲得眾人的矚目，你們不覺得我需要艾倫菲斯特的協助嗎？」

「我們的……協助嗎？」

我不明所以地偏過頭。蒂緹琳朵似乎自認為說得簡單明瞭，但我根本聽不懂她在說什麼。我再看向韋菲利特與夏綠蒂，兩人也一頭霧水的樣子。看到我們三人都聽不明白，蒂緹琳朵似乎相當惱火，嗓音變尖地道：

「所以我的意思是，你們應該教我如何讓魔石發光吧。妳在練習跳奉獻舞的時候，不是讓魔石發光，吸引了所有人的目光嗎？儘管我覺得妳還真是愛現，但那確實是吸引眾人目光的好方法。既然跳奉獻舞時我負責光之女神，該讓自己發光才對吧？」

我一時間無法明白她在說什麼，只是愣在原位。

……咦？她不當光之女神，想當燈飾女神嗎？那亮晶晶的耶？怎麼想都不太對吧？藉此引來的目光又不是好事。

韋菲利特與夏綠蒂也一臉吃驚，無法理解地注視蒂緹琳朵。

「蒂緹琳朵大人，既然您曾看見羅潔梅茵跳舞時的樣子，也應該知道她吸引來的並不是讚嘆的眼光。況且王族與他領奧伯都會出席畢業儀式，我想那種情況並不適合。」

「哎呀，韋菲利特，你不願意協助我嗎？」

蒂緹琳朵露出驚訝至極的表情，但我才驚訝呢。她當真想讓全身都戴滿亮晶晶的魔石，然後跳奉獻舞嗎？

「我想這不是願不願意協助的問題……」

「哎呀，所以是妳不想告訴我吧？為了只讓自己一個人獲得關注。」

蒂緹琳朵的深綠色雙眼朝我瞪來，我急忙補充又說：

「不，我不是這個意思……而且若想讓魔石發光，只要灌注魔力就好了喔？」

「別以為這麼說就能敷衍我。能讓那麼多魔石同時發光，一定使用了什麼方法。妳肯定用了能讓魔石發光的某種魔導具吧？」

……咦？並沒有喔。

蒂緹琳朵以簪子上全都發出亮光的虹色魔石為例，極力主張若只是灌注魔力，絕不可能導致那種現象。這下得想辦法轉移話題，或是蒙混過關才行。

我正絞盡腦汁的時候，夏綠蒂忽然壓低音量說：「蒂緹琳朵大人，這件事請別告訴任何人唷。」蒂緹琳朵立即雙眼發亮，往前探身：「果然有什麼秘密吧。」

「其實練舞那一天，姊姊大人的身體狀況非常不好，整個人處在魔力會自行釋出的狀態下。因此那些魔石只是吸收了魔力而已，她並未佩戴能讓魔石發光的魔導具。」

「那麼，練舞後她會暈倒是因為……」

「是因為魔力流失過多。」

……雖然夏綠蒂說的都是真的，但聽來超像在騙人。而且這些形容如果屬實，我就好像得了什麼很恐怖的病。

蒂緹琳朵多半還是不相信，用懷疑的眼神緊盯著我與夏綠蒂。韋菲利特大概也覺得該想想辦法，點著頭開口說了：

「所以現在羅潔梅茵的身體稍微恢復健康了，就算再練習跳奉獻舞，也不可能讓魔石發光。如果您真的想讓魔石發光，不如試著降低魔石的品質如何？」

……等一下，韋菲利特哥哥大人！怎麼能真的推薦她去當燈飾女神?!

我與夏綠蒂忍不住對看一眼。然而，韋菲利特卻很認真地在自己所知範圍內，思考有什麼辦法能讓魔石發光。

「雖然魔力若灌注過多，有可能讓魔石變成金粉，但多少會比較容易發光吧……」

「韋菲利特，這真是好主意呢。」

蒂緹琳朵開心得雙手一拍。

……啊啊啊啊，感覺蒂緹琳朵大人真的會照做！

「雖說可以稍微降低魔石的品質，但要同時讓好幾顆魔石發光，還是需要不少魔力。不過是跳奉獻舞，我想不需要消耗這般大量的魔力……」

夏綠蒂試著想要勸阻，蒂緹琳朵卻面帶笑容搖搖頭。

「放心吧，為了順便檢測怎樣的品質不會變成金粉，我會先練習過幾次。對了，讓我看看畢業儀式上要戴的髮飾吧。」

蒂緹琳朵嗓音雀躍地說完，韋菲利特的侍從馬上開始動作。經過一番檢查後，蒂緹琳朵的見習侍從瑪蒂娜接過髮飾。

「我打算下次在只有上位領地聚集的茶會上，向大家展示這個髮飾。」

「既然如此，得教蒂緹琳朵大人的侍從如何佩戴髮飾才行呢。布倫希爾德。」

我開口呼喚後，布倫希爾德立即輕輕點頭，前去教導瑪蒂娜如何佩戴髮飾。由於之前已經指導過艾格蘭緹娜與阿道芬妮等人的侍從，她說明時的樣子看來十分熟練。

「話說回來，羅潔梅茵大人的虹色魔石真漂亮呢。不如我也拜託未婚夫，請他做一個給我吧？」

「但恐怕得等到舉行完星結儀式，斐迪南大人才能實現您的要求喔。」

「哎呀，這是為什麼呢？」

蒂緹琳朵眨了幾下眼睛，我藉這機會傾訴斐迪南沒有工坊。

「因為在舉行星結儀式之前，他只能住在客房，沒有自己的工坊，也沒有原料和道具。斐迪南大人想必也無能為力吧。若有可以供他做研究的工坊……」

「那就沒辦法了呢。」

本來還想慫恿蒂緹琳朵，如果想要虹色魔石髮飾，可以為斐迪南準備工坊，結果卻沒能得到滿意的答覆。真是太可惜了。

「說到研究，與亞倫斯伯罕的共同研究進行得如何了呢？都沒人向我報告一聲，真教人傷腦筋。」

「前幾天我已經提交了第二份報告書給傅萊芮默老師。她說她已經送回亞倫斯伯罕了，但不曾向領主候補生蒂緹琳朵大人報告嗎？」

我看向夏綠蒂與韋菲利特。兩人點了點頭，幫忙證明我為了提交第二份報告書，之前曾向傅萊芮默提出會面請求。

「竟然沒有拿給我過目就送回亞倫斯伯罕……」

「而且我之前提交的第一份報告書，好像也還沒送到斐迪南大人手中。我想大領地亞倫斯伯罕領內，應該沒有文官會怠忽職守，但還是希望身為下任奧伯的蒂緹琳朵大人能好好調查此事。」

但可能只是哪裡出了差錯而已──我補上這句話後，蒂緹琳朵重重點頭。

「我會命人調查。畢竟這次的共同研究，是以斐迪南大人的弟子為名義發表嘛。未婚夫的評價，也會影響到我的評價。進行共同研究的時候，可別做出會影響到我未婚夫評價的事情喔。」

「為了積極反映斐迪南大人的想法，我三不五時就會請雷蒙特幫忙送信與報告書，到時也只會發表通過他檢驗的作品。」

「嗯，就這麼辦吧。」

……雖然蒂緹琳朵大人的語氣讓人很火大，但這樣一來請傅萊芮默老師轉交的報告書也許就能確實送到，也有了可以經常送信的藉口，結果算是還不錯……吧？

意外地取得了蒂緹琳朵的同意後，我有些心滿意足。這時，韋菲利特邊觀察蒂緹琳朵與其近侍們的表情，邊開口說了：

「蒂緹琳朵大人，我聽說叔父大人前往亞倫斯伯罕是為了指導萊蒂希雅大人，請問這方面一切還好嗎？那個，因為叔父大人的指導一向有些嚴格，讓我十分擔心。」

韋菲利特問起這件事情，是為了試探蒂緹琳朵是否知道萊蒂希雅與王命之間的關聯。看得出來她的近侍們都忽然有些緊張，但蒂緹琳朵本人只是手托著腮歪過頭。

「我與萊蒂希雅沒有什麼往來，所以不太清楚她的情況。再加上冬季的社交界一開始，我便來到了貴族院。不過根據來信，斐迪南大人似乎正忙於處理公務，應該沒有時間指導萊蒂希雅吧？」

看來蒂緹琳朵與萊蒂希雅並無交流，也不懂得斐迪南前往亞倫斯伯罕擔任指導者一事，有著怎樣的含義。她肯定並不知道自己只是暫代領主之位。明白到了這一點，韋菲利特向蒂緹琳朵投去擔憂的目光。

「不說這些了，請各位看看這個吧。這是夏季拜訪亞倫斯伯罕的蘭翠奈維使者送來的禮物……」

在這之後很長一段時間，蒂緹琳朵不斷誇耀自領、誇耀未婚夫、誇耀某某人，最後則都會以「而地位比他們高的，就是身為下任奧伯的我」之類的話作結。她需要我們做的，就只是讚美她，以及提供建言與協助，如何能加強亞倫斯伯罕的影響力。

一直到最後，她都沒有提到半點與艾倫菲斯特的肅清有關的事情，也沒有向我們查探口風。感覺起來，她與喬琪娜似乎不會分享資訊。蒂緹琳朵自始至終都在談論即將成為下任領主的自己，茶會也就這麼結束了。

「……好累喔。」

回到宿舍以後，這句話最先脫口而出。因為今天這場茶會的接待，只一味要求我們吹捧對方，再加上在場都是親人、沒有他領貴族，艾倫菲斯特完全被當成了下位領地看待，一切都如蒂緹琳朵所願地在進行。真是累死我了。

此外，大概是在貴族院或從自領同年級生那邊蒐集來的，蒂緹琳朵誇耀起斐迪南的傳說時，講得彷彿他是自己的所有物般，讓我很想大喊：「斐迪南大人現在還是艾倫菲斯特的人喔！」我忍得真的超級辛苦。

「我還以為蒂緹琳朵大人會對艾倫菲斯特的情勢略有所知，向我們打探消息，所以一直提防戒備著，結果這種事完全沒發生呢。」

「夏綠蒂，雖說蒂緹琳朵大人好像什麼也不知道，但她的近侍不時會顯得十分緊張。所以我想那些近侍當中，應該也有人相當了解內部情況吧。」

我一說完，韋菲利特的臉色沉了下來。

「雖然知道這不關我的事，但我還是有點擔心蒂緹琳朵大人。居然那麼多事情都沒人告訴她，她在這種情況下成為下任奧伯，真的沒問題嗎？」

「因為她只是在萊蒂希雅大人成年前暫代領主之位，可能是刻意不告訴她太多事情吧。」

觀察過近侍們的反應後，我只覺得是故意不提供給她太多資訊。但我分辨不出是奧伯．亞倫斯伯罕的指示，還是喬琪娜的唆使就是了。

「但這些事情要是以後才知道，真是不敢想像……」

「這是亞倫斯伯罕的人該煩惱的事情，只要不會對斐迪南大人帶來不利，我們也無權過問。」

我嘆著氣這麼回答後，韋菲利特用那雙像極了蒂緹琳朵的深綠色眼睛瞪向我。

「……羅潔梅茵，妳講話有些太冷漠了吧。妳都不擔心蒂緹琳朵大人嗎？」

韋菲利特說他覺得看到了從前的自己。因為他以前也沒能得到足夠的資訊、被周遭人們操控，結果留下了汙點。但今天的接待早已讓我精疲力竭，完全不為所動。光是沒有誠實地回他「不擔心啊」，我就覺得忍得住的自己真了不起。

「蒂緹琳朵大人是在即將成年前宣布自己為下任奧伯，但明明身邊有那麼多名近侍，卻沒人提供給她足夠的情報，代表這是亞倫斯伯罕整體的意思吧。比起蒂緹琳朵大人，我更擔心她做出什麼不智之舉後，會連累到斐迪南大人。」

「叔父大人一定會想辦法解決的吧。他自己有足夠的能力。」

眼看韋菲利特擔心蒂緹琳朵，卻一點也不擔心斐迪南，我瞬間怒火中燒。

「……斐迪南大人不僅在那裡沒有多少人能信任，也沒有地方能製作新的魔導具，

同時還得保護萊蒂希雅大人，跟在艾倫菲斯特的時候根本不一樣。我才覺得韋菲利特哥哥大人真是冷漠。」

要不是因為斐迪南，蒂緹琳朵不過是個平常沒什麼交集，也不會帶給我們任何好處的麻煩人物，韋菲利特應該要多擔心至今對他百般照顧的叔父才對吧。

我與韋菲利特毫不退讓地瞪著對方時，夏綠蒂深深嘆了口氣。

「哥哥大人、姊姊大人，兩位只是擔心的對象不同，性格並不冷漠喔。居然為了這點小事就吵起來，想必是因為累了吧。」

「夏綠蒂……」

「妳說得沒錯，抱歉。」

在妹妹的勸阻下，我與韋菲利特向彼此道了歉，接著請侍從泡茶。然後我們一邊平復心情，一邊針對今天的茶會召開反省會。

「情報受限的蒂緹琳朵大人越是在公開場合上表現得引人矚目，我越覺得喬琪娜大人在背地裡有什麼陰謀和行動……對艾倫菲斯特造成的打擊真是不小呢。」

我們就只能傾聽蒂緹琳朵沒有止盡的炫耀，與亞倫斯伯罕有關的情報卻無法有任何收穫。重新體認到這個事實後，我覺得更是疲憊了。

茶會並未就此結束。參加完堂表親茶會的疲勞還沒消除，緊接著又要出席聚集了排名靠中及偏下的領地的茶會。我強壓下鬱悶的心情，擠出禮貌性的笑容參加。

享用點心時眾人對艾倫菲斯特的甜點讚不絕口，還希望下次也可以知道做法，我便告訴大家之前與戴肯弗爾格舉行茶會時，他們自己開發了加入璐萊的新口味磅蛋糕。

「使用領地特有的水果嗎……？這真是不錯的想法呢，我馬上也讓廚師試試看。」

「羅潔梅茵大人，您與戴肯弗爾格的交情真好呢。兩領還一起進行研究……」

「先前英蒙丹克也提出了想要加入共同研究的請求，只可惜被拒絕了。其實我們也很想幫上忙呢……」

由於能與大領地加深交流，所有領地顯然都對共同研究很感興趣。與全是下位領地的茶會不同，至少不會一直聽到齊爾維斯特他們的壞話，所以還算好一些，但無法參與共同研究的眾人不斷為此嘮叨碎念，也讓人十分頭痛。

「下次可以一起進行研究就好了呢。」

我笑吟吟地打斷這個話題後，試著向大家推薦艾倫菲斯特的書籍。在場已經有人在之前的茶會上，向夏綠蒂借到新書了。

「我聽說夏綠蒂已經把一本書借給了約瑟巴蘭納的蕊兒拉娣大人。請問妳看過內容了嗎？」

「是的，我借到書了。由於去年讀到的貴族院戀愛故事集非常精采，今年我也萬分期待呢。」

約瑟巴蘭納今年的領地排名第十，由上級貴族蕊兒拉娣擔任領主候補生的代理人出席茶會。她立即用雀躍的嗓音，說起貴族院戀愛故事集的內容。眼看大家的注意力都轉移到了戀愛故事上，我正鬆一口氣時，蕊兒拉娣的淡綠色雙眼忽然興奮發亮，往我看來。

「羅潔梅茵大人，您與未婚夫韋菲利特大人談戀愛時是什麼樣子呢？應該和故事裡一樣浪漫動人吧？」

在場眾人突然都投來充滿期待的目光，我一時語塞。

「……我與韋菲利特哥哥大人的感情就像家人一樣，並不足以寫成故事喔。不過，既然結婚以後會成為家人，感情能像這樣平平淡淡的也很重要吧？我的母親大人也說過，好看的故事雖然需要高潮起伏，但自己的人生還是平穩安定最重要了。」

本以為這麼說就能讓大家失去興趣，蕊兒拉娣卻接著追問：

「哎呀，明明送了如此精美的髮飾，您卻說兩位的戀情不足以寫成故事嗎？」

「這個髮飾真的很精緻對吧？上頭還有那麼多虹色魔石，由此可知韋菲利特大人多麼深愛著羅潔梅茵大人呢。」

由於王族與上位領地開始流行起在畢業儀式時贈送髮飾，所以看在排名靠中及靠下的領地眼裡，髮飾似乎正逐漸成為想從戀人那裡收到的禮物。

……這種事我還是第一次聽說。居然會根據髮飾的豪華程度來判定愛意深淺……那我絕不能坦白說出髮飾其實不是未婚夫韋菲利特送的，而是監護人斐迪南大人送的。

我心裡這樣想道，同時為了和之前向其他人說明過的一致，開始解釋這是所有監護人一起送給我的。儘管這麼做會破壞少女們的幻想，但必須大力宣傳設計者是斐迪南才行，否則萬一蒂緹琳朵的髮飾搭配失敗，他品味方面的名聲就毀了。

「這個髮飾是由所有監護人一起準備虹色魔石，再由斐迪南大人負責設計，然後由韋菲利特哥哥大人送給我的喔。所以並非是哥哥大人一個人送給我的禮物。」

「哎呀，明明重視到了送給您這般精美的髮飾，卻還讓您進入神殿，真是難以置信呢。羅潔梅茵大人，您不必這麼袒護奧伯也沒關係。」

她們完全把齊爾維斯特當成了壞心腸的養父，一直訂正也讓我感到有些疲憊。

「我不清楚他領的神殿是什麼樣子，但在艾倫菲斯特，我們都很重視神殿的儀式喔。不光是我，韋菲利特哥哥大人與夏綠蒂也會出入神殿，就連奧伯也會。」

「真是不敢相信，艾倫菲斯特的領主一族居然會出入神殿。那麼不潔的地方……」

……她們的解讀好像都和我預期的不太一樣。

「而且神殿會舉行奉獻儀式。除了要發給各地基貝的小聖杯，還有用來讓直轄地盈滿魔力的大聖杯，若不讓這兩樣東西充滿魔力，收成就無法增加。艾倫菲斯特只是因為有不少青衣神官及巫女都轉籍去了中央神殿，才由領主候補生填補不足的魔力。」

我再補充說明，韋菲利特與夏綠蒂也都會為了祈福儀式和收穫祭前往各地農村。

「倘若各位的領地也因收成不多感到苦惱，可以試著讓領主候補生去神殿幫忙喔。」

「竟然要去神殿與農村，這種事情……」

對著一臉嫌惡的眾人，還要面帶笑容一再重複同樣的話語，我漸漸覺得這只是在浪費時間。她們根本不懂舉行儀式有多辛苦和多重要，卻只會不停抱怨，這點實在煩人。況且韋菲利特與夏綠蒂可是從還不習慣操控魔力的時候開始，就很努力在填補我的空缺，她們卻毫不相信兩人的付出，這點更是讓我火大。

「羅潔梅茵大人，比起神殿的事情，我更想了解共同研究呢。請問您是如何與大領地一起進行研究的呢？」

英蒙丹克的領主候補生這麼問道，我聳了聳肩。

「與戴肯弗爾格一起做研究時，我們也會舉行各位討厭的儀式進行查證喔。」

「如果不是在神殿，而是在貴族院舉行儀式的話，我倒不會那麼忌諱呢。畢竟術科課時也會舉行加護儀式……」

……啊，是喔。所以只要不是在神殿就好了嗎？

我在心裡狠狠吐槽後，腦海中突然靈光一閃。

……對了。我想到了一個好主意。

「我們兩領在進行共同研究時，有個步驟是要展示艾倫菲斯特的儀式。倘若各位不介意的話，要不要前來參加呢？但前提是，得先徵得戴肯弗爾格的同意……」

「哎呀，您願意讓我們參與嗎？」

剛才一直殷殷傾訴，說她也想參與共同研究的英蒙丹克領主候補生聽了，立刻露出燦爛無比的笑容。「羅潔梅茵大人果真心地善良呢。」接著她開始抱怨，之前怎麼向夏綠蒂懇求也沒能得到回應。

「若英蒙丹克能得到准許，那我也想參加。」

「如果男士也能參加的話，我會向領主候補生詢問看看。」

「約瑟巴蘭納目前沒有領主候補生在就讀，所以請讓我擔任代理人參加吧。」

看著大家異口同聲地向我徵求許可，我微微一笑。看來只要能夠參與共同研究，就算要參加儀式她們也不介意。

「不過，前提還是要先徵得戴肯弗爾格的同意。雖然這個提議是我所提出，但請各位也向戴肯弗爾格提出請求吧。說不定被各位的熱情打動，他們便會同意了。」

當初戴肯弗爾格就是靠著熱情與人海戰術，取得國王的許可，將斐迪南送到了亞倫斯伯罕去，相信一定也會接受她們的熱情吧。比起只有我一個人提出請求，更能確實達到目的。總之只要能讓大家參加儀式就好。

……啊，也要向王族徵求許可呢。

小小心機

「大小姐，您究竟在想什麼？還請一五一十告訴我們。居然要讓他領的領主候補生也參加儀式，您到底是何用意？我們怎麼什麼也沒聽說！」

一回到宿舍，黎希達立刻雙手扠腰，氣勢洶洶地站到我面前。看她橫眉豎目的模樣，很顯然說教即將開始。可是，我應該什麼都還沒做才對啊。

「……可是我也說了，前提是徵得戴肯弗爾格的同意喔？」

「重點並不在於有沒有向戴肯弗爾格徵得同意。我有意見的，是這麼重要的事情您竟然完全沒有預先商量。」

「但奧伯不是說過，在貴族院要進行什麼研究是學生可以自己決定的事情，不需要找人商量嗎？」

我歪了歪頭，總覺得彼此的認知好像不太一樣。我說完後，黎希達緩緩搖頭。

「只要是與大小姐有關的事情，最好都要報告一聲。但不光如此，我們身為得從旁協助您的近侍，您應該先與我們商量才對。至少要預先告訴我們，您究竟有什麼想法、打算採取什麼行動。」

「這次的共同研究還包括要舉行儀式，這件事不是已經討論過很多次了嗎？我只是看到大家好像很想參與共同研究，才提出這個建議而已。該做的事情還是不變吧？」

居然問我要做什麼，舉行儀式一事不是早就決定好的嗎？聞言，黎希達再度緩緩搖頭。

「大小姐，您以為這麼說就能糊弄我嗎？至今我們討論的，都是大小姐一個人便能舉行的儀式。您為何突然決定，要讓他領的領主候補生也參加？」

圍繞在四周的近侍們全都一臉嚴肅，沒有半個人阻止黎希達的追問。我短暫地噘起嘴唇、流露出不滿後，接著更是擠出燦笑。

「我會突然這麼決定，絕不是因為每次參加茶會，中小領地都一直說養父大人的壞話，還把神殿的儀式貶得一文不值喔。也絕不是因為她們都不理會我的反駁，還一心只想從我這裡拿到好處，所以讓我開始覺得應付起來很麻煩。」

「……原來您這麼生氣嗎？」黎希達輕聲嘆息。「大小姐現在也很擅長隱藏情緒了哪。那以後還請學會如何妥善地宣洩情緒吧。」她一臉無奈地搖搖頭後，接著又問：

「那麼大小姐，雖說要舉行儀式，您究竟打算做什麼呢？」

「倘若戴肯弗爾格也同意他領的人參加，我打算在貴族院舉行奉獻儀式。」

「奉獻儀式嗎？就是往年這時候都要在神殿舉行的儀式吧？」

菲里妮手托著腮，像在回想哈特姆特他們做準備的樣子。

「沒錯。如果要向戴肯弗爾格展示我經常在領內舉行的儀式，奉獻儀式是最適合的選擇吧？之前因為只靠我一個人很難讓聖杯盈滿魔力，所以我一直很煩惱要展示什麼儀式，但現在有了這麼多協助者，就能輕輕鬆鬆地讓聖杯盈滿魔力了。」

「那個，羅潔梅茵大人，您這樣等於要奪取他領領主候補生的魔力吧？」

谷麗媞亞誠惶誠恐地開口向我問道。瞬間其他近侍臉色大變。我看著谷麗媞亞，「呵呵」地輕笑起來。

「哎呀，真是的。谷麗媞亞，這種話傳出去多不好聽啊。我從頭到尾都沒有強迫大家喔。大家全是非常熱心的善意協助者，還願意向戴肯弗爾格提出請求呢。他們全是自願奉獻魔力，妳這麼說太失禮了。再者，看到有這麼多領主候補生願意提供協助，王族一定也會很高興吧。」

那些人都是自己想參加的，我可沒有強迫他們，而且要是不想幫忙，從一開始就不該向我提出請求。

「羅潔梅茵大人，請問這件事又與王族有什麼關係？」

勞倫斯接著插嘴發問，臉上的表情像是聽到了非常不祥的單字。泰奧多也一副避之唯恐不及似的拚命點頭，顯然也很害怕與王族有交集。

「因為若想使用貴族院裡的祭壇，需要向王族徵得許可吧？況且雖說大家是自願參加，但現在到處都是魔力不足的狀態，我要是把大家奉獻的魔力據為己有，勢必會得罪一大票人，所以我打算交給王族妥善運用。」

有這麼多領主候補生願意奉獻魔力，正苦於魔力不足的王族肯定會很高興吧。而且只要王族出面致謝，那些領主候補生也不好有怨言。馬提亞斯面色凝重，像在斟酌我的提議是否可行，最後他「嗯」了一聲，藍色雙眼靜靜往我看來。

「但是，先前戴肯弗爾格一直拒絕想要加入共同研究的他領，您認為我們真能取得他們的同意嗎？」

對上位領地來說，要輕易改變原先的態度恐怕不容易——馬提亞斯這麼提醒後，我彎起了嘴角。

「只要建議他們提出條件，想參加的領地就必須與戴肯弗爾格比場迪塔，我相信他們一定會欣然同意。因為戴肯弗爾格一直很想查證儀式的結果，也熱切地想比迪塔。」

「所以是把善意的協助者當成活祭品，獻給戴肯弗爾格嗎……」

馬提亞斯目瞪口呆。

「馬提亞斯，怎麼你也這樣說話呢……這只是讓那些非常想參加的人，有機會向戴肯弗爾格展現他們的熱情吧？我絕對沒有心想這樣一來，艾倫菲斯特就不用陪著戴肯弗爾格查證儀式結果、也不用陪他們比迪塔，真是幫了我們大忙喔。」

「居然願意陪著戴肯弗爾格查證儀式結果，這些協助者真是太熱心、太了不起了。在這件事上，我支持羅潔梅茵大人。」

萊歐諾蕾微笑說道，一臉完全明白這對我們來說很有好處。馬提亞斯也輕吁了口氣，低聲說：「的確，我們根本沒辦法陪著戴肯弗爾格一再查證儀式結果。」

戴肯弗爾格是大領地，騎士人數眾多，所以若要與他們比迪塔，艾倫菲斯特就得出動所有見習騎士。一次的話還可以，但如果每次都要更改條件比好幾次、陪著他們查證儀式結果，實在是強人所難。因為還得出動韋菲利特與夏綠蒂的護衛騎士。

「這樣一來，不僅戴肯弗爾格可以查證儀式結果、比迪塔，我也能召集到足以舉行儀式的人力；王族還能使用屆時蒐集到的魔力，中小領地也能參與共同研究……雖然戴肯弗爾格為了應付眾人可能會有點忙，王族在協調上也得辛苦一點，協助者們更是得在課堂以外的地方消耗大量魔力，但這難道不是一舉數得的好主意嗎？」

我帶著燦笑說完，近侍們一致露出了分不清是贊成還是反對的複雜表情。

「但這個提議對羅潔梅茵大人來說，有任何好處嗎？您列舉的都是他人的好處，對您來說卻沒有半點益處可言。」

「光是艾倫菲斯特可以不用陪著比迪塔，這點好處就非常足夠了……儘管我很想這麼說，但其實我有想要的東西。不過，現在還是秘密。我只能先告訴你們，只要王族同意了，這件事對我來說就有好處。」

隨後，我再寫信給戴肯弗爾格與錫爾布蘭德。之所以寫給錫爾布蘭德，是因為到時候要使用貴族院內的設施，而且比起亞納索塔瓊斯，我想會比較容易徵得許可。

我先是在信裡說明，有很多人都想參加與戴肯弗爾格的共同研究，而我剛好也想召集到足夠的人數一起舉行艾倫菲斯特的奉獻儀式，接著開始慫恿只要同意以比迪塔為條件，這件事對戴肯弗爾格來說也有好處；另外也表明了在奉獻儀式上取得的魔力會讓給王族，並提出請求希望能使用最奧之間裡的祭壇舉行儀式。寫好後，馬上請人送出。

「我要了解詳情。明日下午來我離宮。」

……明明我是寫給錫爾布蘭德王子，為什麼回覆的卻是亞納索塔瓊斯王子呢？真是奇怪了。

我再一次在傳喚下前往亞納索塔瓊斯的離宮。由於只是想申請借用最奧之間裡的祭壇，所以出門時的心情還算平靜。然而到了離宮一看，我卻發現不只漢娜蘿蕾與她的近侍，就連兩領舍監也來了。明明只是學生的共同研究，事情好像變得很嚴重。

「好了，羅潔梅茵，妳到底想做什麼？快點老老實實說出來。」

亞納索塔瓊斯瞪著我說，看來充滿戒備。於是我把共同研究的大概情況與艾倫菲斯特的儀式告訴了他。當然，不忘強調這對王族來說也絕對有好處。

聽完說明，亞納索塔瓊斯扶著額頭，來回看向我與漢娜蘿蕾。

「……為何妳們都喜歡把事情鬧大？」

「您說妳們是什麼意思呢？」

我不解地偏過頭後，漢娜蘿蕾難為情地低下了頭。

「那個，因為不久前我們引發了一些騷動，給王族造成了困擾。」

她說戴肯弗爾格因為想要查證儀式的結果，沒想到竟出現了光柱，導致許多人都為此向王族打探是怎麼一回事。可是，說到出現光柱的儀式，不就是前些天我模仿戴肯弗爾格所舉行的那場儀式嗎？

「……所以這件事是我害的囉？」

「不是的。是我們自己想仿效羅潔梅茵大人，便試著在舉行儀式時奉獻魔力，也試著想要改變長槍的外形，結果就連在戴肯弗爾格舍內也出現了光柱。所以，這完全是戴肯弗爾格的錯。」

她說他們去了緊鄰宿舍而建的訓練場，在舉行了儀式後，分成兩支隊伍比迪塔。聽完說明，我深深感覺到大領地還真是遊刃有餘。

……不愧是戴肯弗爾格。為了變強，不惜消耗時間與魔力。

「昨天有許多領地都跑來說他們想參與共同研究，忙得我暈頭轉向……」

戴肯弗爾格的舍監洛飛這麼起頭後，露出了無比爽朗的笑容。

「正好這陣子大家在看完迪塔故事後，又發現能夠藉由儀式獲得真正的祝福，一個個都正摩拳擦掌。羅潔梅茵大人竟能幫我們找來這麼多對手，真是了不起。宿舍裡學生們對妳的評價又更高了。昨晚大家可是熱血沸騰。」

……這種評價我才不需要。

我本來還希望能因此讓戴肯弗爾格變忙一些，怎知他們在看完我的來信後，反倒非常歡迎他領參加儀式，也接受了比迪塔的建議，結果並沒有造成任何打擊。聽說他們還決定，要主動詢問各個領地說：「要不要比場迪塔、參加儀式？」

「不過，既然戴肯弗爾格會在比賽前舉行儀式、取得祝福，我想最好是幾個領地聯合起來，組成一支隊伍與你們對戰呢。而且若能讓他們看到你們取得了神的祝福，或許今後也會認真舉行儀式吧。」

「嗯。」

「對手若不越變越強，戴肯弗爾格也會提不起勁吧？」

「說得沒錯！」

洛飛說得鬥志高昂。如果可以親眼看到他人獲得祝福，我想見習騎士們以後也會認真地舉行儀式吧。就像我之前也對艾倫菲斯特的見習騎士們說：「今後還請各位向戴肯弗爾格看齊，努力靠自己的力量獲得祝福。」

與洛飛的對話告一段落後，漢娜蘿蕾猶疑畏縮地向我開口：

「羅潔梅茵大人，哥哥大人說了，這件事因為對戴肯弗爾格有好處，要同意他領參加儀式是沒關係，但連共同研究也讓他們一起署名是否太超過了？他認為他們的貢獻並不到這種地步。」

其實我倒覺得他們不僅得比迪塔，還要參加奉獻儀式，算是相當有貢獻了。但看在戴肯弗爾格眼裡，貢獻似乎不多。

……畢竟依他們當地的風氣，就是覺得既然要舉行儀式，比迪塔便是義務嘛。

一邊是認為他領並未對共同研究付出足夠貢獻的戴肯弗爾格，一邊是想出現在共同研究名單上的他領，必須提個雙方都能接受的提議才行。但仔細想想，當初我只是邀請大家說：「要不要參加儀式？」從沒答應過他們「能在共同研究成果上署名」，是他們自己這麼認定了而已。我思索了片刻後，豎起食指微笑道：

「那不然這樣吧。在研究成果最後，把他們列為協助者如何？就是另外加上協助者名單，把幫忙做過問卷調查的見習騎士，以及幫忙舉行儀式的領主候補生與上級貴族的名字都列出來，但共同研究主要還是由戴肯弗爾格與艾倫菲斯特一起發表，這麼做能讓大家都滿意嗎？」

「……嗯、嗯。我想這樣應該沒問題，哥哥大人也不會有意見吧。」

漢娜蘿蕾定睛注視了我一會兒後，緩緩點頭。

「請幫我轉告藍斯特勞德大人，儀式等他修完課後就舉行，請好好加油吧。」

「哥哥大人好像快修完了喔。他可是幹勁十足，說要讓您大吃一驚呢。」

漢娜蘿蕾露出苦笑，告訴我藍斯特勞德正以極快的速度修完課。她說明明是最終年級，但他修完課的速度竟與去年第五年級差不多。這真是意想不到的反擊。

「……真教人吃驚呢，沒想到這麼快。等到比完迪塔，確定有哪些領地要參加儀式後，請再通知我一聲吧。」

「包在我們身上！」洛飛搶先大聲回答。我與漢娜蘿蕾瞥向他後，一同輕輕聳肩。

就在這時，亞納索塔瓊斯假咳了聲。

「羅潔梅茵，關於妳提出的請求，也就是想使用最奧之間裡的祭壇……那個祭壇屬於中央神殿的管轄。」

這我知道，因為之前就聽說領主會議時的星結儀式與貴族院的成年禮，都是由中央神殿來主持。

「若要使用這裡的神具，必須取得中央神殿的同意，並由他們安排，但我聽說這陣子正是最忙碌的時期。」

「因為這陣子正好在舉行奉獻儀式吧。」

中央神殿從各個領地帶走了魔力較多的青衣神官及巫女，所以舉行起儀式應該沒有艾倫菲斯特那麼吃力，但也說不定小聖杯的數量遠遠多出我們許多。

「那麼，我會從艾倫菲斯特把儀式所需的用品帶過來，請問能借我使用祭壇所在的最奧之間嗎？因為我想教大家如何向神祈禱。」

「……只要不碰祭壇應該無妨。」

「感謝亞納索塔瓊斯王子。」

我道完謝後，馬上驚覺一項事實。

「那、那個，若不能觸碰祭壇，也就不能拿下祭壇上的聖杯奉獻魔力吧？這可怎麼辦？能否允許我只拿下聖杯？」

我可以請人把供魔力流動用的地毯從艾倫菲斯特送來，但如果不把聖杯取下來，奉獻了的魔力根本無處可去。

「不。若實在沒辦法，我也無能為力。」

「其實我也可以用思達普變出來，聖杯的話倒是有辦法準備……」

「妳變得出來嗎?!」

亞納索塔瓊斯睜圓了雙眼，我對他輕輕點頭。前陣子我在需要三把鑰匙才能打開的地下書庫裡找到了咒語，所以有辦法變出聖杯。

「只不過，王族不能把我變出的聖杯帶回中央。所以只能請王族自己以思達普變出聖杯，不然就是準備好大量的空魔石把大家的魔力帶回去。」

如果王族能以思達普變出聖杯，一切就好辦了，但神具必須經常觸摸、奉獻魔力，才有辦法變出來。要是他們平常都無法觸碰祭壇，更不可能有辦法變出聖杯，況且要維持住外形也很消耗魔力。王族現在恐怕不能額外耗費魔力吧。只好請他們準備空魔石，再放到聖杯裡頭，就像艾倫菲斯特之前會從我浸泡著的尤列汾藥水裡取得魔力一樣，我想這是搬運魔力最簡單的方式。

聽完我的建議，亞納索塔瓊斯疲憊地長嘆口氣。他說王族之前才在討論，由於無法取得中央神殿的協助，大概只能放棄本有機會取得的大量魔力。

「……原來借不到神具，可以自行變出聖杯，或是利用空魔石帶走聖杯裡的魔力嗎？妳還真是知道不少奇怪的伎倆。」
「因為師父教導有方吧。」
我「呵呵」笑道，只見亞納索塔瓊斯扶住額頭。
「坦白說，能取得妳在貴族院舉行儀式後蒐集到的魔力，實在幫了我們大忙。」
「我也很高興能聽到您這麼說。方便的話，我也很希望王族可以參加奉獻儀式，請問這有可能嗎？」
「希望我們也參加嗎？」
亞納索塔瓊斯吃驚得瞠大雙眼，我一臉肅穆地點點頭。假使王族願意帶頭參加，到時候協助者們也就不好意思說「我看還是算了」。再者，王族十分需要諸神的加護，最好讓他們有機會能認真地獻上祈禱。
「既然王族一直與中央神殿保持距離，代表各位從未體驗過真正的儀式吧？藉由一同獻上祈禱，魔力就會比較容易往外釋出，祈禱也更容易傳入神的耳中，請問要不要一起來體驗看看呢？當然這並非強迫。」
「……我會考慮考慮。」
儀式的事前溝通就此結束，赫思爾還跟我抱怨：「不要再讓王族的傳喚打斷我的研究。」一回到宿舍以後，我再寫信向艾倫菲斯特報告這件事。
我先說明了因為共同研究要在貴族院舉行奉獻儀式，只好把王族也牽扯進來；接著請他們等到神殿的奉獻儀式結束後，把供魔力流動用的地毯、給神的供品、我的神殿長服，以及韋菲利特與夏綠蒂的儀式服等儀式所需用品，都送到貴族院來。

「我與夏綠蒂也要參加貴族院的奉獻儀式嗎？」

「是的。因為若能一起舉行儀式，至少可以幫養父大人消除這方面的負面風評與奇怪傳聞吧。雖然哥哥大人與夏綠蒂都是第一次參加奉獻儀式，但其實就和為基礎魔法奉獻魔力一樣，即便是首次參加也不會失敗。記得要表現出平常就會參加的樣子喔。」

我這麼提醒後，兩人神色認真地點點頭。

「羅潔梅茵大人，艾倫菲斯特送來回覆了。」

信上是齊爾維斯特的字跡。上頭寫著，看到儀式的規模變得這麼盛大，芙蘿洛翠亞都暈過去了；齊爾維斯特還叮囑我，既然已把王族牽扯進來，儀式絕對不能失敗，也說了奉獻儀式所需的用品都會確實送來。

除此之外，還有一封哈特姆特寫的信。他似乎已經看過克拉麗莎的報告書，在信裡泣訴著「為何我已經畢業了?!」，感覺字字血淚。而且不知道是怨念太重，還是寫字時太用力，扭曲的字跡看來超恐怖。

「……這下子回到艾倫菲斯特時恐怕不太妙。感覺哈特姆特會變得非常麻煩。」

聽見一臉認真的萊歐諾蕾這麼輕喃，我趕緊把哈特姆特該做的事情寫下來。我告訴他，由於我想讓已經成年的近侍們再次舉行加護儀式，請帶著大家每天向神祈禱，複習諸神的名字，好取得更多加護。有事可做的話，應該可以稍微分散他的注意力吧。

這樣就好了——我正這麼心想時，優蒂特卻「嗯……」地歪過腦袋瓜。

「這點小事，哈特姆特馬上就能完成喔。不如再加一道命令，讓他帶著安潔莉卡背下諸神的名字如何？我想冬季期間，他會把所有心力都花在這件事情上。」

「……優蒂特，我覺得這麼做好像只會增加達穆爾的負擔……」

菲里妮的臉色忽然有些蒼白。優蒂特「啊」地低叫一聲後，露齒一笑。

「我相信達穆爾一定沒問題的。」

「不不不、不行啦！」

看著菲里妮與優蒂特這樣一來一往，我不禁覺得自己的近侍們感情還真好，久違地感到平靜美好。

儀式的準備

如今雖然已經敲定將在貴族院大禮堂內的祭壇前舉行奉獻儀式，但當然不可能馬上進行。首先得等藍斯特勞德修完課，也要等艾倫菲斯特舉行完奉獻儀式。趁著這段時間，也詢問了他領的戴肯弗爾格則會比迪塔，決定哪些領地將一起參加儀式。

「繆芮拉，請向戴肯弗爾格送去奧多南茲，告訴他們有關儀式參加者的注意事項。由於魔力量若相差過多，會給魔力較少的人造成極大負擔，所以請僅限上級貴族或領主候補生參加。還有，剛學會壓縮魔力的一年級生也不行。」

以前韋菲利特與夏綠蒂曾拿著盈滿我魔力的魔石舉行儀式，但他們在適應之前也吃了不少苦頭。而且我聽說他領的領主候補生，很多都是在貴族院學會壓縮魔力後，才開始為基礎魔法供給魔力。既然所有人都是第一次參加，又不能請大人從旁提供協助，那讓從沒供給過魔力的人參加太危險了。

「羅潔梅茵大人，戴肯弗爾格以奧多南茲捎來回覆了。他們說會採納您建議的參加標準。還說了他們已經做好比迪塔的準備，正等著中小領地組成隊伍。」

……哇噢。中小領地諸位，敬請節哀順變。

我悄悄在心裡雙手合十，再朝借來的書籍伸出手。

「其他準備工作，得等神殿舉行完奉獻儀式再說了。那等的時候我先來看書吧。」

之後我度過了一段悠閒愉快的時光。每天不是閱讀向他領借來的書籍，就是前往赫思爾的研究室，偶爾也會出席茶會。

但現在大家在茶會上，幾乎都是在抱怨設有條件的迪塔。先前因為被我搪塞過去的關係，最終只比了競速迪塔，戴肯弗爾格對此似乎很不甘心，這次便要求比奪寶迪塔。然而，大家雖然在學科課上學習過，卻從沒真的比過奪寶迪塔，所以就算聯手組成了隊伍，還是被戴肯弗爾格打得落花流水。聽到大家抱怨說，回復藥水不管準備了再多也不夠，我輕笑起來。

「因為若想與戴肯弗爾格一起研究，就非比迪塔不可。艾倫菲斯特之前也比了喔。」

……雖然比奪寶迪塔是一年級時的事了，但我可沒說謊喔。嗯。

如今出席茶會，終於不會再聽到齊爾維斯特的壞話，話題都在共同研究與迪塔上打轉，這讓我感到輕鬆許多，也第一次這麼感謝戴肯弗爾格對迪塔的熱愛。

此外，與多雷凡赫進行共同研究的見習文官們也向我報告了進度。聽說賈鐸夫卯足了勁投入研究，還以紙張為原料不斷進行調合，試圖更加突顯魔樹各自原有的特徵，也都有了一些成果。比如當勘合紙使用的南娑扶紙，現在已經可以移動得比之前還快，也可以從比之前還遠的距離就感應到紙片而移動。

「看來是性能提升了呢。正好我想用來移動圖書館裡的書籍，請把性能提升到足以支撐書本的重量吧。雖然我也考慮過最終可以畫上魔法陣，但還是希望能盡量提升原料的品質，減少對魔力的負擔。」

至於亞樊紙，聽說現在只要寫下樂譜，再拿著魔石滑過紙面，便能像音樂盒一樣自行發出樂聲，但仍有不少研究空間。

「如果只要讓魔石滑過紙面就能發出樂聲，那也許可以設法與樂器結合，讓樂器能夠自行演奏呢。」

我想起了麗乃那時候，曾聽過管風琴在設置了紙捲後會自動演奏，樂聲一樣優美動人。儘管我只是自言自語，瑪麗安妮還是耳尖聽見了。

「還請允許我向賈鐸夫老師提出這個建議。因為不久前他才斥責我們，說艾倫菲斯特都提不出有趣的見解。」

「……如果妳不介意這是我的見解的話。」

多雷凡赫的見習文官對研究很有熱忱，艾倫菲斯特的見習文官要與他們一起進行研究，似乎實力還是稍顯不足。瑪麗安妮看來有些喪失自信。

「等畢業以後回到艾倫菲斯特，像與多雷凡赫的共同研究這麼高水準的研究，就很少有機會能參與到了喔。妳或許會很在意與旁人的差距以及老師的斥責，但也不用太過灰心，請努力繼續研究吧。」

就這樣過後一段時間，克拉麗莎捎來報告說藍斯特勞德修完課了，並送來已經完成統計的問卷調查結果。在戴肯弗爾格，似乎也有許多尚武的文官及侍從取得了加護。

「怎麼說呢……有種這個領地真是為迪塔而存在、與迪塔共生共榮的感覺呢。」

聽完菲里妮的感想，我用力點頭。

「根據我在茶會上聽到的，現在見習騎士們好像也正為了迪塔而團結一心。就只有戴肯弗爾格精神抖擻，他領似乎一路到比賽結束為止都有氣無力。」

「完全可以想見呢。此外，這是儀式的參加者名單。請您過目。」

我接過菲里妮遞來的木板，很快看了一遍。上頭列著決定要參加儀式的領地，每個領地後方又各自列了三到八人。超過半數的領地都將參加儀式，而大領地與小領地的參加人數又有明顯的差距。光要參加儀式的學生，就超過六十個人。

「連大領地也要參加嗎？我還以為在確定有利可圖之前，他們只會旁觀呢。」

「因為這是可以預先了解他領共同研究的絕佳機會啊。況且大家都能預見，到時候領地對抗戰上，眾人最好奇的肯定是如何能取得更多加護的研究。」

原來是既然有機會能光明正大參加，當然不能錯過。決定參加的領地名單中，也包括了庫拉森博克、多雷凡赫與亞倫斯伯罕。多雷凡赫似乎所有領主候補生都會參加，而亞倫斯伯罕派來參加的只有見習文官，並沒有領主候補生蒂緹琳朵。看著名單，我不禁偏過頭。

「……明明茶會上一直說想要參加，名單上的領地卻沒看到英蒙丹克呢。」

「因為中小領地當中，有餘力比迪塔的領地並不多。尤其是在聽到其他領地都被打得落花流水，還要消耗很多回復藥水後，很多領地似乎就退縮了。」

……嗯～我也明白他們想退縮的心情。畢竟我就是覺得麻煩，才推給了其他領地。

但如果在比迪塔時就消耗了大量的回復藥水，之後還要參加奉獻儀式，會不會很辛苦呢？現在艾倫菲斯特的採集場所都能採到豐富的高品質原料，但我記得他領的採集場所並不是這樣。

……是不是該發回復藥水給大家呢？

「羅潔梅茵大人，關於要向參加者們說明的儀式注意事項……」

聽見菲里妮的呼喚，思考著參加人數與回復藥水要準備哪些原料的我，這才猛然回神地抬起頭來。

「我想想喔……大概就是當天一早要沐浴淨身，還要記得準備回復藥水與背禱詞吧？至於儀式服，他們沒有也沒辦法……」

我一邊回想青衣見習巫女時期，當時只負責提供魔力的我都在神殿裡做了哪些準備，一邊扳指列出注意事項。

「注意事項請用奧多南茲通知各領，然後若有領地需要知道禱詞，應該提供給見習文官就可以了吧？我寫在這塊木板上了，請他們各自抄寫下來吧。」

「遵命。」

我的見習文官們一致點頭。這時，韋菲利特忽然不安地開口問道：

「羅潔梅茵，我也不知道奉獻儀式的禱詞喔。因為至今我參加的都是祈福儀式與收穫祭。」

「奉獻儀式的禱詞，就和為基礎魔法供給魔力時唸的一樣喔。還是您再看一遍？」

我往木板寫下禱詞，遞給韋菲利特。他迅速看完後，如釋重負地鬆開緊繃的肩膀。觀察他反應的夏綠蒂也在看過木板後，微笑說：「這樣我就放心了呢。」

「對了，艾倫菲斯特寄了報告過來。聽說神殿已經舉行完奉獻儀式，現在正在準備儀式所需的用品。但要在下雪天把東西從神殿送到城堡，好像不太容易。」

若由我的小熊貓巴士出馬，載任何東西都能很快輕鬆結束，但要用騎獸搬運就很辛苦了。尤其是現在還未打倒冬之主，正是暴風雪最猛烈的時期。聽說哈特姆特與柯尼留斯他們只能騎著騎獸每次載一點，要來回跑好幾趟。

「寄來的報告上還寫著，要妳向王族徵得許可，允許哈特姆特參加儀式。」

據說哈特姆特主張，就和去年斐迪南曾把聖典帶來一樣，既然要把儀式所需的用具送過來，也需要有人負責管理，而這正好是神官長的職責。

「但我也覺得，他只是想看羅潔梅茵大人舉行儀式而已吧……」

優蒂特說完，萊歐諾蕾點點頭：「一定是吧。」羅德里希與菲里妮對看一眼後，露出無奈的苦笑。

「雖然優蒂特說的肯定是哈特姆特的真心話，但在貴族院這裡，沒有能幫忙準備儀式的灰衣神官，中央神殿也不會提供協助吧？」

「而且在貴族院行動時，身分非常重要。羅潔梅茵大人要一邊準備，一邊又要留意到所有事情，恐怕並不容易。我想哈特姆特身為上級貴族，正好能代替您發號施令。」

哈特姆特將要成為神官長時，曾在神殿內接受過各種指導。當時兩人一直在旁邊看著，所以知道就算只是儀式的準備工作，也有很多細節要按照規定。但他們也只是知道而已，並未記下內容，加上實際舉行儀式的地方只有神官能夠進去，所以也沒親眼見識過。只靠宿舍裡的學生要準備奉獻儀式恐怕不太可能，需要有人來主持大局。

「……看來只能把哈特姆特叫過來了呢。」

我於是馬上寫信，請人送去給艾格蘭緹娜。既然不管向誰提問或提出請求，最終都是亞納索塔瓊斯會回覆我，那乾脆從一開始就寄給他比較省事。

不出所料，我收到了亞納索塔瓊斯以奧多南茲捎來的回覆。白鳥發出亞納索塔瓊斯的聲音，准許哈特姆特前來貴族院，更接著說了：

「屆時父王也會參加，所以妳記得寫下詳細的儀式流程，一併把參加者名單送來。父王說了，既然能取得這麼多人提供的大量魔力，他必須當面道謝。」

大概是因為我之前說過，王族最好也親身體驗一下儀式，國王才決定參加的吧。若能在奉獻儀式上學會如何向神祈禱，平常得為尤根施密特提供大量魔力的王族，往後應該可以取得大量的加護。希望王族能因此減輕一些負擔——我正悠哉地這麼心想時，卻發現韋菲利特、夏綠蒂與周遭眾人都面無血色。

「給我等一下！國王也要參加嗎?!怎麼會發展到這種地步?!」

「……雖然事情的發展出乎預料，但事到如今也不能中止了唷，哥哥大人。」

夏綠蒂眼神有些失焦地說。

「……但我們只是請大家提供協助、奉獻魔力而已啊。」

聽見我這麼說，夏綠蒂露出了非常為難的苦笑看向我。

「姊姊大人，您的魔力豐富，甚至在取得了諸神的加護以後，還要煩惱該如何消耗魔力，所以對於魔力可能並不看重吧。但其實魔力非常重要，在如今到處都魔力不足的情況下，國王還認為他必須過來當面道謝喔。」

「一般能與國王當面對話的，只有成為最優秀者的人而已。但是，現在國王可是要向所有參加者當面致謝。妳即將要舉行的儀式就是這麼驚人的事情。」

由於自己的魔力常常往外溢出，導致我並不怎麼重視，但原來我想向眾領搜刮魔力的計畫，其實是這麼不得了的行為。看來我的小小心機，最終演變成了超出想像的嚴重事態。我立刻把儀式流程與參加者名單抄寫在木板上，請人送去亞納索塔瓊斯的離宮。

「……如果大家都這麼重視魔力的話，也許該準備回復藥水當作參加獎呢。」

「參加獎嗎？」

我對眨著眼睛的夏綠蒂點點頭。

「聽說大家為了參加儀式，光是比迪塔就已經消耗了大量的回復藥水。而這次的儀式不只要提供魔力，還得準備回復藥水才行吧？」

要是不只魔力，還得消耗回復藥水，會不會對中小領地造成太大的負擔呢？我稍微說出自己的擔憂。如果能讓大家馬上恢復魔力，也許能消除魔力被奪走的不滿。

「既然要請大家提供大量魔力，那麼結束後若發送斐迪南大人構思的好心藥水，幫助他們恢復魔力，大家應該會很高興吧？」

「姊姊大人，請恕我多嘴。收到那種藥水，對方說不定會以為是在欺負他們喔。有沒有更好入口，又能恢復魔力的藥水呢？」

假如有柏靈琉斯之實，就能製作好喝許多的回復藥水，但那是只有在哈爾登查爾才能取得的貴重原料，貴族院這裡沒有。

「其他的話……還有可以只大幅恢復魔力的藥水，但無法消除疲勞喔？」

大家因為都不習慣舉行儀式，結束後一定會精疲力盡。有一種藥水可以只恢復魔力，但無法去除疲勞。

「只要能恢復魔力就夠了吧。最主要是味道如何？」

「我覺得還可以。」

「妳連叔父大人做的藥水都能面不改色地喝下去，我才不相信妳說的『還可以』。我們自己先試試味道比較好吧？」

韋菲利特這麼提議後，夏綠蒂不住點頭。於是我往宿舍的調合室移動，製作了可以只大幅恢復魔力的藥水，請大家試喝。負責試喝的人，除了韋菲利特與夏綠蒂，還有去採集了原料的見習騎士們。

「……味道真的還可以嘛。跟一般的回復藥水差不多。」

「但恢復的程度與速度還是差很多喔。既然都要發給他領的人了，我覺得還是應該發送效果更好的藥水。改送好心版的回復藥水吧。」

不過，顯然僅有平常就在喝好心版回復藥水的我一個人這麼認為。見習騎士們平常都飲用課堂所教的一般回復藥水，對我搖了搖頭。

「我們因為平常都喝一般的回復藥水，現在就已經覺得恢復的速度極快，而且才喝一瓶就恢復大量的魔力了。」

「與其讓大家因為臭味和太苦而不敢喝，還是發送可以入口的藥水比較好吧？」

於是在見習騎士們與夏綠蒂的主張下，最終我決定發送只恢復魔力的藥水。這種藥水在採集場所便能輕易採到原料，做法也很簡單。

「那麼，接下來開始製作要發給參加者們的藥水吧。」

目前因為無法向斐迪南確認，所以我不知道藥水的配方能否告訴其他人，只好命令已經獻名的羅德里希與繆芮拉「禁止告訴他人」，再請兩人幫忙。

「羅潔梅茵大人，我覺得您就算一個人做，完成的速度大概也差不多吧。」

羅德里希不管是切原料還是調合都很花時間，整個人憔悴地垮下頭說：「我們根本幫不上什麼忙。」繆芮拉則是微笑道：「但總不能讓羅潔梅茵大人一個人待在調合室裡嘛。」然後開始把裝著藥水的盒子搬出調合室。

很快地到了儀式當天的早晨。我們領主候補生用完早餐後，接著聚集在多功能交誼廳裡做最後確認。這時，身穿青衣神官儀式服的哈特姆特藉著轉移陣來到宿舍。

「羅潔梅茵大人，我將儀式所需的用品送來了。也帶來了您的儀式服。」

「黎希達、谷麗媞亞，麻煩妳們去做準備，稍後幫我換上儀式服。」

兩人一轉身離開，韋菲利特與夏綠蒂兩人的侍從也開始動作。

「韋菲利特大人與夏綠蒂大人因為從未參加過奉獻儀式，自然也沒有帶有冬季貴色的裝飾細繩等配件。我已請兩位的近侍，幫忙準備了能夠代替的細繩與布料。」

他似乎請城堡的侍從們從現有的衣物當中，找出了可以替代的配件。

「儀式是從下午開始。首先要聯絡王族，請他們打開最奧之間，然後在上午做好準備。哈特姆特，可以麻煩你在最奧之間裡進行準備，向大家下達指示嗎？」

「儘管包在我身上。這可是艾倫菲斯特的聖女羅潔梅茵大人要舉行的儀式，一切務求完美。能夠獲准前來參加貴族院的奉獻儀式，讓我向神獻上祈禱與感謝吧！」

哈特姆特忽然開始獻上祈禱，引來在場眾人側目。雖然看他這麼激動讓我有些擔心，但畢竟王族也會參加，他追求完美的姿態讓我非常放心。

我沒理會在旁邊獻起祈禱的哈特姆特，向王族送出奧多南茲，請他們打開最奧之間，讓我們能為儀式進行準備。聽說能夠打開祭壇所在的最奧之間的，只有王族或是領主，以及受託持有帶著王族魔力的魔石的人。大概就是因為這樣，才需要有王族駐守在貴族院吧。

「除了在準備更衣的黎希達與谷麗媞亞，其他近侍都和我一起前往最奧之間吧。要是比王族還晚到就太失禮了，我們快走吧。」

除了我，韋菲利特與夏綠蒂也帶著近侍一同前往最奧之間，儀式所需的用品則請近侍們幫忙搬運。一行人待在大禮堂內等候後，很快地錫爾布蘭德出現了。

「羅潔梅茵。」

「錫爾布蘭德王子，今天要麻煩您了。」

互相道完冗長的寒暄，錫爾布蘭德便請首席侍從阿度爾將他抱起來，再觸碰牆上的魔石。通往最奧之間的門扉於是打開。

「平常上課的時候，我們會把開門用的魔石借給老師，但今天是我主動要求，希望無論如何能由我來開門。」

錫爾布蘭德因為年紀還太小，不能參加今天的儀式。儘管他說過想要參加，但要是在儀式上害王族暈倒就糟了，因此我請亞納索塔瓊斯去勸阻他。錫爾布蘭德說他因為覺得被排擠了，便提出請求希望至少能負責開門，也得到了國王的准許。

緊接著，哈特姆特開始指示眾人把東西搬進去，為儀式做準備。我也想走進去的時候，布倫希爾德忽然輕輕拉住我的袖子，向我投來微笑。看來我現在該做的工作，是陪錫爾布蘭德說話。

「父王下令，儀式開始之前，不能讓艾倫菲斯特以外的任何人進去。」

「錫爾布蘭德王子每次都會找出自己能勝任的工作，全力以赴呢。」

錫爾布蘭德以自己工作為傲的模樣讓人不由自主微笑。我笑著點點頭後，在錫爾布蘭德的詢問下回答今天的儀式要做哪些事情。

「羅潔梅茵，今天要參加儀式的人很多吧？那護衛騎士要站在哪裡呢？」

「舉行儀式時，護衛騎士不能入內喔。能夠進入最奧之間的只有參加者而已。」

「……咦？」

見錫爾布蘭德眨眨眼睛，我也眨了眨雙眼。

「儀式在舉行的時候，一般只有神官及巫女能夠入內。中央神殿所舉行的星結儀式也是這樣吧？所以我之前提出請求，希望若要由我擔任神殿長的話，能夠讓我隨身帶著護衛騎士，感覺王族的反應就很為難呢。這次同樣是舉行儀式，所以要請護衛騎士們留在大禮堂待命。」

阿度爾倒抽口氣後，瞪大雙眼。

「您竟然禁止護衛騎士入內嗎?!」

眼看禁止護衛騎士進入最奧之間引發了強烈的反彈，我還是不打算改變主意。

「因為今天的儀式有許多領主候補生參加。大家如果都帶著近侍同行，最奧之間不可能擠得下所有人吧。而且大家都在釋放魔力的時候，護衛騎士若待在現場，體內的魔力很有可能會被吸走，屆時根本無法盡到職責。」

「但不讓護衛騎士跟著王族與領主一族，這實在毫無前例。」

我望著似乎還是不能接受的錫爾布蘭德及其近侍。

「我想王族與他領領主一族唯一還在進行的儀式，就是為基礎供給魔力吧。在艾倫菲斯特，領主一族為基礎魔法供給魔力的時候，護衛騎士只會守在門外的房間，不會進入供給室。難道在中央，護衛騎士會跟著進入供給室嗎？」

回答我問題的人是阿度爾。

「……會進入供給室的，只有負責供給的王族而已。」

「那麼，還請理解成所有儀式都需要這麼做。倘若我要求只在屋內安排艾倫菲斯特的護衛騎士，王族能夠放心嗎？」

「這種時候應該反過來，只安排中央的騎士團……」

聽到阿度爾說他無法信任他領，我回道：

「是啊。當我們跪下來雙手平貼於地，而且還是在釋放魔力的時候，要是有人拿著武器站在旁邊，任誰都會緊張戒備吧。就如同王族無法信任參加者與艾倫菲斯特的護衛騎士，我也無法信任他領的護衛騎士。那只要一開始能排除帶有敵意的人就好了。」

「排除帶有敵意的人？有這種方法嗎？」

「可以用舒翠莉婭之盾進行檢測。對王族懷有惡意與謀害之心的人，從一開始就無法進入最奧之間。」

貴族院的奉獻儀式

錫爾布蘭德他們回去以後，我們也把接下來的準備工作交給哈特姆特，暫時返回宿舍。剛好在我換上神殿長服時，多半已向國王報告完畢的錫爾布蘭德捎來了奧多南茲。於是，為了向國王說明詳細情況，我們比預定的集合時間要早出發，前往大禮堂。

與面色如紙的韋菲利特他們一起移動時，半路上遇見了戴肯弗爾格一行人。

「哎呀，韋菲利特大人與夏綠蒂大人也都穿著神殿的服裝嗎？」

「這是正式的儀式服。兩人因為在領內也會舉行儀式，所以有自己的儀式服喔。這次由於沒有時間便沒要求，但其實參加者們也該準備儀式服才行。」

時間要是足夠的話，我本來想讓參加儀式的貴族們也換上儀式服呢——我這麼說完，漢娜蘿蕾驚訝地眨了眨眼睛。

來到大禮堂後，不久王族與中央騎士團也來了。

……來的王族也太多人了吧？

當中我已經認識的有艾格蘭緹娜、亞納索塔瓊斯與席格斯瓦德。一同參加的還有阿道芬妮，她似乎是以王族的未婚妻之身分前來。但是除此之外，有兩位王族我是第一次見到。年長的那位男性應該是國王，另一位年輕女性則是席格斯瓦德的妻子吧。

「羅潔梅茵大人，錫爾布蘭德王子說了……」

「勞布隆托，先讓他們問好。我知道你心急，但也要懂得分寸。」

身為中央騎士團長，勞布隆托似乎很想馬上質問我，但貴族一向非常注重形式。現在應該先道初次見面的問候語。戴肯弗爾格的人上前問好後，接著換我們在國王面前跪下來。身為共同研究的負責人，今天由我作為艾倫菲斯特的代表。

「君騰．特羅克瓦爾，歷經生命之神埃維里貝的重重嚴格遴選，得以有幸與您會面，願能為您獻上祝福。」

如同我們會用奧伯稱呼領主一樣，面對國王則是稱作君騰。道完問候，徵得許可後我站起來，仰頭看向君騰．特羅克瓦爾。他有著一頭與錫爾布蘭德十分相像的泛藍銀髮，五官則與亞納索塔瓊斯相似。

……氣色看來好差，而且整個人還散發出回復藥水的味道。

就好像我剛進神殿時見到的斐迪南。特羅克瓦爾那疲憊不堪的神態與消散不去的回復藥水氣味，在在讓我聯想到他。其實五官一點也不像，但可能因為頭髮的長度一樣，特羅克瓦爾低下頭時，看來與斐迪南有幾分神似。

……一眼就能看出平常有多麼操勞呢。

在我默默觀察的時候，特羅克瓦爾沉思了一會兒後，向我喚道：

「艾倫菲斯特，請說明為何不能讓護衛騎士入內。」

「理由就和剛才對錫爾布蘭德王子說過的一樣。我會邀請各位參加，只是覺得王族最好能夠體驗真正的儀式，但這並非強迫。」

「喂，羅潔梅茵。這裡不是我的離宮，也不是地下書庫，妳現在可是在國王面前。」

亞納索塔瓊斯這番話，意思是我應該要有貴族的樣子，講話懂得修飾吧。但我歪了歪頭。

……呃，「不能接受我條件的話就回去」這句話，一般貴族會怎麼說呢？

由於我打算把向大家搜刮來的魔力讓予王族，他們若能參加自然再好不過。可是，也就只是這樣而已。王族就算不參加，共同研究照樣可以進行，甚至能少點麻煩。我正思考著如何能在保有貴族風範的情況下委婉勸阻時，君騰輕輕擺手。

「是我們自己想要參加儀式。只要能排除具有敵意的人，我倒是無妨……」

「君騰，請您三思。很難相信竟有辦法可以排除帶有敵意的人。」

從錫爾布蘭德他們剛才的反應來看，我早就料到有人會這麼說。縱使王族想要參加，護衛騎士也不會同意吧。現在最好別多嘴，等著他們說服國王就好。

我抱著這樣的想法時，中央騎士團長勞布隆托盤起手臂，低頭朝我看來。

「羅潔梅茵大人，所謂盾牌是指去年領地對抗戰上那個半透明的半球狀物體嗎？」

經他這麼一說，我才想起自己好像聽人說過，去年表揚儀式上遭到襲擊時，我為了保護自領學生所變出的舒翠莉婭之盾非常引人注目。我點頭回道：「是的。」

「我第一次知道那面盾牌還能檢測他人有無敵意，但確實是可以抵擋所有攻擊。只要待在護盾裡頭，應能保障王族的安全。」

聽起來，勞布隆托以前似乎見過舒翠莉婭之盾。聽到他這麼乾脆地認可風盾的效果，反倒是我張大眼睛。明明他在知道斐迪南是阿妲姬莎之實後，始終對斐迪南與艾倫菲斯特懷有疑心，真難想像他會這麼說。

「即便有騎士團長擔保，我們還是無法輕易相信。至少請試著擋下中央騎士團的攻擊，證明護盾的堅固程度足以保護王族。」

一名騎士如此進言後，王族向我望來。我能理解大家想要確認的心情。

「倘若這樣可以讓各位信服的話，我是沒關係。」

於是我將在王族面前，承受中央騎士團的攻擊。請其他人退開以後，我變出一人大小的風盾。由於不曉得中央騎士的攻擊強度，為了保護自己，我卯足了全力防禦。

「洛亞里提，去吧。」

國王向剛才那名說他想確認看看的騎士下令道。一開始只是先試探吧。他將思達普變成長劍後，僅是輕輕揮來一記攻擊。然而下一秒，那記攻擊卻伴隨著強風被反彈回去，洛亞里提也被往後吹飛。

在場眾人驚叫出聲。其他騎士也紛紛變出武器，開始發動攻擊，試著破壞舒翠莉婭之盾。隨著展開攻擊的騎士越來越多，攻擊力道也越來越強。

然而，站在風盾內側的我就只是灌注魔力而已，整個人毫髮無傷。反而是每次進攻就被吹跑、攻擊還被反彈回去的騎士們漸漸滿身是傷，讓人無比擔心。

「果然羅潔梅茵大人的舒翠莉婭之盾是最厲害的！太了不起了！」

「我聽說羅潔梅茵大人就是用這面盾牌擋下了海斯赫崔大人的攻擊。能夠親眼看到，我真是太感動了！」

除了興奮得直打顫的哈特姆特與克拉麗莎，戴肯弗爾格的騎士們也投來充滿好奇的目光，彷彿看的是迪塔比賽一樣，讓人覺得有點煩。明明我們只是在確認風盾的強度。

……這到底要持續到什麼時候呢？

腦中剛閃過這個念頭時，一名騎士不知道接到勞布隆托什麼指示，忽然順利地進到了風盾內側。

「原來如此。只要不懷有敵意與謀害之心就能進來，此話確實不假。」

那名騎士一臉饒富興味地從內側觀察舒翠莉婭之盾後，將思達普變成武器。

「那如果進來以後，從裡面發動攻擊呢？」

這點還沒有實驗過，所以我也不知道，但對方親自示範了解答。原來結果是「一變出武器準備攻擊的瞬間，就會被彈到風盾外」。真是有意思。

不管中央的騎士是手持武器攻打，還是投擲攻擊用的魔導具，抑或以魔力進行攻擊，統統都被風盾反彈了回去。就在騎士們漸漸喪失鬥志時，特羅克瓦爾終於喊停。

「住手，確認到這地步已經夠了。這面盾牌連你們也無法攻破，貴族院的見習騎士更是不可能吧。」

儘管證明了風盾可以抵擋任何攻擊，但中央的騎士們也個個看來慘不忍睹。

「君騰．特羅克瓦爾，我想為中央騎士團的騎士們施展洛古蘇梅爾的治癒，能請您准許嗎？」

「……這麼做我們當然感激，但真的好嗎？這麼多人，得消耗不少魔力。」

「我會使用芙琉朵蕾妮之杖，所以沒問題的。畢竟接下來還得請他們守在大禮堂。因為他領的近侍們等一下肯定也會有意見吧。」

如果要以戒指施展治癒，就必須靠近到幾乎能碰到對方；但如果使用法杖，就能隔著一段距離同時對複數的人施以治癒。得到國王的許可後，我變出芙琉朵蕾妮之杖，給予騎士們洛古蘇梅爾的祝福。緊接著我一邊說：「之後我們預計把這個藥水發給他領的參加者們。」一邊試著發送要當參加獎的魔力回復藥水。

「這種來歷不明的藥水，你們竟要廣發給他領的人嗎?!」

這時的勞布隆托反倒與剛才不同，非常懷疑藥水裡摻有不明成分。

「凡事存疑雖是我們的工作，但與測試風盾時一樣，藥水也親自確認就好了。我相信羅潔梅茵大人。倘若真加了其他東西，想必會在傷口復原前就顯現出來吧。」

方才最先對舒翠莉婭之盾發動攻擊的洛亞里提這麼調停後，拿了魔力回復藥水。然後，他刻意讓其他騎士與王族能清楚看見，一鼓作氣喝光。

「洛亞里提，如何？身體有任何異樣嗎？」

「……太驚人了。連我也感覺得到魔力正以極快的速度在恢復。要準備這麼多回復藥水，肯定不容易吧？」

「因為既然要請大家提供魔力，我才心想那也該準備能恢復魔力的藥水。再者參加儀式的條件是要比場迪塔，我聽說這已經對他領造成很大的負擔……」

「想必有不少領地會對此相當感激。」

於是當著王族與戴肯弗爾格的面，由中央騎士團證明了舒翠莉婭之盾的強度，也確認過魔力回復藥水沒有問題後，兩者皆獲准使用。

……呼，這下子就能順利舉行儀式了。

我感到如釋重負。隨後請中央騎士團留在大禮堂，我們進入最奧之間。

今天的奉獻儀式，戴肯弗爾格的領主候補生藍斯特勞德與漢娜蘿蕾並不參加。因為當初進行共同研究的條件，就是他們也要觀看艾倫菲斯特的儀式，所以今天會站在牆邊當見證人。其他學生則要為儀式提供協助。

「諸位王族請站在這邊。我會在入口附近變出舒翠莉婭之盾，判定參加者有無敵意或加害之心。然後我們會引導參加者進來，請他們向王族問好。等眾人都道完問候，再往房間中心移動。」

我向王族說明流程的時候，正好響起一道聲音說：「參加者開始在大禮堂內集合了。請各位往指定場所移動。」

拿著許可證最先走進來的，是庫拉森博克的上級貴族。看見眼前出現成排的王族，他瞬間僵在原地。

……我懂你的心情。

「請上前問好吧。」

我先說明了設置風盾的用意，再催促對方上前向王族問候。那名上級貴族恍然回神似的上前道完寒暄後，在哈特姆特的引導下走開。很快地下一個人進來了。

而第一個讓舒翠莉婭之盾出現排斥反應的，是亞倫斯伯罕的學生。突然被彈開後，她一臉不明所以地眨眨眼睛。艾倫菲斯特與戴肯弗爾格的見習騎士們立即採取行動。

「這個神具是舒翠莉婭之盾，若對裡頭的人懷有敵意或加害之心便無法入內。很抱歉，既然現在護衛騎士不能進入最奧之間，具有加害之心的人不能參加儀式。」

遭到見習騎士們驅趕，那名女學生目光凶狠地朝我瞪來。

「不是的，我才沒有加害之心……！是羅潔梅茵大人！這是羅潔梅茵大人的陰謀！」

結果亞倫斯伯罕派來的五名學生當中，有兩人被趕了出去。之後好一會兒都沒什麼問題，但過沒多久開始有落敗領地的學生進不來，好幾個人都被迫離開。

「我才沒有懷有敵意！」

儘管對方這麼抗議，但他們確實都屬於政變落敗後排名下降的領地，還曾對領內魔力不足的現況表達過不滿。既然舒翠莉婭之盾產生了排斥反應，就不能讓他們進來。

「也許你不是對王族，而是對我懷有敵意吧？但是，今天的儀式還請放棄參加。因為既然護衛騎士不能在場陪同，我們便不能讓帶有敵意或加害之心的人進來。」

我暫時將矛頭指向自己，但其實王族自己最為清楚，他們因為政變的關係招來了不少怨恨吧。

「接下來請往房間中心移動吧。」

等所有參加者都道完問候，我請王族往房間中央移動。消除了舒翠莉婭之盾後，我邊往門前移動，邊從腰間拿了一瓶回復藥水。

……是不是該恢復一下魔力呢？因為意外地消耗了不少魔力。

中央騎士團的成員果然都是高手。剛才在確認風盾強度的時候，我承受了好幾輪猛烈的攻擊，後來又給予騎士們治癒，所以魔力被消耗掉了不少。再加上使用舒翠莉婭之盾進行檢測時，花費時間比預期要久，也耗了大量的魔力在維持上。

……而且等一下還要變出聖杯。變出神具很耗魔力，今天的參加者們又都是上級貴族與領主候補生，應該會在奉獻儀式時奉獻不少魔力吧？

心生不安之後，我偷偷喝了自己專用的回復藥水，站在大門前等待魔力恢復。只是這時的我怎麼也想不到，稍後竟會因此發生全然不在預料中的狀況。

在我等待魔力恢復的時候，韋菲利特、夏綠蒂與哈特姆特站在參加者們中心，為今天的儀式做說明。比如我們正假定若想取得複數的加護，祈禱的有無與儀式可能十分重要；也告訴了大家我與韋菲利特取得的加護量，以及後來在魔力消耗上因此產生了怎樣的變化；還有現在戴肯弗爾格在迪塔開始前舉行儀式後，也能夠得到祝福了；最後是希望透過今天的儀式，能改變大家對神殿的看法，重新重視儀式。

……希望這樣一來，神殿普遍受到輕蔑的風氣可以稍微改變。

說明結束後，哈特姆特指示大家原地跪下來。

「接下來將舉行奉獻儀式。請在原地跪下，並將雙手放在紅色地毯上。稍後，請跟著神殿長羅潔梅茵大人複述禱詞。」

從王族開始，原先隨意坐在地上的參加者們都改成跪姿。確認韋菲利特與夏綠蒂也移動到邊緣了並跪下後，哈特姆特揮起錫杖，搖響上頭的鈴鐺。

「神殿長進場！」

於是站在門前的我，在大家都跪伏於地的情況下朝著中心走去。祭壇就在前方。我注視著土之女神蓋朵莉希懷中的聖杯，一邊向神獻上祈禱，一邊讓思達普變形。

「伊爾達格拉爾。」

這是我在地下書庫發現的咒語。只不過，雖然確實變出了聖杯，但可能是因為太過意識到祭壇，魔石依然是透明的。明明做出了神具，我卻沒有消耗到多少魔力。

……唔～稍微有點失策？

接著我與哈特姆特一起放下聖杯，然後也跪下來，將手放在紅色地毯上。

「創世諸神，吾等在此敬獻祈禱與感謝。」

隨後大家一起詠唱禱詞，奉獻魔力。在艾倫菲斯特舉行奉獻儀式時人數並不多，但今天卻有很多參加者。大家一起詠唱禱詞、魔力往外流出後，我忽然有種所有人都融為一體的感覺，情緒也變得昂揚，彷彿正在舉辦祭典。

就在這時，紅色光柱猛地高高竄起，眾人釋出的魔力朝著上空筆直飛出。紅色正是蓋朵莉希的貴色。

「這、這是怎麼回事?!」

「應該是部分魔力飛到了貴族院的某個地方去吧。每次在貴族院舉行儀式，都會出現這種情形。既然在艾倫菲斯特領內不會這樣，想必是貴族院特有的現象吧。」

第一次參加儀式就遇到這種現象，國王顯得十分驚訝，我便說明這在貴族院是很常見的事情。先前亞納索塔瓊斯應該也向他報告過，說戴肯弗爾格舍出現了藍色光柱，但親眼所見還是與用耳朵聽的不一樣吧。

……所謂百聞不如一見嘛。

「姊姊大人，請到此為止！」

在我邊注視著紅色光柱邊釋出魔力時，忽然聽見夏綠蒂近乎悲鳴的大喊。

「各位，請把手從地毯上移開吧。我擔心可能已有人不堪負荷。」

直到目前為止，一切都十分順利。甚至夏綠蒂出聲提醒我的時候，我還感到有些失落，覺得儀式就這樣要結束了。

然而下一秒開始，事情就沒那麼順利了。因為中小領地的上級貴族們開始一個接一個地倒了下來。而且不光他們，領主候補生們儘管都還維持著跪姿，臉色卻相當難看，王族的表情也有些疲憊。

……我都請夏綠蒂提醒我了，還是奉獻過頭了嗎?!

「各位辛苦了。諸位王族與領主候補生因為平常都會為基礎魔法提供魔力，想必早已經習慣了，但對上級貴族來說應該十分吃力吧。為了感謝各位提供貴重的魔力，我們準備了魔力回復藥水，作為奉獻儀式的參加獎……哈特姆特，麻煩你了。」

我趕緊請哈特姆特把回復藥水發給大家。但是，為了順便向眾人表明我們沒有下毒，我也必須喝回復藥水。這種時候絕不能說「我因為還有很多魔力，所以不能喝」。就和帶著點心去參加茶會時，絕不能說「我肚子很飽了」就不試毒一樣。無可奈何下，我只好一口喝光能大幅恢復魔力的藥水。

……不妙。

不是味道，是情況不妙。

結果我沒有消耗到多少魔力，儀式就結束了。再這樣下去，魔力一定會恢復過度，最終導致滿溢而出。國王率先喝下藥水後，眾人也比預期中要不抗拒地收下了回復藥水。我邊擠出笑容看著這一幕，邊開始壓縮魔力。

……恢復速度比平常喝的回復藥水要慢，那只要進行壓縮應該就沒問題吧？

明明有學生在過度消耗魔力後，甚至無法好好坐著，真想把自己的魔力分給他們——這個想法在腦海裡打轉的同時，我拚命壓縮逐漸增加的魔力。然而，我發現單靠壓縮並沒有太大幫助，再這樣下去魔力就要溢出來了。看著亞納索塔瓊斯與席格斯瓦德把裝有魔石的網子放進聖杯裡，我則是冷汗直流。

……怎麼辦，魔力的恢復停不下來！

「姊姊大人，您手腕上的護身符是不是在發光呢？」

夏綠蒂佯裝不經意地挨到我身旁，悄聲提醒道。我連忙按住手腕。再不想想辦法，我又要像奉獻舞課那時一樣，變得像是全身掛滿燈飾了！

「我的魔力恢復太多了。再這樣下去護身符會不斷發亮，或是突然間釋出祝福，必須快點消耗掉大量魔力才行。妳有沒有什麼好辦法呢？」

我小聲求救後，夏綠蒂先看向正低頭檢視聖杯內部的王族，再看了看周遭眾人，最後看向我的手腕。

「……您要不要對大家施以治癒呢？我想這麼做不僅可以消耗魔力，也不會顯得太過不自然。」

夏綠蒂這主意真是太棒了！我馬上採用。與其讓魔力擅自溢出、形成大規模的祝福，到時候還得絞盡腦汁找藉口，不如搶先一步向大家說明，然後施以治癒。

……可是，該怎麼做才好呢？

最快的方法就是變出芙琉朵蕾妮之杖，一口氣給予所有人治癒，但現在我已經變出聖杯了。而且目前聖杯裡還滿滿都是魔力，魔石吸收的速度應該沒有這麼快。

……現在還不能消除聖杯。可是，若要用戒指慢慢地為大家施以治癒太花時間了，再者若想一鼓作氣消耗大量魔力，還是變出芙琉朵蕾妮之杖比較快。

「現在除了聖杯，我好像也非常需要芙琉朵蕾妮之杖。」

「這種事情辦得到嗎？」

記得某任國王的回憶錄裡，曾寫到他後來有辦法同時變出神具的風盾與長槍，以前我也見過斐迪南曾同時變出好幾面風盾。此刻魔力過多的我，說不定也辦得到。

……倒不如說，再不設法變出來的話，等一下就會發展成明明我什麼也沒做，身上的魔石卻一顆顆地在王族與他領領主候補生面前發亮，或是祝福忽然大量釋出。必須想辦法自然地消耗掉魔力。我要加油！

我反覆鬆開與握緊拳頭，匯集魔力。大幅恢復魔力的藥水十分有效，魔力正不停恢復中，再不快點消耗掉就危險了。只見又有一個護身符亮起光芒。

……啊啊啊！又一個護身符發亮了！完了！完蛋啦！思達普！另一個思達普快出

來！見習騎士也可以同時使用盾牌和武器啊。雖然我不知道該怎麼做，但一定有方法能做到才對！

眼看魔力就要滿溢而出，心急如焚的我拚命在心裡祈求，而神似乎也聽到了我的心願，右手上真的出現了另一個思達普。與此同時，手腕上的一顆魔石暗了下來。我聽見夏綠蒂倒吸口氣。

「好像可以了，那麼事不宜遲。」

接著我從夏綠蒂身邊走開，站到大家面前。

「大家魔力雖然回復了，體力卻沒恢復吧？遲遲無法動彈也不是辦法，加上現在我的魔力也恢復了……」

我一邊留意著別聽來很像是藉口，一邊變出思達普，詠唱「修得列坎布恩」變成芙琉朵蕾妮之杖。

「其實我還不是很熟練，要讓大家見笑了。但若要對這麼多人施展治癒，光靠戒指還是沒辦法，得使用芙琉朵蕾妮之杖才行呢。」

我沒有坦白說出自己只是想消耗魔力，帶著微笑這麼掩飾道。無法精準預測儀式需要多少魔力量，自己的經驗不足確實讓我十分慚愧，所以這絕對不算說謊。

「洛古蘇梅爾的治癒。」

我灌注了所有魔力獻上祈禱，綠色光芒便從法杖的魔石往外釋出。而且和剛才的儀式一樣，部分光芒往上飛出，形成了一道光柱，其餘的則都灑落在屋內眾人身上。洛古蘇梅爾的治癒似乎消除不了太多疲勞，但這種事無所謂，重要的是能消耗魔力。

就這樣，我既沒有讓魔石發光到引人側目，魔力也沒有突然溢出成為祝福，還藉由給予大家治癒，讓事情順利落幕。

……其實我剛剛真的急得要命，但這種時候，正好可以說結果好一切都好吧？

我吁了口氣，輕輕擦掉心急下冒出來的汗水。

……斐迪南大人，我現在可以同時變出兩把思達普了喔！想必總有天還能跟斐迪南大人一樣，同時變出好幾把。

感覺自己又離師父更近一步，我沉浸在了成就感中。這件事是不是應該寫在信裡面，讓斐迪南稱讚我做得「非常好」呢？

因為舉行儀式的關係，魔力被強行釋出後，大家體內說不定有哪裡受了傷。我施展了據說無法消除疲勞的洛古蘇梅爾治癒後，現在中小領地的上級貴族們已經能坐起來變成跪姿。這和我在哈爾登查爾為艾薇拉施展治癒的那次相比，又有什麼不同呢？我正思索著這件事時，某個方向忽然傳來一句低喃：「梅斯緹歐若拉……」

「漢娜蘿蕾大人，我懂！我也想到了同樣的事情！能夠隨心所欲操控所有神具的羅潔梅茵大人，看起來就像是獲得諸神准許、能夠使用神具的梅斯緹歐若拉！」

克拉麗莎握起拳頭，語氣激動地開始訴說，但我從沒聽說過她說的這件事情。不光是我，哈特姆特也納悶地看向克拉麗莎。

「但我記得神殿的聖典上，從未有過這種記載……」

「是在戴肯弗爾格的古書裡頭。」

接著開口附和克拉麗莎的，不是戴肯弗爾格的人，竟然是艾格蘭緹娜。

「就是梅斯緹歐若拉乃是生命之神與土之女神女兒的那篇故事吧？庫拉森博克的古書裡也有這樣的記載。相傳為了讓生命之神無法找到梅斯緹歐若拉，黑暗之神賜予了祂夜空色的頭髮，光之女神則賜予祂金色眼瞳，改變了容貌以後，再讓祂成為司掌守護的風之女神眷屬……簡直就像在形容羅潔梅茵大人呢。」

艾格蘭緹娜雖然露出了促狹的笑容，但我完全不知該作何反應。

「羅潔梅茵大人，我是開玩笑的。請妳別露出這麼為難的表情。」

「……被人比喻為女神，沒有人會不感到為難喔，艾格蘭緹娜大人。」

居然被既是王族，還彷彿是光之女神化身的艾格蘭緹娜比喻為梅斯緹歐若拉，我根本不知道該如何反應。就在我不知所措的時候，哈特姆特靜靜站到我面前。

「原來竟有這樣的故事嗎……我還是第一次聽說。這真是太有意思了，真希望有機會可以拜讀呢。」

哈特姆特道謝後，讓這件事圓滿地劃下句點。本來我還擔心他會跟著克拉麗莎一起討論起來，看來我得反省才行。同時，我也由衷感謝如此優秀的哈特姆特。

剩餘魔力的用途

「我看差不多了。」

「唰」的一聲，放有大量魔石的網子被往上拉起。網內大大小小的魔石在放進聖杯裡前，本來都還透明無色，現在全染成了紅色。亞納索塔瓊斯向眾人展示吸收了魔力後變了顏色的魔石。

「今天在儀式上蒐集到的魔力，將使整個尤根施密特都能受惠。」

「本日感謝各位的協助。」

國王開口致謝後，大家臉上都露出了自豪的笑容。但由於儀式時被吸走了魔力，有的人甚至還在王族面前倒下，為了表達感謝與歉意，我決定先向大家提供一些消息。

「之後我們預計在領地對抗戰上發表成果，但今天就先將結論告訴各位吧。根據目前為止的研究結果，若想取得諸神的加護，可以在為基礎魔法提供魔力時向神祈禱；另外像是調合與訓練，在要盡全力做某件事情的前後也可以向神祈禱。若想要取得特定神祇的加護，則是可以製作護身符、刻上神的符號，並在祈禱時往魔石注入魔力，聽說也十分有效喔。」

我這麼說著看向漢娜蘿蕾，她便面帶微笑，向大家展示自己手腕上的護身符。就是侍從為她做的那個德蕾梵庫亞護身符。與領主候補生不同，沒有機會為基礎魔法提供魔力的見習文官們聽了，雙眼立即發亮。

「這樣一來就算不去神殿，也能獻上祈禱呢。」

其實我更希望大家能對神殿進行改革，但首先能夠習慣祈禱也很重要吧。等到孩子們都能取得加護，或許大人也會慢慢開始注意到祭祀諸神的神殿。

「雖然您說藉由祈禱可以取得加護，但我已經舉行過加護儀式了。再怎麼祈禱，也無法取得更多加護吧。」

不光這麼發言的奧爾特溫，參加者幾乎都是已經舉行過加護儀式的人。聞言，本來還有些雀躍的眾人皆微微垂下目光。就在這時，國王對此有了回應。他先是慢慢舉起手，等所有人都往他看來，再以從容沉穩的嗓音道：

「不如畢業儀式過後，讓各位再舉行一次加護儀式如何？總得確認戴肯弗爾格與艾倫菲斯特的研究成果是否真的有效。」

聽到國王這麼說，大家的表情都亮了起來。奧爾特溫的眼神也變得幹勁十足。距離畢業還有幾年的時間，只要認真祈禱，一定有人能再取得加護吧。

「但現在距離畢業沒剩多少時間，想必今年的畢業生會很苦惱吧。不過，奧伯．艾倫菲斯特只祈禱了大約一年的時間，便取得了結緣女神黎蓓思可赫菲與考驗之神歌魯克里提的加護，成功從排名比自領高的領地迎娶到了心愛的第一夫人喔。請各位也試著向諸神獻上祈禱與魔力，朝著目標全力以赴吧。」

我向大家揭露了齊爾維斯特取得的加護後，到處響起輕笑聲。希望能讓大家稍微對他留下容易親近的好印象。

……儘管發生了太多出乎意料的事情，但儀式總算平安結束了。

我看著參加者們一臉心滿意足地走出最奧之間，自己則試著稍稍鬆開和握緊拳頭，確認體內的魔力已經恢復正常，這才卸下心頭大石。

「羅潔梅茵，妳到底是怎麼能同時變出兩樣神具？」

參加者們都離開以後，艾倫菲斯特與戴肯弗爾格的學生們便走進來收拾場地。我正看著大家收拾整理時，亞納索塔瓊斯這麼問我。其他王族也在旁點頭。但是，就算老實地回答「就憑一股氣勢」，恐怕也沒人會相信吧。

「……雖然您這麼問我，但見習騎士也一樣可以同時變出盾牌和武器，所以這種情形應該並不罕見吧……」

「若想辦到，得上過騎士課程的術科課才行吧？」

……原來是這樣啊。

「那大概是因為有優秀的榜樣吧。地下書庫裡從前國王的回憶錄上，曾寫到他後來可以同時變出並使用神具的風盾與長槍，再加上我以前也曾親眼見到有人可以同時變出好幾面風盾。」

我微笑著這麼回答後，亞納索塔瓊斯似乎仍不滿意，皺起了臉龐。席格斯瓦德則是僵著溫和的笑臉，問道：「對妳來說，騎士們的武器和盾牌能與神具相提並論嗎？」

「因為咒語都是一樣的，兩者確實可以相提並論吧……」

「羅潔梅茵大人……妳的認知與我們真是大不相同呢。」

阿道芬妮與艾格蘭緹娜顯然都受到了十足驚嚇，我急忙閉上嘴巴。看來最好不要再多嘴說下去。

「可是，大家很需要治癒吧？居然在王族面前軟倒在地，甚至無法跪坐起來，這已經算是失態了吧？總不能讓上級貴族們一直保持那樣。」

一定要設法避免他領的上級貴族心生怨恨，覺得我竟然讓他們出醜。況且施展治癒以後，很明顯領主候補生與王族的臉色都好多了，所以我不認為這麼做毫無意義。

「而且，我很希望能為君騰施展治癒。」

「為父王嗎？」

「因為從見面時開始，我就覺得國王陛下似乎勞累過度……」

明明國王與亞納索塔瓊斯長得更為相像，但他憔悴的面容與揮之不去的回復藥水氣味，卻總是讓我想起斐迪南。雖然我也知道自己是多管閒事，但看到國王的疲憊明顯到連貴族特有的撲克臉也掩蓋不住，會擔心也是人之常情吧。

「……我感覺輕鬆多了，謝謝妳。」

「能幫上君騰的忙是我的榮幸。」

……這時我只是很有領主候補生風範地帶著微笑回話，沒有再多嘴說「請您要攝取足夠的營養，睡眠也要充足才行喔」，應該也算有點成長了吧？

「那麼言歸正傳，聖杯裡剩餘的魔力妳打算怎麼辦？」

亞納索塔瓊斯瞥向聖杯裡剩餘的魔力。看來王族帶來的空魔石並不足夠，裡頭還有剩餘的魔力。但這也是當然的。因為為了消耗魔力，我也偷偷地往聖杯裡添加了魔力。

「但我總不能一直把思達普變成聖杯，而且既然都聲稱要獻給王族了，不如就提供給貴族院，為大家所用吧。」

「提供給貴族院，為大家所用嗎？羅潔梅茵大人，妳有什麼好主意嗎？」

阿道芬妮似乎被引起了興趣，琥珀色雙眼定定望著我瞧。艾格蘭緹娜也以那雙橙色眼眸注視我。

「我認為可以提供給圖書館。原本圖書館需要有三名上級文官與數名中級文官灌注魔力才能維持運作，但這些年來一直只有中級貴族索蘭芝老師一個人，聽說就連保存書庫的保存魔法也不再運作。萬一貴重的資料損壞就不好了。」

儘管中央騎士團長的第一夫人歐丹西雅正努力修補，但還是缺少了兩名上級貴族。而為了避免休華茲與懷斯無法完成管理者變更，也因為有席格斯瓦德的命令，近來我無法靠近圖書館。

「為了保存貴重的資料，請把魔力提供給圖書館使用吧。此外，也希望能允許我進入圖書館。」

大概是因為知道了書庫的存在，又知道裡頭放有對王族來說很重要的資料，國王思索了片刻後點頭。

「嗯，剩下的魔力就提供給圖書館使用吧。不過，總不能所有王族接著前往圖書館。亞納索塔瓊斯、艾格蘭緹娜，你們兩人留下監督。」

「遵命。」

「後續就交給你們，我們先回去了。」

於是王族與中央騎士團浩浩蕩蕩地離開了。畢竟國王若繼續待著，大家也不好收拾場地，他是顧慮到了這一點吧。我們跪著目送國王離開後，隨即討論接下來要做什麼。

「亞納索塔瓊斯大人，那我先向圖書館送去奧多南茲，通知她們一聲。」

艾格蘭緹娜這麼表示後，亞納索塔瓊斯露出寵溺的微笑說：「嗯，麻煩妳了。」但當然，寵溺的笑容是愛妻專用，他轉向我們時就變回平常的表情了。

「戴肯弗爾格就由漢娜蘿蕾前往吧。你們也需要有人在旁見證吧？」

「由、由我一同前往嗎？可是這種時候，應該要由哥哥大人……」

被指名的漢娜蘿蕾嚇得一震，藍斯特勞德則輕輕擺手。

「妳負責管理書庫的鑰匙，由妳去更適合。我身為戴肯弗爾格的負責人，就留在這裡監督大家收拾場地。」

藍斯特勞德說完，漢娜蘿蕾便點點頭，開始挑選陪同她去圖書館的近侍。我也轉頭看向自己的近侍們。

「馬提亞斯與勞倫斯要負責拿聖杯，所以其餘的護衛騎士都請同行擔任護衛吧。侍從則由黎希達與布倫希爾德和我一起過去。莉瑟蕾塔、谷麗媞亞和見習文官，就請留在這邊協助哈特姆特。」

「遵命。」

貴族院的近侍們立即點頭，唯獨哈特姆特一臉大受衝擊。

「羅潔梅茵大人，我也想一同前往圖書館……」

「哎呀，哈特姆特，你是以神官長的身分前來，負責管理神具，怎麼能離開這裡呢？……而且你能與克拉麗莎相處的時間這麼短暫，應該趁這機會多說說話啊。」

虧我好心替他製造機會，不知為何哈特姆特卻一臉失望至極。但我們只是要去圖書館提供魔力，並不會舉行儀式，我希望他能專心在收拾工作上。

「韋菲利特哥哥大人，您身為艾倫菲斯特的負責人，請留在這裡察看情況吧。還有等收拾完畢了，記得聯絡錫爾布蘭德王子，請他過來關門。」

「知道了。」

把後續工作交給韋菲利特與夏綠蒂後，我們往圖書館出發。雖然我走路的速度依舊慢吞吞，但已經很努力別落後漢娜蘿蕾他們太多。

「由於奉獻儀式結束後還有剩餘的魔力，在得到君騰的首肯後，已決定提供給圖書館使用。」

我們帶著聖杯來到圖書館後，歐丹西雅與索蘭芝熱切地表示歡迎。看來圖書館魔力不足的情況十分嚴重。

「可以的話，請往這邊補充魔力吧。近來我發現這似乎是維持圖書館運作的最重要魔導具，但光靠我一個人的魔力顯然並不足夠。」

關於圖書館裡究竟有哪些魔導具，歐丹西雅說雷蒙特向她提出了許多問題。但由於她才剛來任職，詳細情況並不清楚，便把圖書館的一般業務大都交給索蘭芝、休華茲與懷斯，自己則與雷蒙特一起了解圖書館的構造與魔導具。

「我一邊翻閱從前館員留下的日誌，一邊調查有哪些魔導具需要供給魔力後，發現

有個魔導具在維持圖書館的運作上是重要關鍵，但在上級館員都離開了以後，已經有好幾年都被置之不理。恰巧我今天才計算了那個魔導具還剩多少魔力，發現魔力可能撐不到一年便會耗盡。正打算明天要去找王族商量呢。」

「那我們趕快補充魔力吧。」

我們依著歐丹西雅的指示搬運聖杯，往偌大的魔石慢慢傾倒魔力。馬提亞斯與勞倫斯拿著聖杯，讓紅色液體往下澆灌。只見魔力完全沒有灑出，全被巨大的魔石吸收。

與此同時，原本近乎透明的魔石開始逐漸變成虹色。明明倒下去的液體是紅色的，為什麼會這樣呢？我納悶地瞪著魔石瞧，一點頭緒也沒有。

與疑惑偏頭的我不同，歐丹西雅如釋重負地吐了口氣。

「顏色開始恢復了！之前不管我一個人怎麼灌注魔力，魔石的顏色都毫無變化呢。我本來還擔心最糟糕的結果，就是圖書館有可能在自己任職時停止運作，真是太感謝各位了。」

「這下我就放心了。」索蘭芝也顯得十分開心。

「今天的奉獻儀式不只王族，不少領主候補生與上級貴族也參加了，所以蒐集到了很多魔力喔。能為圖書館盡一份力，我也很高興。」

確認聖杯裡的魔力都倒完了，亞納索塔瓊斯與艾格蘭緹娜便輕輕頷首，我於是詠唱「咯空」消除空空如也的聖杯。對圖書館帶來的幫助比預期要大，讓我心滿意足。

不光歐丹西雅與索蘭芝，在我們要離開時，休華茲與懷斯也高興得蹦蹦跳跳。

「公主殿下，好多魔力。」

「爺爺大人好高興。」

休華茲與懷斯現在口中的公主殿下，應該是指歐丹西雅吧。所以聽到他們這麼說，我理解為歐丹西雅為了圖書館真的非常盡責，由衷感到佩服。

「能得到歐丹西雅老師提供的大量魔力，休華茲與懷斯也很高興吧。」

「從圖書館需要的量來看，我能提供的魔力根本微不足道呢。」

出來送王族離開的歐丹西雅謙虛地這麼回道。但我個人認為，願意為了圖書館竭盡所能的人都是好人。

「對了，爺爺大人是誰？」

我與歐丹西雅正對彼此微笑時，亞納索塔瓊斯冷不防插嘴問道。那雙灰色眼眸帶著好奇看來，歐丹西雅與索蘭芝則是互相對望。想必她們並沒有確切的答案能夠回覆王族吧。這時開口回答的，反倒是休華茲與懷斯。

「爺爺大人就是爺爺大人。」

「很古老，很偉大。」

這和他們以前對我說過的答案一模一樣。雖然彈了一下的耳朵很可愛，但答案依舊讓人摸不著頭緒。只不過聽到「爺爺大人」，說不定王族會想起什麼事情？我這麼心想著仰頭看向亞納索塔瓊斯與艾格蘭緹娜，但兩人也是一臉不明就裡。

「……什麼意思？」

亞納索塔瓊斯似乎馬上就放棄從休華茲與懷斯那裡得到答案，再次看向兩名圖書館員。但兩人皆面露難色，不知道該怎麼回答才好。

「索蘭芝老師，您說過爺爺大人也許是比休華茲他們還古老的魔導具吧？」

我詢問後，索蘭芝點了點頭。

「是啊，羅潔梅茵大人，但其實我並不肯定。我只是在想，或許從前也有魔導具和休華茲他們一樣，是以名字來稱呼。但因為撰寫資料的時候不可能使用暱稱，一般都是直接寫明這是作何用途的魔導具，所以若要調查是否有樣魔導具曾被稱作『爺爺大人』，恐怕並不容易。」

她說為了避免暱稱停止使用以後，再也看不出資料裡提及的是哪個魔導具，通常撰寫資料時絕不會使用暱稱。

「哎呀？可是，之前向您借來看過的圖書館員日誌裡，提到休華茲與懷斯時，都是直接寫他們的名字啊……」

「因為那並非公開保存用的資料，而是私人日記。」

她說現在私人日記已經所剩無幾。最近在與雷蒙特一起調查魔導具的歐丹西雅也稍稍仰起頭，像在搜索記憶。

「這陣子我也調查了圖書館裡的魔導具，但從未看到過『爺爺大人』這個名稱。不過，倘若今天提供過魔力後，爺爺大人很高興的話，也許爺爺大人指的是那個魔導具吧。」

「有道理。那是什麼魔導具？」

「便是可稱作圖書館基礎的魔導具。如果是這個魔導具，確實比休華茲他們在更早之前就被創造出來了。」

「倘若是基礎，那的確是古老又偉大的魔導具。」

亞納索塔瓊斯多半是接受了這個結論，點點頭準備離開，我急忙叫住他。

「亞納索塔瓊斯王子，請問什麼時候要去地下書庫呢？若不預先告知來訪日期，圖書館這邊也無法做好準備喔。」

如今我已經得到國王的許可，可以進入圖書館了！我興沖沖地詢問接下來的安排。然而，亞納索塔瓊斯只是輕輕挑眉，冷淡地斷然回道：「沒有這打算。」

「為什麼呢？經過今天的儀式，倘若意識到了儀式與加護的重要性，應該要優先調查放有許多貴重資料的書庫吧？」

不然我是為了什麼把王族也牽連進這次的儀式呢？雖說也是為了抑止旁人的不平與不滿，但我真正的目的，是希望王族在理解到儀式的重要性後，能夠說出：「接下來一定要調查地下書庫裡的貴重資料！」

……明明儀式順利結束了，為什麼會這樣?!是哪一步出了差錯?!

「我們暫時都會很忙。今天得到了這麼多魔力，得用來豐富尤根施密特。」

既然得到了眾人提供的大量魔力，王族接下來必然很忙。從國王的臉色，想也知道他們比起查閱資料，當然會想優先為國家提供魔力，然後就能歇息一會兒。

……不——！真是教人痛恨的失策！

我本來想在王族的請求協助下頻繁進入書庫，如今這個計畫卻應聲瓦解。

「明明君騰還允許我來圖書館……」

「我們現在不就來了嗎？但父王從未答應過妳，要今天或是改日找時間進入地下書庫。」

……剛才居然沒讓國王答應得明確一點！是我最後大意了！我這個笨蛋大笨蛋！

見我意志消沉，艾格蘭緹娜露出溫柔的淺笑。

「羅潔梅茵大人，確實如妳所說，重新檢視古老文獻也是很重要的工作，但現在這時期若不向魔導具與神具供給魔力，便會影響到明年的收成。所以在春天到來前，我們必須加緊腳步提供魔力。請妳暫時先忍耐吧。」

「是，我知道了。」

好歹我也是神殿長，知道冬天的奉獻儀式有多麼重要。儘管我很想進入書庫，非常、非常想進去，但現在看來也只能忍耐了。

「羅潔梅茵，妳對我和對艾格蘭緹娜的語氣及態度也差太多了吧？」

「並沒有這回事喔。我本來還以為，如果王族都是把儀式交給中央神殿處理的話，那便希望各位可以優先進入書庫查閱資料；但如果王族也得供給魔力的話，我身為神殿長，當然不能妨礙大家。」

雖然沮喪，但我可以忍耐。況且沒有許可也進不去，我也無能為力。

「往後總有機會非得進入書庫不可。所以妳們先別想太多，也別做些無謂的舉動，專心準備研究成果的發表吧。艾倫菲斯特，知道了嗎？還有，戴肯弗爾格。」

亞納索塔瓊斯不只看著我，接著也看向漢娜蘿蕾。突然被叫到，漢娜蘿蕾瞬間嚇得全身一震。

「今日舉行儀式，有許多人都目擊到了光柱。因此有關光柱的不滿與詢問，我們將不再理會，就由戴肯弗爾格負責應對吧。」

反正你們還有精力比迪塔吧？——聽到亞納索塔瓊斯這麼說，漢娜蘿蕾縮成一團回道：「遵命。」明明比迪塔的是見習騎士們，卻是漢娜蘿蕾遭到警告，我內心對她無比同情。

「現在先回大禮堂，確認收拾工作是否結束了吧。」

說完，亞納索塔瓊斯邁步移動。

「看來都收拾好了。」

此刻還在大禮堂內的，只有我的近侍與克拉麗莎。大老遠的就能看出哈特姆特與克拉麗莎正在熱切交談，我的近侍們則保持著一段距離在旁等候。

今天因為儀式的關係，哈特姆特才特別獲准以神官長的身分前來，但原本是不能干涉貴族院內諸事的成年人。雖說是未婚夫，但還是不能讓他與克拉麗莎獨處吧。

……不過明顯看得出來，大家都是一副能不管就不想管的樣子呢。

莉瑟蕾塔最先察覺我們的到來，立即走過來報告現在情況。

「一切皆收拾妥當後，我們便聯繫了錫爾布蘭德王子，請他過來關閉最奧之間的門扉。目前其他人都已離開，只有羅潔梅茵大人的近侍留了下來，不打擾到兩人交談地在旁守候。」

「莉瑟蕾塔，不好意思把這麼麻煩的工作丟給了你們。」

哈特姆特是上級貴族，而我留在這裡的近侍都是中級與下級貴族，誰也阻止不了哈特姆特與克拉麗莎吧。

……早知道應該把黎希達留下來才對。

正當我在稍微反省的時候，亞納索塔瓊斯低頭往我看來，嘀咕道：「那我們的工作也結束了吧。」隨後，他露出溫柔的笑容朝艾格蘭緹娜伸出手。

「艾格蘭緹娜，那我們回去吧。」

「是，亞納索塔瓊斯大人。」

親眼察看過大禮堂的情況後，兩位王族很快返回自己的離宮。護送著艾格蘭緹娜時，亞納索塔瓊斯看來心情極佳。

鶼鰈情深的新婚夫婦一離開，我再看向沉浸在兩人世界裡的那對戀人。

「哈特姆特、克拉麗莎，雖然我也不忍心拆散兩名相愛的男女，但第六鐘就要響了喔。我們該回宿舍了。」

我開口呼喚後，完全沉浸在兩人世界裡的兩個人往我看來。

「羅潔梅茵大人……沒辦法，看來今天只能就此向妳道別了。」

「真想再聊久一點呢。」

克拉麗莎揪住哈特姆特的袖子，一雙藍眼熾熱地閃著淚光，捨不得與戀人分開。哈特姆特也一臉遺憾至極地注視著她，微笑道：

「我也是。這還是我第一次與人談論羅潔梅茵大人，聊得如此愉快。」

看得出來在他們的兩人世界裡，眼中就只有彼此。真難想像剛才聽到不能一起前往圖書館時，哈特姆特還大失所望。

我正苦惱著不知道該怎麼辦時，漢娜蘿蕾微微轉過身，仰頭看向自己的侍從喚道：

「柯朵拉。」聽到呼喚，柯朵拉靜靜上前。

「那麼恕我僭越……克拉麗莎，妳小心變成失去艾爾維洛米的埃維里貝唷。」

柯朵拉一出聲叫喚，克拉麗莎猛地放開哈特姆特的袖子，排到漢娜蘿蕾近侍們的最尾端。漢娜蘿蕾對眨著眼睛的我微微一笑。

「羅潔梅茵大人，克拉麗莎真是失禮了。」

「哪裡，我才給各位添了麻煩。」

說好之後再找時間一起討論領地對抗戰的成果發表後，我與漢娜蘿蕾互相道別，返回各自的宿舍。

茶會與交涉

「哈特姆特，你再不快點回艾倫菲斯特，第六鐘就要響了喔。」

基本上第六鐘一響，工作時間就結束了。現在因為是緊急事態，有騎士守在轉移廳裡，但一旦過了工作時間，除非有什麼重大理由或奧伯聯繫，否則絕不會發動轉移陣。

而既是成年人又是神官長的哈特姆特，只有舉行儀式的今天才獲准來到貴族院。萬一沒有趕在今天之內離開，就會遭到處罰。

我把滿車箱子裡都是儀式用品的推車，連同穿著神官服的哈特姆特一起推進轉移廳。

「哈特姆特，請轉告養父大人，我們的儀式服會在清洗過後送回去。還有，關於今天的儀式，麻煩你也要提交一份報告書喔。」

「遵命。」

儘管手忙腳亂，但哈特姆特總算順利地在時間內轉移回領地。目送他離開，回到自己房間的時候，第六鐘正好響起。

「羅潔梅茵大人，用晚餐的時間到了。我們為您更衣吧。」

莉瑟蕾塔與谷麗媞亞幫我脫去神殿長的儀式服，再換上適合在宿舍裡走動的便衣。前往餐廳後，我發現韋菲利特與夏綠蒂已經開始用餐了。

「羅潔梅茵，妳動作真慢。」

「因為我們把大家的魔力提供給了圖書館的基礎魔導具，那裡又不是一般學生可以進入的地方，所以有些距離。不過，很有趣喔。那裡有好多魔導具呢。」

之後等聽完雷蒙特的報告，若有魔導具十分好用，我打算引進自己的圖書館。

「收拾工作還順利嗎？」

「應該沒有特別需要報告的事情……哦，對了，戴肯弗爾格的藍斯特勞德大人邀請了我們參加茶會。因為包括今天的儀式在內，得一起整理共同研究的成果，也要決定該怎麼在領地對抗戰上發表。」

其實我和漢娜蘿蕾也說好了，看來男士之間也討論過相同的事情。「那要訂在什麼時候呢？」我這麼說著看向侍從們，這時夏綠蒂忽然輕笑起來。

「姊姊大人，哥哥大人與藍斯特勞德大人……」

「夏綠蒂！」

夏綠蒂話才說到一半，便被韋菲利特有些慌張的話聲打斷。他這個反應，就和麗乃那時候被我發現了藏起來的可疑書籍後，拚了命想隱瞞、不想被母親知道的青梅竹馬一模一樣。我因此立刻意會過來。

「韋菲利特哥哥大人，您藏在哪裡呢？藏在床鋪底下太常見了唷。」

「羅潔梅茵，妳在說什麼啊？」

結果韋菲利特露出了完全聽不懂的表情，我「咦？」地側過臉龐。還以為自己已經了然於胸，但好像猜錯了。我轉頭看向夏綠蒂，她便為我說明。

「哥哥大人，其實沒有必要隱瞞呀。這件事反而應該確實報告才對。聽說下次在茶會上，藍斯特勞德大人會帶來幾幅他畫好的插圖，請我們從中買下適合放在書裡的圖畫。他好像很想趕快看到放有插圖的迪塔故事呢。」

夏綠蒂說完，韋菲利特臉上流露出了些許不滿。

「因為藍斯特勞德大人說他畫好了精采生動的圖畫，我可是非常期待，但羅潔梅茵又不懂男人的心情，所以我才有些猶豫要不要報告。況且只要提到了茶會，這件事也會經由侍從傳到她耳中吧。」

聽完韋菲利特帶有不滿的發言，我直想嘆氣。

「韋菲利特哥哥大人，插圖的購買雖然會在貴族院進行，但這筆錢不會從宿舍的經費裡支出，而會由我或是印刷業撥出預算喔。」

「唔？」

「我必須先與艾倫菲斯特商量，購買插圖的費用要由誰撥出預算，到了要付錢的時候，也得寫信與領地往來溝通，這些都得花不少時間喔。」

在演變成要向藍斯特勞德購買插圖的時候，我就已經寫信與艾薇拉大致討論過了。但是，這件事還沒有明確定下來。首先，要看藍斯特勞德的插圖水準是否足以放在書裡當插圖。倘若水準不足以採用，便由我自掏腰包買下來，再印少量幾本，專門只賣給戴肯弗爾格；但如果可以廣為販售的話，就會從印刷業的預算裡撥出經費，而要支付費用的時候，得由艾薇拉負責結算。

「因為與書有關的費用都是妳在出，我都不曉得妳們已經談好了。」

如今斐迪南離開艾倫菲斯特了，我的個人財產都由哈特姆特在管理。即便我擁有可以自由花用的財產，手頭也不可能有現金。

「所以，這件事請一定要確實向我報告喔。」

「這種話居然輪到妳來說……那妳也要確實報告喔。像今天的事情也是，原本並沒有預計要施展那麼大規模的治癒吧？為什麼事情會變成那樣，妳才應該要寫成報告。不可以適度省略，一定要向父親大人報告清楚喔。」

結果韋菲利特把我的說教原原本本地奉還回來，我不由得垮下肩膀。

向艾倫菲斯特寄回報告書後，我因為太過疲累，發起高燒開始昏睡。在我昏睡的時候，將與戴肯弗爾格舉行的茶會也慢慢敲定了細節。我躺在床上，詢問黎希達有關茶會與預算的安排時，她受不了地低頭看來。

「大小姐，在與戴肯弗爾格舉行茶會前，請您先養好身體吧。」

「當初沒在儀式之後安排茶會，還真是正確決定呢。」

黎希達與布倫希爾德一邊細心觀察我的身體狀況，一邊為與戴肯弗爾格的茶會做準備。就在同一時間，菲里妮與繆芮拉前來報告。

「艾薇拉大人把錢送來了，聽說這是羅潔梅茵大人的個人資金。這下子就能購買藍斯特勞德大人的插圖了呢。」

聽說艾薇拉還表示插圖若是精美，之後再由印刷業出錢買下來。

「所以，請羅潔梅茵大人快點讓身體恢復健康吧。」

兩天後，我終於可以下床走動。總覺得昏睡的時間好像稍微縮短了。我邊在餐廳用餐，邊為自己身體變健康了感動不已，接著再前往交誼廳，了解這段時間發生的事情。

「姊姊大人臥病在床的這段時間，我與哥哥大人受邀前往了賈鐸夫老師的研究室。為了得到加護，多雷凡赫真的所有人都卯足全力呢。」

「嗯。恐怕沒有領地像多雷凡赫這樣，這麼快就所有學生都在準備護身符吧。」

韋菲利特也眼神認真地點頭說道。多雷凡赫竟然不到兩天的時間就能發給所有學生護身符，再不然就是至少有做護身符的原料能發給大家，這點真是太了不起了。

「完全可以理解多雷凡赫為什麼能成為雄霸一方的大領地呢。」

「是啊。明明艾倫菲斯特早就擁有這些資訊，卻誰也沒有隨身攜帶刻有神祇符號的護身符。甚至明明也有見習文官同樣參加了儀式，卻沒有半個人向大家建議，更沒有人在製作護身符吧？我覺得這個差異太巨大了。」

先前能參加奉獻儀式的艾倫菲斯特見習文官，基本上都是韋菲利特與夏綠蒂的近侍。因為我的見習文官皆是中級與下級貴族，無法參加。

「我現在正讓伊格納茲與瑪麗安妮待在調合室裡製作護身符。因為明明我們更早擁有資訊，卻沒有妥善活用，老實說這讓我很沮喪。」

我沒能像同年的奧爾特溫那樣，好好帶領大家——韋菲利特低聲說完，夏綠蒂便安慰道：

「哥哥大人，這也不是馬上能養成的習慣嘛。明天我將與中位領地舉辦茶會，到時候也會看看他領學生的反應。哥哥大人、姊姊大人，與戴肯弗爾格的茶會要加油唷。」

聞言，我點一點頭。

到了茶會當天。我在約定時間，與韋菲利特一同前往戴肯弗爾格的茶會室。和藍斯特勞德以及漢娜蘿蕾道過寒暄後，在招呼下落座。當我正心想著流程就與平常一樣時，只見藍斯特勞德向自己的近侍比了比手勢。

「那請兩位先看看這個吧。」

「哥哥大人，關於圖畫，應該等討論完研究的事情……」

「先把這件事解決了，之後我才能專心吧？」

藍斯特勞德揮了揮手打斷漢娜蘿蕾，然後命見習文官將約莫十張的黑白插圖，擺在方便我與韋菲利特觀看的位置上。

「我不清楚怎樣的黑白比例符合妳的需求，所以與其自己來選，由妳來選更快。選出適合放在書裡的圖案吧。」

最先躍入我眼簾的，是一張騎士跨坐在騎獸上、手持武器的插圖。騎士在圖中占了相當大的版面，渾身散發著彷彿可以聽見披風翻飛聲的魄力。此外大概是參考了葳瑪的插圖，黑白圖畫的線條都整理得相當清晰。只不過，與葳瑪那種典雅柔美的畫風不同，藍斯特勞德的圖更生動地描繪出了比奪寶迪塔時的熱血模樣。

……說實在的，我一直低估藍斯特勞德大人的繪畫才能了。

在漢娜蘿蕾說的是「擅長」而非「嗜好」時，我就該察覺到了。水準太高了。

「好厲害喔。完全超出我的想像。」

韋菲利特探頭看向我正注視著的插圖，深綠色雙眼立即發亮。接著他用充滿尊敬的目光看向藍斯特勞德，開始大力稱讚。

「藍斯特勞德大人，您畫得太棒了！加上這樣的插圖，迪塔故事一定會變得更加精采。羅潔梅茵，妳說對吧？」

「是啊，畫得真好呢。不過，我們在印刷圖案的時候，會有一道名為『刻版』的步驟，經他人刻畫以後，整體的氛圍可能會與原先有些不同。這點您能諒解嗎？」

聞言，藍斯特勞德微微蹙眉。

「……妳說整體氛圍會與原先不同是什麼意思？」

「為防止技術外流，恕我無法詳細說明，總之在印刷的過程中，會由他人進行描畫。」

聽完說明，這次藍斯特勞德顯而易見地皺起臉龐。有著藝術家氣質的他，果然無法忍受作品經過他人之手吧。

「那道步驟由我來做即可吧。」

「不。為了防止技術外流，恕我無法答應。目前都必須由艾倫菲斯特買下圖畫，再由我們進行印刷。倘若藍斯特勞德大人無法接受中途有人經手，請恕我們不便購買您的畫作。」

不管向誰購買插圖，我都預計要在艾倫菲斯特的工坊進行謄寫。除非是納為近侍，或是結婚後搬到艾倫菲斯特來，否則我絕不打算讓他領的人負責描刻圖畫。尤其藍斯特勞德還是上位領地的領主候補生，那就更不用說了。

聽到我說不會購買插圖，反倒是韋菲利特慌了起來。

「可是，羅潔梅茵，其他地方根本找不到這麼精美的插圖喔！為了提升迪塔故事的整體品質，應該買下這些圖畫才對吧？妳只要與藍斯特勞德大人簽訂契約，禁止他將技術外流，再由他負責那道步驟就好了吧？」

韋菲利特似乎相當喜愛迪塔故事與藍斯特勞德畫的插圖。看到他對書籍表現出熱愛，我固然高興又感激，但此刻更讓我有些為難。

「韋菲利特哥哥大人，美麗的圖畫與便於印刷的插圖是兩回事喔。目前艾倫菲斯特需要的，是便於印刷的插圖。插圖如果還很精美，那自然再好不過，但再美麗的圖畫若不利於進行印製，那麼買下來也沒有意義。再者我們現在都還沒正式開始販售書籍，萬一戴肯弗爾格這樣的大領地研究了我們的印刷技術後占為己有，那就糟糕了。」

「有道理，原來是這樣。」藍斯特勞德似乎接受了我的說法，但韋菲利特看來還無法死心。他流露出不捨的眼神，來回看著我與插圖。

「可是，難得這麼出色的圖畫……」

「是呀。這麼出色的圖畫，只要在艾倫菲斯特開始販售書籍以後，再加上美麗的皮革封面時放入藍斯特勞德大人的畫作，便能製成一本精美絕倫的書籍吧。」

「那樣子我……其他人不就看不到了嗎？」

眼看韋菲利特把說到一半的「我」吞回去，我輕輕聳肩。

「這也沒有辦法，因為技術外流是最需要防範的事情。戴肯弗爾格是排名第二的領地，要是在這時候就被他們搶走技術，艾倫菲斯特根本無法對抗吧？」

刻版是謄寫版印刷的核心。觀察力非常敏銳的人看了，說不定就能看出孔版印刷的原理。而且，無論是蠟紙、刻版用的鐵筆還是鋼版，都是古騰堡夥伴們集思廣益、提升技術後，花費了大把時間才改良而成的產物，絕不能被人輕易搶走。雖然有朝一日我預計要把印刷業推廣至他領，但絕非都還沒開始販售書籍的現在。必須等到艾倫菲斯特的地位穩定了之後再說。

此外，這也是為了避免之後有他領跑來抱怨說：「明明你們還同意了讓戴肯弗爾格的領主候補生自己描刻圖畫，卻要拒絕我們嗎？」畢竟要與所有人都簽訂魔法契約不僅麻煩，成本也會太高。凡事都是起頭的第一步最重要。我想要的，是能拉攏到艾倫菲斯特來的優秀畫師，並不是領主候補生所畫的插圖。

「而且用畫筆畫出來的圖案，很難與印刷出來的圖案一模一樣。因此，倘若藍斯特勞德大人已經無法忍受中途有人經手的話，最後在看到印刷出來的成品時，也可能會有怨言。」

就連麗乃那時候的影印機也無法印出一模一樣的東西。比如太淡的線印不出來，或是有點灰塵就會在成品上形成奇怪的線條。雖然這些插圖已經下了工夫，即便印成黑白也能清楚呈現，但還是有太多細膩的線條。倘若以謄寫版進行印刷，整體氛圍勢必會與原先不太相同。

「倘若第一次向他領購買插圖以後，藍斯特勞德大人卻對成品有怨言，便會讓大家對印刷業留下不好的印象。既然如此，倒不如從一開始就別購買，這樣既不會惹藍斯特勞德大人不快，也不會對艾倫菲斯特造成困擾。這樣的結果對雙方都好吧？」

「說得也是……」

韋菲利特一臉非常遺憾地不再堅持。我總算稍微放下心來，再轉向饒富興味地瞅著我瞧的藍斯特勞德，直視他的紅眼問道：

「聽完我剛才說的這些，藍斯特勞德大人還願意把這些作品賣給艾倫菲斯特嗎？」

那雙紅眼帶著打量意味，定定地注視我後，最終帶著笑意微微瞇起。

「我明白艾倫菲斯特的想法了。至於能否交由他人描畫，我考慮過後再回覆妳。」

「藍斯特勞德大人的畫作確實精采出色，那我靜待您的好消息。」

我露出待客用的客套微笑，就此結束了有關插圖的話題。藍斯特勞德輕輕擺手，見習文官們便收起插圖。

藍斯特勞德邊看著他們收拾，邊喝了口茶，接著看向我與韋菲利特。

「既然插圖這件事談完了，接下來我想決定共同研究的發表方式。屆時領地對抗戰上，你們打算要在哪邊、以怎樣的方式發表研究成果？」

藍斯特勞德說明，通常兩領發表共同研究的成果時，即便雙方都在各自的會場展示同樣的內容，觀眾也只會去大領地那邊，所以有時會由排名低的那方負責發表。

「但是，這次的共同研究兩領共通的，就只有對見習騎士以及對戴肯弗爾格學生所進行的問卷調查而已。實際上在自領進行的儀式則有很大的不同，因此可以雙方各自展示這部分的研究成果喔。韋菲利特哥哥大人，您覺得呢？」

「是啊……我聽說戴肯弗爾格也成功地在儀式上出現了代表得到祝福的光柱，想必研究成果會包含這些吧。只要艾倫菲斯特也發表自領儀式的研究成果，我想觀眾應該不會只去其中一邊。」

我與韋菲利特說完，漢娜蘿蕾鬆了口氣地露出微笑。似乎是因為共同研究的發表方式，會影響到大人們來觀看領地對抗戰時留下的印象，所以這件事最容易引發爭執。

「那麼，兩領共通的部分就由文官們去協商，除此之外的則由各領自行發揮，請問這樣沒問題嗎？」

漢娜蘿蕾這麼確認後，韋菲利特與我紛表贊同。接著我們再看向在場的見習文官，參與共同研究的文官們也都點頭表示明白。

……與雷蒙特的研究會在亞倫斯伯罕那邊發表成果，剩下的就是要與多雷凡赫進行交涉了吧。

但感覺艾倫菲斯特只負責提供原料，對於研究並沒有太大的貢獻，所以基本上可能該交由多雷凡赫發表。其實我個人只要能知道研究結果，由魔樹做成的紙張也有更多人想購買，這樣就很滿意了。

「想不到該談的事情這麼快就談完了……嗯，那要不要來下盤加芬納棋？」

女性舉辦茶會時，光喝茶與聊天就能花上很久時間，但這些活動對男性來說顯然非常無趣。該決定的事情都決定好後，藍斯特勞德便邀韋菲利特一起下加芬納棋。

韋菲利特似乎十分擅長加芬納棋，我還聽說他經常與多雷凡赫的奧爾特溫互相較量。只見他興高采烈地用力點頭。

「雖然去年我輸給了藍斯特勞德大人，但在您畢業之前，真希望能贏您一次。」

「很遺憾，現在還會輸給奧爾特溫的你不可能贏得了我。」

藍斯特勞德對此冷哼回道，韋菲利特更是鬥志高昂了。

戴肯弗爾格的近侍們馬上開始動作，在另一張桌子上擺放加芬納棋。應該是從一開始就打算若還有時間，就要下加芬納棋吧。侍從們的動作沒有一絲一毫的慌亂。

我一邊吃著點心，一邊出神地看著他們進行準備，桌上的藍色加芬納棋忽然吸引住我的目光。直到這時，我才發現戴肯弗爾格茶會室裡如同藍水晶般的透明雕刻，原來是仿照了加芬納棋。

「戴肯弗爾格不只迪塔，也非常喜歡加芬納呢。那邊的擺設都是加芬納棋吧？」

「咦？嗯。那個，召開迪塔反省會的時候，我們都會使用加芬納棋。」

漢娜蘿蕾答得有些難為情。原來熱愛迪塔的戴肯弗爾格不僅會在比賽前後舉行儀式，甚至會召開反省會。一年之間，這些加芬納棋到底會被使用多少次呢？

「難怪戴肯弗爾格即使不知道那是什麼神具，緋亞弗蕾彌雅之杖還是能傳承下來。如果不是因為你們非常重視儀式與迪塔，絕不會流傳到現在吧。」

「說到神具……昨天我參加了出席者皆來自上位領地的茶會，席間大家一直在熱烈地談論前陣子的儀式呢。並未參加儀式的人，好像也從參加過的人那邊聽說了當天的情形……」

漢娜蘿蕾告訴我，當天參加的他領學生都是第一次舉行儀式，所以受到了相當大的衝擊。所有人一起做同一件事的一體感、從聖杯竄起的光柱等等，都是他們平常不可能經歷到的事情。這次沒能參加的人，似乎都打算下次還有機會的話一定要參加。

「而且，一般除非是獲得了最優秀表彰，否則君騰・特羅克瓦爾不可能當面與我們談話吧？大家都非常感動唷。還有，當時羅潔梅茵大人那可用神聖來形容的模樣，好像也讓許多人深受震撼呢。」

……可用神聖來形容？這是在說什麼？

漢娜蘿蕾露出了近乎陶醉的神情，向我形容她所看見的儀式光景。她說儀式期間，我不僅不斷變出神具，還主持了眾人從未體驗過的儀式，最後更幫助大家恢復魔力、施展治癒，完全就是聖女。看來當時佯裝若無其事的我，很成功地表現出貴族該有的樣子。

……呃～也就是說，其實那時候我正狂冒冷汗、拚命想要避免魔力溢出的事情，並沒有被大家發現對吧？我果然有長進了！

「現在似乎流行起了製作祈禱用的護身符，但好像也有人想像羅潔梅茵大人一樣，希望自己可以操控神具。」

她說有的人想要變出可以一口氣治癒許多人的芙琉朵蕾妮之杖，也有的人正試著努力變出萊登薛夫特之槍。

「可是，目前還沒有人可以成功變出神具。用思達普變出原先常變的長槍，然後在儀式時釋出魔力，似乎還是最能穩定取得祝福的方式。」

不過，她說還是有人無論如何都想變出通體綻放藍光的萊登薛夫特之槍。這個人正是聽取了報告的奧伯・戴肯弗爾格。

「所以、那個，如果不是不能告訴任何人的秘密，請問羅潔梅茵大人能告訴我，您是如何能夠變出這麼多種神具的嗎？」

肯定是接到了要向我打聽的指示吧。漢娜蘿蕾臉上帶著非常過意不去的表情。

「那戴肯弗爾格在儀式上使用的緋亞弗蕾彌雅之杖，你們又是怎麼變出來的呢？」

「法杖是我親眼看到父母親變出來以後，自己再觸摸、注入魔力後變出來的……就像這樣。」

其實我只是脫口說出小小的疑惑，但漢娜蘿蕾似乎解讀成了「應該先把你們變出神具的方式告訴我吧」。只見她站起來，變出思達普開始匯集魔力。

「修得列坎布恩。」

隨後她詠唱了變出長杖的咒語，下一秒手中已經握著緋亞弗蕾彌雅之杖。

「我可以摸摸看嗎？」

「好的，請。也請試著稍微注入魔力吧。」

我觸摸法杖，稍稍注入魔力。就在法杖浮現魔法陣的同時，漢娜蘿蕾也「呀啊?!」地輕叫出聲，對注入的魔力感到抗拒。

「對、對不起……那個，因為感受到他人的魔力灌注進來，我有些嚇了一跳。」

家人之間因為魔力性質相似，就算接收到彼此的魔力也不會有什麼感覺吧。但我是完全沒有血緣關係的人，因此我的魔力對漢娜蘿蕾來說就好像有異物入侵一樣，想必讓她嚇了一跳。我很清楚那種他人魔力流入體內的不快感覺，急忙道歉。

「很抱歉讓您感到不愉快。」

「哪裡，是我自己不好，不清楚這麼做的後果……現在我終於明白，為什麼法杖的做法只由領主一族的血脈傳承。枉費我還心想，要是大家都能使用的話會很方便呢……」

漢娜蘿蕾垮下肩膀說。有什麼原因讓她希望大家都能使用嗎?或許是因為戴肯弗爾格的氣候炎熱，她希望大家可以一起舉行儀式，驅散夏天的暑氣吧。

「如果只是想知道魔法陣的話，好像可以去圖書館的地下書庫找資料喔。因為在各種儀式的流程裡，我看過剛才浮現出來的魔法陣。」

「哎呀，那只能等王族傳喚我們前往書庫了呢。」

漢娜蘿蕾輕笑了聲，接著又問：「那羅潔梅茵大人是如何學會變出神具的呢？」對此，我回以微笑答道：

「就和變出緋亞弗蕾彌雅之杖差不多喔。首先要向神殿裡的神具奉獻魔力，灌注魔力以後，就會有魔法陣浮現出來。等奉獻超過一定的量，那個魔法陣就會彷彿刻在了腦海裡一樣，想讓思達普變形的時候便會自然而然浮現腦中。」

以我來說，首次奉獻時浮現出來的魔法陣，便是變出舒翠莉婭之盾時的參考依據。因此我在想，神殿裡的神具，有可能是用思達普變出自己神具的一種輔助工具。

「我聽說初任國王曾是神殿長，所以我在猜想，或許他的孩子們也會在神殿向神具奉獻魔力，藉此變出屬於自己的神具。」

「可是，我聽說政變結束之後，也有一些人是從神殿回到貴族院就讀，卻沒有人能像羅潔梅茵大人這樣操縱神具喔？」

漢娜蘿蕾一臉感到不可思議，但我倒覺得這很正常。

「如果只是變出來的話，我倒覺得應該曾有人能辦到。但是，在神殿如此遭到鄙視的情況下，沒有人會去操控神具吧。況且漢娜蘿蕾大人也知道，操控神具相當需要魔力。而那些原是青衣神官和青衣巫女的貴族都是破例進入貴族院就讀，隨後才學會如何能壓縮魔力，多半連要維持住神具的外形都有困難吧。」

就連努力壓縮魔力、好不容易提升到了中級貴族程度的達穆爾，都維持不了神具的外形，那些剛從青衣變回貴族的學生更不可能有辦法操控吧。

「倘若他們待在神殿的時候，曾認真又虔誠地舉行儀式，也應該會有學生能取得複數的加護；但如果當時他們只想回到貴族社會而憎恨神殿，或是因為自己的境遇而怨恨諸神的話，恐怕就不太可能了。」

尤其前任神殿長還在時，如果當時青衣神官的生活在神殿裡可謂常態，那自甘墮落的他們絕不可能取得加護吧。而他們在舉行加護儀式的時候，魔力也很有可能並不足以盈滿整個魔法陣。但這些事我只在心裡嘀咕，並對漢娜蘿蕾投以微笑，以免自己多嘴。

「但在戴肯弗爾格裡頭，還有著神殿裡並未在祭祀的神具，也有我沒聽過的神話，這麼悠久的歷史真教人肅然起敬呢。前陣子漢娜蘿蕾大人的侍從在斥責克拉麗莎時，還這麼說過吧？就是小心變成失去艾爾維洛米的埃維里貝……這是什麼意思呢？在我看過的神話裡從來沒出現過。」

這個單字我應該是第一次聽到。對於我的問題，漢娜蘿蕾先是回道：「其實在之後要借給您的書裡就有記載呢……」然後為我說明。

「結緣之神艾爾維洛米原是生命之神埃維里貝的眷屬，也是祂的摯友。當初便是艾爾維洛米協助埃維里貝向土之女神蓋朵莉希求婚，並讓黑暗之神點頭同意婚事喔。」

她說當初多虧了艾爾維洛米的協助，埃維里貝才能與蓋朵莉希結為連理，但婚後的生活就如同聖典裡的描述。得知蓋朵莉希及其眷屬神受到的待遇，艾爾維洛米氣得與埃維里貝大吵一架，友情因而決裂。祂更將土之女神的眷屬帶到水之女神芙琉朵蕾妮身邊去，並為了救出蓋朵莉希而展開行動。

「所謂失去艾爾維洛米的埃維里貝，意思就是可能會失去促成婚事的協助者，或是若不好好對待應該珍惜的事物，便會失去最愛的人。」

……原來如此。若想嫁給正在艾倫菲斯特擔任神官長的哈特姆特，克拉麗莎非常需要有人協助支持吧。

「可是，姻緣不是黎蓓思可赫菲的管轄嗎？」

「據說艾爾維洛米認為都是自己居中牽線的關係，才害得蓋朵莉希遇到那些事情，便將結緣之神的力量讓給黎蓓思可赫菲，也因此失去了神力。」

「原來是這樣啊。那可能是這個原因，聖典裡介紹到的神祇才沒有包含艾爾維洛米吧。一想到接下來要看的書裡有這麼多奇聞軼事，真教人期待呢。」

我感到無比期待，瞥向戴肯弗爾格的文官們已經備好的書籍。聞言，漢娜蘿蕾卻有些鼓起臉頰。

「我倒覺得很過分呢。您將《斐妮思緹娜傳》借給我以後，想不到結尾竟然斷在那種地方……讓人對後續劇情好奇得不得了。」

看來漢娜蘿蕾徹底得了「給我續集的病」。這個進度不錯。接著漢娜蘿蕾告訴我，書中第一夫人各種刁難的行徑讓她嚇得直打冷顫，還為斐妮思緹娜的處境而難過落淚，更覺得出面袒護她的異母兄長十分讓人心動。

……雖然訴說感動時還提到了好幾位神祇，但我想重點應該沒有放錯吧。大概。

「這本書不是以羅潔梅茵大人為參考人物，真是太好了呢。」

「假如真以我為參考人物，奧伯不會允許印成書籍喔。」

「畢竟這樣一來等同在向眾人昭告，他有多麼苛待您嘛。只不過，像是受洗前被認領、髮色與成績優秀等等，這些描寫都與羅潔梅茵大人有著相似之處，說不定還有其他人看完也誤會了唷。」

漢娜蘿蕾擔心地壓低音量提醒我。我向她表達謝意。

「感謝您的擔心。不過等出了第二集，相信大家就會知道不是同一個人，請您放心吧。第二集似乎已經快要印好……」

「請一定要借給我！第一集的結尾，就斷在斐妮思緹娜終於擺脫了壞心腸的第一夫人，進入貴族院就讀，隨即有了美好的邂逅。我真的非常好奇之後的發展……」

一個是極力袒護斐妮思緹娜的異母兄長，一個是剛認識的王子，兩位男士都這麼出色，似乎讓漢娜蘿蕾很煩惱該支持哪一邊。當然我不會洩露劇情，告訴她說「等到了第二集，異母兄長馬上就會有其他對象了」，但看到有讀者對第一夫人這麼生氣，又如此期待戀情的發展，艾薇拉肯定也會很高興吧。

……先不說母親大人，繆芮拉現在就很高興了。她正點頭如搗蒜。

「但有件事情讓我十分擔心。因為這位作者撰寫的故事，有時會以悲劇收場。悲劇雖然淒美，但要是斐妮思緹娜最終沒能得到幸福，那我……」

眼看漢娜蘿蕾這麼緊張又心神不寧，我便只提前告訴她說：「最終她會得到幸福喔。」這下子她就能安心等待續集了吧。

「那麼直到斐妮思緹娜得到幸福為止，我都會為她加油的。」

漢娜蘿蕾綻開了笑靨這麼說時，下著加芬納棋的韋菲利特忽然臉色大變地站起來。

「不是的，藍斯特勞德大人！」

……怎麼回事?!

不光我與漢娜蘿蕾，這聲突如其來的大喊，使得全屋的人都把目光投向韋菲利特兩人。只見韋菲利特用力咬牙，狠瞪著藍斯特勞德。後者只是輕揮思達普，移動加芬納棋後，緩緩地將紅色雙眼轉向韋菲利特。

「……我說的哪裡不對嗎？」

「艾倫菲斯特的下任奧伯是我，不是羅潔梅茵。」

對立

漢娜蘿蕾先向我說聲抱歉，表示她得離席一會兒後，不疾不徐地走向藍斯特勞德。

「哥哥大人，您到底對韋菲利特大人說了什麼呢？」

她的問話聲十分平靜，而藍斯特勞德只是挑起單眉，看著韋菲利特低聲回道：「沒說什麼。」那若無其事的態度讓漢娜蘿蕾沉下小臉。

「如果沒說什麼，韋菲利特大人不可能這麼大聲說話。您一定說了非常失禮的話吧？韋菲利特大人，真是非常抱歉。」

漢娜蘿蕾道歉後，韋菲利特像是恢復了理智，重新正色露出微笑。

「哪裡，漢娜蘿蕾大人不需要道歉。是我不夠成熟，居然在下加芬納棋時中了對方的挑釁。是我失禮了才對。」

向兩人致歉後，韋菲利特慢慢地重新坐下，然後轉向坐在對面的藍斯特勞德，移動一顆棋子。

「父親大人……奧伯．艾倫菲斯特從未想過讓羅潔梅茵成為奧伯。他說他不會如此狠心無情。」

「讓她成為奧伯，是件狠心無情的事情嗎？」

移動棋子的藍斯特勞德滿臉納悶，紅色雙眼注視著韋菲利特。韋菲利特點了點頭，再移動一顆棋子。

「如您所知，羅潔梅茵的身體虛弱到了有好幾次都在茶會上暈倒。奧伯不可能這麼狠心，讓身體狀況不佳的養女去處理龐雜的公務。這點希望您能理解。」

……這是韋菲利特哥哥大人想出來的，提升養父大人形象的說法嗎？的確就算是親生孩子，也不會讓身體狀況不佳的女兒成為奧伯吧。

聞言，我明白了藍斯特勞德是用下任領主與齊爾維斯特的惡評來挑釁韋菲利特。之前一直聽人說起負面傳聞時，我也十分火大，所以可以明白他的心情。一般這種時候，領主候補生應該要先說幾句戴肯弗爾格的好話，然後再對韋菲利特好言相勸，但要我做到實在有點難。

「原本都是魔力更多，更能為領地帶來利益的人成為奧伯……但原來如此。與能力無關，只是因為她的身體狀況不佳，才由你成為下任奧伯嗎？」

在漢娜蘿蕾介入調停後，韋菲利特看來冷靜了些，但藍斯特勞德依舊持續挑釁。看得出來韋菲利特用力握緊了拳頭。我於是站起來，走向飄浮著加芬納棋的桌子，並在藍斯特勞德與韋菲利特之間停下。

「只要維持基礎運作的魔力足夠，讓身體健康的男士成為下任領主不是理所當然嗎？這有什麼好奇怪的呢？」

雖說我的身體慢慢變健康了，但其實還是偏虛弱。更何況我是女孩子，往後在懷孕與生產的時候皆無法辦公，那當然是由在貴族院取得了優秀成績的韋菲利特成為下任領主更合理。

聽完我的主張，藍斯特勞德那雙紅眼帶著些許興味地望過來。儘管看來像在看好戲，但實際上似乎又想看清什麼，讓我覺得有些恐怖，瞬間膽怯畏縮。

「也就是說，妳明明擁有如此突出的優秀實力，卻甘於只當第一夫人嗎？」

「說甘於並不正確。因為從始至終，我從未想過追求領主之位。」

「那妳追求的是什麼？」

對於藍斯特勞德這個問題，我揚起嘴角微笑。我想追求的那還用說嘛。

「便是成為領主的第一夫人，擔任圖書館管理員。我要豐富自己的圖書館，讓藏書越來越多。」

為此，我才開始發展印刷業。後來在貴族院又能蒐集到各種故事，每年也都能印製新書，讀者正一點一點增加。照這進度保持下去，讓貴族們養成閱讀的風氣後，接下來就換平民了。從識字率高的富豪開始，最終要讓每個人都能看到書。這就是我宏偉的野心。儘管我想擁有能實現這些目標的地位，但不太想做製書以外的工作，所以無意成為領主。光是當神殿長，就讓我忙得焦頭爛額了。

「既然妳的目標是成為領主的第一夫人和當圖書館員，想來沒有任何問題。那當我的第一夫人吧，羅潔梅茵。」

……什麼？

現場靜默了一瞬後，隨即沸騰般哄然嘈雜。

「哥哥大人！您突然在說什麼啊?!」

「漢娜蘿蕾，妳閉嘴。」

藍斯特勞德輕一揚手，要漢娜蘿蕾安靜。只見她抿緊雙唇，往後退了一步。發出驚訝叫聲的近侍們也震懾於藍斯特勞德的魄力，閉上了嘴巴。但是，所有人都一臉錯愕。

而且老實說太突然了，我根本一頭霧水。雖然我很希望是自己聽錯，但從周遭人們都啞然失聲的反應來看，我恐怕沒聽錯。

「實在非常抱歉。在我聽來，藍斯特勞德大人的意思似乎是想迎娶我為第一夫人……」

「妳沒聽錯，我確實是這麼說的。」

藍斯特勞德答得泰然自若，我則用手托住臉頰。想迎娶我為第一夫人，這不就是求婚嗎？但是，奇怪了。我記得藍斯特勞德已有會送髮飾的對象，而且貴族若想求婚，應該要由雙方的父母先談過才對。不對，如果是在貴族院就讀時談了戀愛，也可能事後才向父母報告吧。因為自己早早就訂了婚約的關係，我完全不在乎這些，也沒有試圖去了解，所以並不曉得貴族該有的常識。

……可是，如果要求婚，不是應該獻上魔石，然後講些內容會有一堆神祇名字的長長求愛臺詞嗎？總之不是像現在這樣，突然在閒聊之餘就提出要求。難道是我記錯了？

到底該怎麼回應藍斯特勞德才好呢？他應該知道我與韋菲利特已經訂下婚約，搞不好當真了以後還會嘲笑我。

我歪著頭僵硬不動時，藍斯特勞德看向我與韋菲利特。

「妳已經一再展現了自己的價值。不僅擁有能同時操控兩把神具的魔力，還取得了諸多加護，更能推廣新流行、發展對領地有益的新事業。除此之外，還與王族及上位領地皆有往來，甚至有著聖女的盛名……」

儘管如此，明明韋菲利特並不了解今後將成為主要產業的印刷業，卻是他在自稱為下任領主，這並不合理吧──藍斯特勞德露出挑釁的笑容。

「再說了，雖然艾倫菲斯特的整體成績確實有所提升，但也只有妳與妳的近侍實力特別出眾，其他則是差強人意。進行共同研究以後，更能清楚看出領主候補生之間的差距。這是只靠妳的功績，便讓領地排名急速上升的弊病吧。身邊人們完全跟不上妳的腳步。政變前艾倫菲斯特還在最後幾名徘徊，不過是政變後才上升成了中位領地，根本配不上妳。」

為了能保護領主一族，經過波尼法狄斯的嚴格訓鍊，見習騎士們的差距並不大。雖說因為開始壓縮魔力的時間不同，彼此之間還是有些差距，但也都是資質與努力多寡造成的差異。然而，曾在神殿處理過斐迪南交代工作的文官們，以及不管我要做什麼、總能馬上做好準備的侍從們，其能力水準都比韋菲利特與夏綠蒂的近侍要高出許多。

「倘若艾倫菲斯特還依循從前，採用下位領地的那套處事方式，對於不斷創造出新事物的妳來說，應該會覺得處處受限吧？現在雖然單靠妳的力量便提升了排名，但要是其他人無法跟上妳的腳步，那艾倫菲斯特的排名應該要更低才對。能在神殿發掘到妳，奧伯確實慧眼獨具，但自稱下任領主的人卻從未察覺妳具有的價值。長此以往，艾倫菲斯特絕沒有足夠的眼界能讓妳一展長才。」

藍斯特勞德揚起倨傲的笑容，看向韋菲利特與屋內艾倫菲斯特的近侍們。

「假使妳無意成為奧伯，今後只想當第一夫人的話，就來戴肯弗爾格吧。我們領地歷史悠久，經年累月蓄積至今的書本與資料量，在尤根施密特內可是首屈一指。」

……因為領地歷史悠久，累積至今的書本與資料量在尤根施密特內首屈一指？啊啊，聽起來怎麼這麼吸引人！

我一時間受到引誘，決心有些動搖。但是，我拚命穩住自己的身軀，不讓自己往前傾身。必須好好想清楚才行。現在開口邀請我的，可是戴肯弗爾格。他們才不是在邀請我過去看書，從目前為止的經驗來看，肯定又跟迪塔有關。

「……我、我才不去。」

「妳動搖了吧？」

「我、我才沒有動搖呢。再、再說了，我與韋菲利特哥哥大人的婚約還得到了國王准許，不能取消。」

戴肯弗爾格不管說什麼也沒用。我挺起胸膛這麼主張後，藍斯特勞德卻不屑一顧似地擺了擺手。

「只是得到許可罷了，又不是國王的命令。只要奧伯提出請求，希望能夠取消，馬上就能獲准。既然不是與他領訂下婚約，要取消也是易如反掌。」

原來並不是只要有國王的許可就能高枕無憂。他說只要齊爾維斯特提出請求，我與韋菲利特的婚約就能解除。

「戴肯弗爾格也能向奧伯・艾倫菲斯特施壓。至今之所以沒有採取行動，是因為並不覺得妳擁有的價值足以讓我們這麼做。但是，看妳在與我交涉的時候，便有膽量一步也不退讓，相信也能勝任戴肯弗爾格的第一夫人吧。若想推廣妳的知識、製作書籍，戴肯弗爾格更適合妳。來我這裡吧，羅潔梅茵。」

不論是資金、人力、面對新事物的開明姿態，還是對於新技術重要性的認可……藍斯特勞德接連列出戴肯弗爾格的優勢，而每一樣正好都是我需要的。我內心的動搖程度逐漸加劇。

「況且跟艾倫菲斯特那種偏僻鄉野比起來，我們這裡也有更優秀的人才吧。」

……什麼？才沒有人會比我的古騰堡夥伴們更優秀！

反射性在心裡反駁的瞬間，我也馬上恢復冷靜。要是去了戴肯弗爾格，我就再也見不到家人了。更何況我還負責在貴族、商人與工匠之間擔任溝通的橋梁，走了的話就等於拋下這麼重要的工作。不僅如此，斐迪南讓給我的圖書館就在艾倫菲斯特。明明一直珍惜著如此微弱的聯繫，我絕不可能自己主動斬斷。

「……您的提議雖然很吸引人，但請恕我拒絕。」

這種時候，最好當下就果斷回絕。要是回答得支支吾吾，只會被大領地牽著鼻子走。首先必須明確表態。我完全沒有要去戴肯弗爾格的打算。

藍斯特勞德移動棋子後，緩緩撫著下巴。

「我自認為已經開出了很好的條件，妳還是拒絕嗎……」

明明剛才還那麼動搖，究竟是在哪一步失敗了？——聽見這句低語，顯然我心裡的想法幾乎都被他看穿了。

但順利拒絕以後，我也安下心來。就在這時，藍斯特勞德散發出來的氣息忽然為之一變。從貴族特有的從容變得迅猛剽悍，就和面對迪塔時的騎士們一樣。

「……既然被妳拒絕了，那我只能竭盡全力把妳搶過來。」

「藍斯特勞德大人?!」

「哥哥大人，請等一下！」

不顧漢娜蘿蕾的制止，藍斯特勞德的眼神儼然已經鎖定獵物。

「有想要的東西，就該設法得到。而為了達到目的，就要累積力量、鍥而不捨，用盡各種辦法持續挑戰。這便是戴肯弗爾格的精神所在。」

之前聽完克拉麗莎的求婚方式以後，我也發覺戴肯弗爾格的人想要什麼東西時，都會有些不擇手段。但是，由於藍斯特勞德一直以來都說我是冒牌聖女，還形容我陰險狡詐，我從沒想過他會想要娶我。而他現在的蠻橫口吻與姿態，就和當初因為休華茲兩人的事情而僵持不下時一樣，讓我不禁後退一步。

「羅潔梅茵。」

後方傳來韋菲利特的呼喚，我轉過身去。

「……確實如同藍斯特勞德大人所說，我們有很多地方都需要改進，但妳還是想留在艾倫菲斯特嗎？」

韋菲利特一臉局促不安地向我問道。

「那個，在聽完藍斯特勞德大人說的這些話之前，其實我都不太了解妳具有的價值。真要說的話，我常常都是在煩惱要怎麼阻止妳亂來，卻不像戴肯弗爾格與多雷凡赫這樣，會去思考要如何活用與推廣妳的知識。明明我將成為下任領主，應該要懂得活用，而不是一味地制止妳……」

韋菲利特垮下肩膀。

「我因為連續兩年都獲選為優秀者，又能與奧爾特溫互相競爭、成為好朋友，還以為已經可以與上位領地的貴族比肩了。結果共同研究的時候，看到見習文官的實力差了一大截，卻還只是心想對方是上位領地，比不上也很正常，從沒想過要努力追上。」

他說在領內的時候，經常拿自己與我做比較，每次都覺得自己還有進步的空間；但到了貴族院、與其他領主候補生接觸以後，開始產生自信，覺得自己也很優秀。他小聲地說，就是這份自信讓他變得自滿，以為「只要努力到這種程度就足夠了」。

「明明大領地可以馬上吸收妳的優點，我卻一點想法也沒有。自領的產業也因為是從妳的興趣開始發展，我一直都覺得只要交給妳就好了。」

不過，現在是他領的人都說我們領地整體還是下位領地那時的思維，所以總不可能只有韋菲利特一個人已經具備上位領地的眼界。他只能一邊與上位領地的友人往來，一邊慢慢培養適應。

「既然發現了自己並未好好活用，那從現在開始思考就好了吧。我重視的事物都在艾倫菲斯特，所以並沒有離開的打算喔。因為我的蓋朵莉希是艾倫菲斯特。」

「這樣啊。那我身為下任奧伯，得保護妳才行。而且，要是這種時候無法保護好想留在艾倫菲斯特的妳，那我也沒資格當妳的家人吧。」

韋菲利特挺胸說完，藍斯特勞德咧嘴露出不遜的笑容。

「既然你聲稱自己是下任奧伯，那就拿出你的氣魄來，試著守住羅潔梅茵，別讓戴肯弗爾格搶走吧。我要求與你比場迪塔。」

……果然又是迪塔。

「並不只有我想讓羅潔梅茵嫁來戴肯弗爾格當第一夫人，我也已向父母徵得了同意。只要我們贏了，便會使出所有手段，迫使艾倫菲斯特解除婚約。」

身為排名第二的大領地，他們似乎打算以此來向我們大力施壓。齊爾維斯特的胃肯定承受不住。

「如果我不接受比迪塔的要求呢？」

韋菲利特詢問後，藍斯特勞德哼了一聲。

「如果你從一開始就不願接受挑戰，那我只好實行獲勝後打算採取的手段了。」

「也就是說，只要艾倫菲斯特贏了，戴肯弗爾格就會放棄羅潔梅茵吧？」

「迪塔可是神聖的比賽。我向神發誓，輸了的話今後絕不再對她出手。」

儘管戴肯弗爾格既麻煩又霸道，還熱愛迪塔成痴，但誠信這方面倒是值得信賴。只不過，都還沒比迪塔我們就一直單方面受到脅迫，事情也如對方所願地在發展，這讓人很不是滋味。

……藍斯特勞德大人有什麼弱點呢？

他不斷對準我們的弱點進攻，比如齊爾維斯特的負面傳聞、韋菲利特的痛處，以及我對書本的喜愛，現在又逼著我們比迪塔。若不稍微反擊一下，挫挫他的銳氣，我實在嚥不下這口氣。

我環顧整間茶會室。有沒有什麼弱點能阻止藍斯特勞德硬要比迪塔呢？最終，我的目光停在了正後悔自己沒能阻止藍斯特勞德、一臉擔心地望著這邊的漢娜蘿蕾身上。

「既然如此，那艾倫菲斯特獲勝的時候，就讓漢娜蘿蕾大人嫁來當韋菲利特哥哥大人的第二夫人吧。」

「啊?!羅潔梅茵，妳在說什麼啊?!」

「羅潔梅茵大人?!」

韋菲利特與漢娜蘿蕾皆臉色大變。近侍們也嘈雜地議論起來。他們震驚的程度，比藍斯特勞德說他要娶我當第一夫人時還要大一點。贏了。

「如同各位所知，我的身體狀況並不好，所以韋菲利特哥哥大人勢必要迎娶第二夫人。倘若第二夫人能娶到戴肯弗爾格的領主候補生，對艾倫菲斯特來說是再榮幸不過的高攀吧？」

「區區艾倫菲斯特，竟想迎娶戴肯弗爾格的女性領主候補生為第二夫人嗎？妳別胡說八道了！」

藍斯特勞德朝我怒目瞪來，帶有保護意味地站到漢娜蘿蕾面前。看來我的反擊成功，準確找到了他的弱點。

「我是否在胡說八道，請藍斯特勞德大人自行判斷吧。聽到戴肯弗爾格居然不顧婚約已經得到國王許可，還強行要求我們取消，我也是一樣的心情。」

倘若對方是認真的，那我也會認真要求漢娜蘿蕾嫁來艾倫菲斯特。只要戴肯弗爾格現在讓步，聲稱比迪塔只是茶會上的玩笑話，我們也能當作開玩笑就此帶過。

「藍斯特勞德大人，您當真要與我們比迪塔嗎？」

我希望他可以就此罷手。因為若真讓漢娜蘿蕾嫁來艾倫菲斯特當第二夫人，簡直荒唐至極。為了阻止戴肯弗爾格，我們只能接下比迪塔的挑戰，但是他們不同。讓漢娜蘿蕾嫁來中領地當第二夫人這種條件，他必須先與奧伯商量，不可能自己決定。

……漢娜蘿蕾大人，對不起喔。可是，我必須想辦法推掉這場比賽。

大概是明白到了我的提議是為了不比迪塔，韋菲利特也馬上從震驚中恢復過來，轉向藍斯特勞德露出無所畏懼的笑容。

「藍斯特勞德大人，您要靠一場迪塔比賽，就決定重要妹妹的終身大事嗎？在要求比迪塔之前，建議您還是先與奧伯好好商量。要是就這麼答應我們的條件，漢娜蘿蕾大人未免太可憐了。」

「韋菲利特大人……是啊，哥哥大人。請別在茶會上開這種玩笑，隨便決定我與羅潔梅茵大人的未來。羅潔梅茵大人已經訂婚了唷。」

然而，漢娜蘿蕾的勸說似乎沒能動搖藍斯特勞德的決心。

「……我不是在開玩笑。為了戴肯弗爾格將來的利益，我已經決定要得到羅潔梅茵，讓她當我的第一夫人。」

「哥哥大人，這麼重要的事情請您別擅自決定！要是輸了的話我……」

「漢娜蘿蕾，妳要嫁給誰，是由父親大人與我來決定。」

藍斯特勞德鏗鏘有力地打斷後，漢娜蘿蕾微打了個哆嗦，低下頭後退一步。

「艾倫菲斯特，你們打算怎麼做？」

韋菲利特往我瞥來一眼。他看來十分猶豫，不知道是否可以自己下決定。

「羅潔梅茵，妳放心把未來託付給我嗎？」

「如果比迪塔時是以我作為寶物，我們可不會輸喔。」

畢竟關係到自己的未來，我一定全力以赴。我開口推了一把後，韋菲利特再看向茶會室裡的近侍們。

「羅潔梅茵是艾倫菲斯特的寶物，一定要盡全力守住她。大家，助我一臂之力吧！」

「是！」見習騎士們異口同聲回道。韋菲利特彷彿因此得到了力量，仰頭看向藍斯特勞德。

「我接受您的挑戰！我是下任奧伯，絕不輕易把艾倫菲斯特的寶物拱手讓人。」

「說得好。」

迪塔的準備

「請問迪塔要何時進行？總不可能現在就比，兩邊的騎士人數也要一致才行。」

「我知道。我們也要先安排場地。等決定好了要在哪個訓練場，也向擔任裁判的洛飛約好時間，我再通知你們。」

韋菲利特與藍斯特勞德討論起迪塔比賽的細節後，見習騎士們跟著聚集上前。萊歐諾蕾他們也把護衛工作交給還是一年級生、不能參加迪塔的泰奧多，加入討論。

「羅潔梅茵大人，要不要坐下來喝杯茶呢？」

漢娜蘿蕾指向桌子說道，臉上帶著快哭出來的表情。才一會兒的光景，未免發生太多事情了。確實我也需要潤潤喉嚨。我走向桌子後，侍從們立刻重新泡了壺茶。我看著布倫希爾德倒茶時，漢娜蘿蕾一邊留意藍斯特勞德那邊的動靜，一邊輕聲細語道：「柯朵拉，我想與羅潔梅茵大人談談。」

「請。」

柯朵拉很快遞來防止竊聽的魔導具。看來是不想被藍斯特勞德聽見的內容吧。我立即接過握在掌心。

「茶會竟然變成了現在這樣，實在非常抱歉。都怪我力有未逮……」

難得今天的茶會這麼開心，藍斯特勞德卻對韋菲利特說些無禮的話語藉機挑釁。儘管韋菲利特後來恢復了鎮定，他卻接著貶低艾倫菲斯特，還當著未婚夫的面向我求婚。被我拒絕以後，竟然開始施壓，要求比場迪塔。

「杜費羅潔梅茵大人想出了解決辦法，想讓這一切當作沒有發生過，結果還是糟蹋了您一番好意，我真的感到很過意不去。」

「我也只是想讓藍斯特勞德大人放棄比迪塔，結果卻把漢娜蘿蕾大人牽連進來。我才對您感到過意不去。」

「哪裡。好不容易羅潔梅茵大人提出了可以阻止迪塔的條件，是哥哥大人自己不願意就此罷手。」

看著漢娜蘿蕾難過的笑容，我往藍斯特勞德的方向瞪了一眼。

「如果艾倫菲斯特贏了，我打算撤回自己剛才提出的條件喔。因為我本來就只是想阻止藍斯特勞德大人，而且若讓漢娜蘿蕾大人當第二夫人，對您未免太失禮了。」

「……您的心意我非常感激，但透過迪塔決定好的事情，是不能更改的。至少在戴肯弗爾格是這樣。」

「怎麼這麼麻煩……啊不對，是這麼頑固呢……呃……」

我一時間想不出適合的貴族式回應，漢娜蘿蕾只是垮下頭說：「就是說呀。」

「……那漢娜蘿蕾大人想怎麼做呢？」

「您這句話的意思是？」

「如果您已經有心儀的對象，我們可以在獲勝時與戴肯弗爾格協調溝通，讓您能與對方結為連理喔。」

與其真的嫁來艾倫菲斯特當第二夫人，這樣的結果戴肯弗爾格也比較能接受吧。聽到我這麼說，漢娜蘿蕾眨眨眼睛。

「……我的結婚對象會由父母或哥哥大人決定，所以我從未想過要與誰結婚呢。不過，是啊……今天看到羅潔梅茵大人面對哥哥大人的施壓也毫不退縮，堅持自己的決定，我第一次產生了也想要自己做決定的念頭喔。」

「那麼，假使艾倫菲斯特獲勝了，我再請戴肯弗爾格實現您的心願吧。」

「不，我不能再給艾倫菲斯特增添更多負擔了。您的好意我心領了。」

漢娜蘿蕾微笑說道。然而與平常相比，此刻她的笑臉顯得有些陰鬱。

「要是最後真的演變成漢娜蘿蕾大人不得不嫁來艾倫菲斯特，當然我也非常歡迎，也會竭盡所能讓漢娜蘿蕾大人過得幸福喔。請您放心嫁過來吧。」您若嫁來艾倫菲斯特，就能最先看到新書，我也會打造一個愛書同好的樂園——我拚命強調嫁過來的好處後，漢娜蘿蕾咯咯笑了起來。

「羅潔梅茵大人沒有因為這次的事情要與我絕交，這就讓我很高興了。」

戴肯弗爾格確實難纏又棘手，但漢娜蘿蕾仍然是我非常重要的朋友。至少我完全沒打算與她絕交。

「漢娜蘿蕾大人可是我的知心好友！」

「那麼，也容我向知心好友提出一個忠告吧。羅潔梅茵大人多半在想，只要有那面風盾便能獲勝，但其實並非毫無破解之法喔。而且哥哥大人也已經知道了……請您千萬不要輕忽大意。」

漢娜蘿蕾輕聲說完，這天的茶會也就此宣告結束。

「哥哥大人、姊姊大人，我完全聽不明白。為什麼兩位只是去參加茶會，卻演變成了要比場迪塔，輸了的話還得取消婚約呢？」

回到宿舍以後，我們召集所有人來到多功能交誼廳，說明之後將要比場迪塔。夏綠蒂聽完，面色鐵青地這麼問道。雖說這次完全是藍斯特勞德強人所難，但不管我們怎麼說明，夏綠蒂還是無法理解為何會變成這樣。

「……羅潔梅茵，我現在可以明白妳每次惹出麻煩，都不知該怎麼回答的心情了。」

「您能明白真是太好了。那就麻煩哥哥大人向夏綠蒂說明了。」

我面帶微笑這麼表示後，韋菲利特也微微一笑。

「不，這種時候應該由已經習慣的妳來說明吧。」

「哎呀，藍斯特勞德大人不是才提醒過您，不應該什麼事情都交給我嗎？」

我這樣反駁後，把說明的工作交給韋菲利特。

……絕對不是推給他喔。我這麼做也是希望韋菲利特哥哥大人能有成長嘛。

儘管韋菲利特很努力說明，但最終還是忍不住大喊：「再說明下去也沒意義！現在應該先想好對策吧！」夏綠蒂似乎也放棄了聽更多說明。

「雖然我還是不明白為什麼會變成這樣，但接下來先思考對策吧。只要有姊姊大人的舒翠莉婭之盾，想要獲勝並不難吧？」

「關於這點，剛才漢娜蘿蕾大人給過我忠告。她說戴肯弗爾格已經知道有方法可以破解風盾。萊歐諾蕾，那我們還有勝算嗎？」

萊歐諾蕾聽了表情十分僵硬。

「倘若無法使用風盾，那麼取勝的機率非常低。但是，目前還不曉得是否全程都無法使用風盾，因此若從一開始就完全不用，也不是明智之舉。況且，即便不能使用風盾，羅潔梅茵大人還有騎獸。」

萊歐諾蕾說完，勞倫斯一邊點頭，一邊提出自己的想法。

「更重要的是，我認為最大的弱點，是羅潔梅茵大人得花點時間才能變出風盾。換作是我，一定會在迪塔開始的同時就對羅潔梅茵大人發動攻擊。因為就算有方法可以破解，一旦被對方躲進風盾裡頭，還是不好應付。」

變出風盾時，禱詞的詠唱得花不少時間。他說這段時間能否成功守住是重要關鍵。

「那該怎麼防守才好呢？如果可以使用大範圍的魔法，讓敵人心生怯意……像是施展洗淨魔法，讓水像瀑布一樣沖向敵人……」

馬提亞斯冷靜地反駁了我的提議。

「能夠大規模施展洗淨魔法的，也只有羅潔梅茵大人而已。再者，萬一騎士們在一開始便耗盡魔力，之後就無法上場戰鬥了。何況我們是要爭取時間，讓您能變出風盾，所以必須是騎士們有能力做到的事情……」

馬提亞斯的分析非常正確。我「唔」地噘起嘴巴後，黎希達忽然開口。

「大小姐，能容我說句話嗎？雖說大人不該干涉貴族院裡的事情，但總不能眼睜睜看著您被戴肯弗爾格搶走。請容我提供建言。如果是從前在比奪寶迪塔，這時便會換下兩名魔力較少的騎士，並補上兩名魔力較多的上級侍從，這是很有效的一種策略。」

黎希達提議，可以採用從前奪寶迪塔的作戰方式。

「那比迪塔的時候，侍從要負責哪些事情呢？」

「他們要負責為魔導具灌注魔力，以及管理回復藥水。像優蒂特擅長遠距攻擊吧？可以讓魔力較多的侍從跟著她，將注滿魔力的魔導具拿給她使用。比起只有優蒂特一個人，屆時她能使用的魔導具數量便可增至數倍。」

騎士們上場戰鬥時，每個人能帶在身上的回復藥水數量十分有限。但若交由侍從保管，在騎士們喝完了藥水以後，就能把藥水發給他們。

「以前也曾讓能夠施展治癒魔法的侍從，待在己陣裡待命。因為侍從與騎士不同，不會直接上場戰鬥，主要是負責魔力的供給。文官們則負責準備魔導具與回復藥水，但到比賽當天就派不上任何用場了。」

韋菲利特思忖了一會兒後，看向在場的侍從們。

「魔力最多的見習侍從有誰？選出兩人代替騎士上場吧。」

最後是布倫希爾德與韋菲利特的見習侍從伊西多被選上，因為兩人皆是學過魔力壓縮法的上級侍從。

「如果再加上我，三個人能一起施展羅潔梅茵剛才提議的大規模洗淨魔法嗎？這樣一來，不僅騎士們不用消耗魔力就能爭取到時間，我們也能在騎士上場戰鬥的時候讓魔力恢復……」

韋菲利特說完，布倫希爾德像是想起了什麼般轉過身來。

「對了，羅潔梅茵大人。去年的領地對抗戰上，克拉麗莎大人是不是說過她正針對廣域魔法，在研究有輔助效果的魔導具呢？」

「布倫希爾德，說不定能使用這個魔導具喔！但現在當然不方便去問克拉麗莎本人，不如問問當時也在場的哈特姆特與雷蒙特，看他們還記不記得細節吧。」

「但妳當時不是也在場，已經不記得了嗎？」

我默默別開視線。因為那時候我並不怎麼感興趣，甚至還和安潔莉卡一樣，暗暗心想著「大家都在聊些專業又艱深的事情呢」。真是沒面子。

「作戰計畫我打算交由萊歐諾蕾來擬定，麻煩妳想些能活用我魔力的對策吧。」

韋菲利特因為是領主候補生，魔力豐富，能夠使出強大的攻擊。而在領內的時候，他雖然會與騎士們一起訓練，但因為不是騎士，強化團隊合作的訓練很少參加。聽了韋菲利特主動提出的要求，萊歐諾蕾揚起微笑。

「那就麻煩韋菲利特大人負責防守吧。現在已經有羅潔梅茵大人、擅長遠距攻擊的優蒂特與見習侍從們，若再加上魔力豐富的韋菲利特大人，就有更多騎士可以上場發動攻擊。」

「知道了。」韋菲利特回應後，看向我問：「羅潔梅茵，有沒有我能操控的神具？之前討伐䡘拿斯巴法隆的時候，妳也利用神具之一的披風，幫大家製造了可以進攻的機會吧？如果可以像那樣一邊保護你們，一邊施展戴肯弗爾格意想不到的攻擊，說不定可以讓他們亂了陣腳。」

如果可以使用神具，那麼即便韋菲利特無法與騎士們攜手合作，魔力量多的他還是能施展出強大的攻擊吧。我馬上回想神殿裡的神具。

「但若想變出神具，必須奉獻魔力才行。就算現在開始奉獻，也可能無法在迪塔當天就能自由操控神具。與其自己變出來，不如向養父大人提出請求，從神殿裡借來神具吧。我想這是最簡單的方法。因為只要注入魔力就能使用了。」

如果想用思達普變出神具，不只要先奉獻足夠的魔力以取得魔法陣，就連變出神具、維持外形、操控使用，都得消耗相當大量的魔力。但若和我第一次討伐冬之主時一樣，直接使用神殿裡的神具萊登薛夫特之槍，就只有在使用上會消耗魔力而已。

「只不過，這次不能使用萊登薛夫特之槍。因為這個武器雖然適合用來一鼓作氣打倒寶物，但總不能對著漢娜蘿蕾大人發動這麼猛烈的攻擊。萬一長槍刺穿盾牌就糟了。」

「嗯。」

韋菲利特點頭表示同意。攻擊時若想拿捏力道，還是使用熟悉的武器比較順手吧。

「至於舒翠莉婭之盾我已經預計要使用了，而且如果對方真有方法能夠破解，那韋菲利特哥哥大人再變出一面也沒意義。芙琉朵蕾妮之杖則會治癒在場所有的人，所以若在戰場上使用，會不分敵我對每個人都施以治癒。」

「那可不行。」

「然後，黑暗之神的披風最好還是別使用。因為要是被誤以為是黑色武器，可能會給我們帶來麻煩。光之頭冠則是簽訂契約時使用的神具，戰鬥時應該派不上用場吧。而我至今從未使用過的神具，就是埃維里貝之劍了……」

「埃維里貝之劍能做到什麼事情？它和能彈開所有惡意的風盾一樣，也具有什麼特殊效果嗎？」

「它具有的效果對我來說沒什麼用，而且只能在冬天時使用，所以實用性並不高。不過，說不定正好適合這次的比賽呢。現在馬上聯絡艾倫菲斯特，借來神具吧。」

我們立即寫下報告書，說明在戴肯弗爾格的施壓下不得不比場迪塔，以及落敗的話必須要解除婚約等事情，再請他們從神殿送來埃維里貝之劍。順便也補充寫了，請幫忙詢問哈特姆特，關於克拉麗莎的研究是否還記得詳情。

「馬上把這份報告書送回艾倫菲斯特！」

「遵命。」

韋菲利特的侍從衝出去後，羅德里希抬起頭來。

「我根據斐迪南大人的迪塔指導手冊，把能用到的魔導具都寫在了這裡。萊歐諾蕾，希望能在擬訂作戰計畫時有所幫助。」

「謝謝你。」萊歐諾蕾接過後露出微笑，接著向眾人下達指示。「見習文官，請開始製作這份單子上的魔導具與回復藥水。見習騎士，接下來請前往採集場所。除了訓練，也要順便採集原料。」

學生們依著萊歐諾蕾的指示開始行動。這時，馬提亞斯開口說了：

「羅潔梅茵大人，能請您給予我們祝福嗎？若能讓身體習慣您給予的祝福，也許多少可以提高勝算。因為我們靠自己得到祝福的成功機率仍非常低。」

「雖然由我給予祝福，長期來看對大家並不好……」

但事關自己的未來，此刻也顧不得這麼多了，甚至必須不擇手段。而且老實說，我們現在根本不曉得戴肯弗爾格可以獲得多少祝福。因此我還是給予了見習騎士們安格利夫的祝福，然後目送大家離開。韋菲利特也跟著他們出去了。交誼廳裡只留下了最基本的護衛騎士人數，以及夏綠蒂與侍從們。

「……如果可以，真想奪走戴肯弗爾格取得的祝福呢。」

明明我們幾乎無法使用祝福，但戴肯弗爾格的見習騎士們應該已經習慣了取得祝福的狀態，這真是不容小覷的威脅。儘管今天漢娜蘿蕾讓我觸摸了緋亞弗蕾彌雅之杖，但實在不可能看過一次就記住魔法陣。

「嗚嗚，真想進入地下那個書庫。可是，需要王族的許可……而且為了供給魔力，王族現在都很忙吧？不知道人在貴族院的錫爾布蘭德王子會不會下達許可呢？」

「我想恐怕不可能吧。」黎希達回道，但我還是決定拜託看看。試過後還是不行的話，到時再放棄就好了。我這麼心想著送出信件後，卻收到了奧多南茲。

「只去明天上午的話沒問題。那我也通知一下漢娜蘿蕾吧。」

錫爾布蘭德充滿雀躍的愉快嗓音重複了三遍說道。

「……黎希達，明明非常臨時，結果真的得到許可了呢。」

「我還以為王族在時間非常充裕之前，都不會下達許可呢……」

雖然對一臉納悶的黎希達有些過意不去，但好不容易王族下達許可了，我立刻安排好明天要去圖書館。

隔天上午，我興沖沖地前往圖書館。同行的，有能進入地下的上級騎士萊歐諾蕾，以及無法參加迪塔的一年級生泰奧多，最後是黎希達與布倫希爾德。

「公主殿下，來了。」

「公主殿下，好久不見。」

出來迎接我的休華茲與懷斯固然非常可愛，但我不明白他們怎麼又叫我「公主殿下」。我仰頭看向歐丹西雅與索蘭芝。

「歐丹西雅老師，休華茲與懷斯的稱呼方式是不是出錯了呢？」

「好像是前陣子灌注了大家的魔力以後，稱呼方式又改變了。我找亞納索塔瓊斯王子商量過，他只說應該不久後會再變回去吧……」

但現在似乎還沒變回去。歐丹西雅一邊說她因為突然接到錫爾布蘭德的聯繫而大吃一驚，一邊帶我們走進辦公室。辦公室裡錫爾布蘭德已經到了。

「錫爾布蘭德王子，抱歉百忙之中打擾您。還讓您親自過來一趟……」

「因為非常突然，我還嚇了一跳。羅潔梅茵要調查什麼資料呢？」

「等打開書庫後再向您說明。」

與錫爾布蘭德互道寒暄的時候，漢娜蘿蕾也到了。她帶來的近侍也不多，果然一樣正為了迪塔在接受特訓吧。道完寒暄，兩名圖書館員先是說明：「現在因為最終測驗快到了，無法關閉閱覽室。」然後我們在閱覽室內學生們的注目下，進入閉架書庫。

再之後，由歐丹西雅帶領著我們進入地下。和上次一樣打開門扉後，侍從們立即開始準備泡茶。

「羅潔梅茵，現在書庫打開了。請告訴我妳到底要找什麼資料吧。」
「因為戴肯弗爾格與艾倫菲斯特將要比場迪塔，所以我想調查一下有關儀式與神具的資料。」
我說完，漢娜蘿蕾有些促狹地笑了起來。
「羅潔梅茵大人，這件事告訴我沒關係嗎？」
「因為被您知道了也沒關係呀。」
「為什麼要與戴肯弗爾格比迪塔呢？前陣子為了參加儀式，已經有很多領地都與戴肯弗爾格比過迪塔了吧？」
我聳了聳肩。
「因為藍斯特勞德大人向我求婚，才演變成了要比迪塔決勝負。對吧，漢娜蘿蕾大人？」
「嗯、嗯。不說這個了，時間所剩不多。羅潔梅茵大人，快點進去查資料吧。」
漢娜蘿蕾有些焦急地催促道，我便對錫爾布蘭德輕輕揮手致意，然後走向透明牆壁內的書庫。
「漢娜蘿蕾，請向我說明詳細情況。妳不需要查資料吧？」
被錫爾布蘭德叫住後，漢娜蘿蕾一臉驚訝地停下腳步。我看了兩人一眼，旋即踏入書庫。休華茲抬頭往我看來，說了和上次一樣的話。
「公主殿下，祈禱不夠。」
「我知道了。但今天因為時間不夠，我下次再祈禱吧。還有，我想了解能緩和夏天暑氣的緋亞弗蕾彌雅儀式與呼喚春天的儀式，請你幫我找出相關資料。」

這麼拜託休華茲以後，我看著資料，把變出緋亞弗蕾彌雅之杖的方法抄寫下來。同時也調查了哈爾登查爾的喚春儀式要如何做出刻有魔法陣的舞臺，同樣抄寫下來。

「結果被錫爾布蘭德王子知道了我們要比迪塔呢。」

聽見漢娜蘿蕾的聲音，我抬起頭來，發現她正低頭看著我抄寫資料。

「被錫爾布蘭德王子知道有什麼不妥嗎？」

我歪過頭後，漢娜蘿蕾露出苦笑。

「亞納索塔瓊斯王子之前不是才告誡我們，不要做些無謂的舉動嗎？之後一定又會接到王族的傳喚吧。」

「……但這次可不是我們的錯喔。整件事是藍斯特勞德大人引起的，到時候請亞納索塔瓊斯王子罵罵他吧。」

我如此徵求同意後，漢娜蘿蕾臉上卻浮現模稜兩可的笑容。

「是啊。但就算主張這不是我們的錯，大概還是會一起挨罵吧。因為每次哥哥大人做了什麼事情，我總會跟著挨罵。」

漢娜蘿蕾以放棄掙扎的語氣說，並催促我離開書庫。她說第四鐘就要響了。回頭一看，我才發現透明牆壁外的錫爾布蘭德早已不見蹤影。

與漢娜蘿蕾以及歐丹西雅一起鎖上書庫後，我向黎希達詢問錫爾布蘭德的去向。

「剛才好一會兒，他都與布倫希爾德在討論艾倫菲斯特的書本，後來便說自己想起了某件重要的事情。」

行程一向會由侍從管理安排，若真有什麼重要的事情，絕不可能忘記。這種情況下，這是離開所用的藉口。錫爾布蘭德年紀還小，要等這麼長的時間肯定坐不住吧。聽完黎希達的回覆，我理解地點點頭。

回到宿舍以後，我發現哈特姆特竟然親自送來了埃維里貝之劍。聽說齊爾維斯特與芙蘿洛翠亞在看完報告書後，全都扶住額頭，頭痛到了無法動彈的地步。

「想不到哈特姆特會再來貴族院……」

「因為搬運神具是神官長的職責。此外您不是在信上說了，希望我能詳細告訴您克拉麗莎所做的研究嗎？」

「你還記得嗎？」

我眨了眨眼睛，哈特姆特一派理所當然地點頭。

「那當然。當時克拉麗莎還問過我意見，我也幫了點忙，所以記得設計圖。」

「哈特姆特，你太優秀了！真是可靠的近侍！」

我興奮得大聲表揚，哈特姆特便露出開心的微笑說：「能讓羅潔梅茵大人這麼高興是我的榮幸。」但他緊接著斂起表情。

「在比迪塔之前，城堡為我準備了一間客房，讓我每天都能把埃維里貝之劍送來。因此，我也能在宿舍內協助製作魔導具。為了守住羅潔梅茵大人，讓我們全力以赴吧。」

「……但請哈特姆特幫忙製作魔導具，會不會太奸詐了呢？」

我偏著頭表達疑慮後，韋菲利特接過埃維里貝之劍，沒好氣地板起臉孔。

「妳都命人從神殿帶來神具，還拜託了錫爾布蘭德王子，進入書庫抄寫資料，現在還有資格說這種話嗎？總之我們一定要贏。凡事物盡其用吧。」

於是由哈特姆特帶頭，見習文官們毫不間斷地製作戰鬥所需的魔導具。見習騎士們則是反覆地接受戰鬥訓練、採集原料，以及討論作戰方式。見習侍從布倫希爾德與伊西多則是努力壓縮、增加魔力，同時學習做好的魔導具要如何使用。

有時我會與見習騎士一同前往採集區域、給予祝福，有時則練習使用緋亞弗蕾彌雅之杖、取消他們得到的祝福，也會跑到宿舍外面，教韋菲利特怎麼使用埃維里貝之劍。

「為了示範，我先用思達普變出埃維里貝之劍吧。」

我用思達普變出長劍，詠唱生命之神的禱詞。瞬間四周颳起風雪，白色光柱往上竄升，魔力又不知道飛到了哪裡去。

看來為了這次的迪塔，戴肯弗爾格舍與艾倫菲斯特舍都會不斷地出現光柱吧。我默默這麼心想道。

求娶迪塔

「噢噢，羅潔梅茵大人。這一天終於到了。」

到了比迪塔當天，我們前往對方指定的訓練場，只見洛飛正露出了乍看爽朗，實則教人感到窒息的笑容等著我們。能在貴族院比奪寶迪塔，似乎讓他高興得不得了。

「雖然在領內並不少見，但真沒想到如今竟然也會在貴族院內比如此大規模的求娶迪塔。哎啊～看到大家都充滿熱情，真是太美妙了。」

……明明我們都拒絕了卻不肯放棄，更以上位領地之姿施壓，要求比場迪塔，戴肯弗爾格居然還好意思說「大家都充滿熱情，真是太美妙了」……

洛飛接著說明，今天要比的迪塔雖然與奪寶差不多，但確切名稱是叫作求娶迪塔。在戴肯弗爾格，如果男方求婚以後，遭到女方的父母反對，為了能夠迎娶女方，兩家的親戚便會比一場所謂的求娶迪塔。原本男方落敗的話，便是只能就此放棄，並沒有任何賭注；然而這次因為我開了條件，要是戴肯弗爾格輸了，漢娜蘿蕾就要嫁來艾倫菲斯特，所以讓他大吃一驚。畢竟艾倫菲斯特並沒有比迪塔的風俗，要比一場沒有任何好處可拿的迪塔，我才不幹。

……雖然只要輸了，那般糾纏不休的戴肯弗爾格男性就會放棄這一點，確實才是重點啦。

「我非常希望羅潔梅茵大人能嫁來戴肯弗爾格。我一定全力支持妳。」

洛飛笑容滿面地說。但是，真希望他別說得好像我很想比這場迪塔一樣。但我還沒反駁，赫思爾就將洛飛一把推開，然後老大不高興地低頭朝我看來。

「羅潔梅茵大人，我明明要求過妳別打擾我做研究，這又是怎麼一回事？」

赫思爾說她今天必須待在觀眾席，擔任艾倫菲斯特方的裁判；洛飛擔任裁判時，則要騎著騎獸在場內來回飛行。雖然她身為舍監無法拒絕，但偏偏領地對抗戰就要到了，現在正是研究進行得如火如荼的時候，竟然被人從研究室裡拉出來，看得出來她的心情糟糕透頂。

「這次是戴肯弗爾格提出要求，而我們因為領地排名的關係，根本無法拒絕。有怨言請別找我，去對戴肯弗爾格說吧。」

「我已經說過了。」

看來赫思爾也了解情況，但不發幾句牢騷就是不甘心吧。我與韋菲利特異口同聲向她道歉：「對不起。」

「好不容易我現在的研究環境越來越完善了，要是輸了我可會很頭痛。」

這大概是赫思爾式的聲援吧。我只能這麼回答：「……我們會傾盡所能。」

環顧看臺後，我發現戴肯弗爾格與艾倫菲斯特皆是全員出動，所有學生都來到了現場加油。看臺上，幾名戴肯弗爾格的學生手上還拿著大型魔導具。

……那是什麼呢？

我問向和見習騎士們一樣穿著全身鎧甲，只差沒有戴上頭盔的漢娜蘿蕾。

「那個，漢娜蘿蕾大人，為什麼看臺上的人拿著魔導具呢？今天的迪塔應該不准學生從看臺進行干涉吧？」

「因為奧伯想知道比賽情形，那是他下令要學生拿著的，是種可以錄下迪塔比賽的魔導具。對於比賽不會構成任何妨礙，還望您不要介意。」

她說奧伯．戴肯弗爾格本來還想跑來貴族院觀看求娶迪塔，惹得洛飛十分頭痛。最終是藉由使用這個魔導具，才讓他把衝動按捺下來。

「竟然還讓學生們帶著魔導具來觀賽，明明這關係到漢娜蘿蕾大人的終身大事，奧伯．戴肯弗爾格還是堅持要比這場迪塔嗎？」

我本來還懷抱期待，希望奧伯可以阻止藍斯特勞德的擅作主張。聞言，漢娜蘿蕾哀傷地垂下雙眼。

「聽說父親大人只是說了：『既已決定要比迪塔，怎能說取消就取消。無論如何一定要贏！』」

「要是可以取消的話，其實我會非常感激呢……」

明明被當作寶物的我們兩人都不想比這場迪塔，奈何現實不如人願。

「那麼上場吧。」

由洛飛帶頭，見習騎士們紛紛躍上騎獸，飛向底下的比賽場地。與漢娜蘿蕾揮手道別後，我也坐進騎獸。騎獸裡頭還載有裝滿魔導具與回復藥水的箱子。

「哥哥大人、姊姊大人，加油喔。」

夏綠蒂跑到騎獸旁邊來為我們加油打氣，我也看向她身邊的低年級見習騎士們。今天因為所有實力較好的高年級護衛騎士都要上場比迪塔，總讓我十分擔心夏綠蒂的安全。我向留下來保護夏綠蒂的泰奧多吩咐道：

「泰奧多，你要好好保護夏綠蒂喔。拜託你了。」

「請交給我吧。我會在這裡祈求羅潔梅茵大人與姊姊大人能夠得勝。」

轉過身背對在看臺上為我們加油的夏綠蒂一行人，我往艾倫菲斯特的陣地降落。這時，參賽人員要先消除騎獸，在陣地上列隊。確認伊西多與布倫希爾德都把箱子從我的騎獸裡搬出來後，我也消除騎獸加入隊伍。

首先站在最前排的，是魔力豐富的上級至中級見習騎士。馬提亞斯、勞倫斯與托勞戈特皆在其中。第二排則是中級見習騎士，以及負責對全體下達指示的萊歐諾蕾。

排成兩列的見習騎士們後方，是只穿著簡易鎧甲、保護身體局部的兩名侍從。順帶說，我身上穿的也是簡易鎧甲。由於是魔石變成的鎧甲，一點重量也沒有。畢竟若是穿全身鎧甲，在習慣之前都會覺得有東西擋住視野、行動也很不方便。就像用紙箱做成的鎧甲雖然輕盈，但不管做什麼都會卡卡的一樣。我的手腳本來就慢，不能再換上全身鎧甲，導致行動變得更加遲緩。

而伊西多與布倫希爾德之間，是穿著堅固全身鎧甲的韋菲利特。站在隊伍最後面的，則是在這場迪塔中擔任寶物的我，以及保護我的同時也負責遠距攻擊的優蒂特。

……勝敗的關鍵，在於我能不能在比賽一開始就變出舒翠莉婭之盾。

萊歐諾蕾已經下達指示，比賽開始的同時，大家就要詠唱「哥替特」變出盾牌，而我要躲在大家的盾牌後面詠唱禱詞，立下舒翠莉婭之盾。見習騎士們都認為戴肯弗爾格一定會出手妨礙，不讓我把風盾變出來。只不過比賽開始的時候，雙方都還在自己的陣地裡，隔著一段距離，所以他們勢必會採取遠距攻擊。

為此，艾倫菲斯特的見習騎士們必須全員都先變出盾牌，阻擋戴肯弗爾格的攻擊，爭取時間讓我能詠唱禱詞；與此同時，韋菲利特、伊西多與布倫希爾德，再朝著戴肯弗爾格的陣地施展大範圍的洗淨魔法。

伊西多負責在比賽一開始就發動對廣域魔法有輔助效果的魔導具，正神色緊張地摸著腰帶。因為在聽到「比賽開始」之前，既不能變出思達普，也不能拿著魔導具。感覺得出所有人都很緊張。我也回想了大家一起討論的戰略，用力吞下口水。

「雙方上前！」

洛飛朗聲喊道，韋菲利特便將頭盔夾在腋下，往前走去。藍斯特勞德一樣拿著頭盔，從戴肯弗爾格的陣地裡走出。

直到這時，我才觀察起戴肯弗爾格的陣地。只要強化視力，就能清楚看見對方陣地裡的模樣。我發現對面的參賽人員當中，也有人在腳邊放著偌大的箱子。看來他們也帶了大量的魔導具與回復藥水來到場上。由於所有人都穿著全身鎧甲，所以我還以為戴肯弗爾格派上場的都是騎士，但說不定當中也有尚武的侍從。

……代表我們想的都一樣囉？還是對戴肯弗爾格來說，本來求娶迪塔就會做這些準備了？

他們很可能也和我們一樣，領內的人皆提供了協助與建言。

……沒問題嗎？

不安與緊張讓我的身體有些打顫。戴肯弗爾格的人都已經看過迪塔故事了，因此他們也知道斐迪南想出來的一些戰略。如果再有過去曾與斐迪南交手的騎士們提供建言，有可能已經猜到一些我們會採用的戰術。

這次齊爾維斯特不僅出借神具，還每天都把哈特姆特送來貴族院，彷彿在說「絕不能輸」，提供了非常全面的後援支持；戰術上，波尼法狄斯與卡斯泰德也提供給了我們諸多建議。所以，我們絕不能輸。

韋菲利特與藍斯特勞德停下腳步，隔著站在中心的洛飛互相對峙。兩人正瞪著彼此時，洛飛變出思達普來。他們也跟著變出思達普，往前伸出，並且配合洛飛的動作向上舉高。將思達普舉到正上方後，兩人簡短開口。

「讓我們堂堂正正比場迪塔吧。」

「奧伯也已經吩咐我們，無論如何都要守住羅潔梅茵。我們絕不會輸。」

隨後兩人背對轉身，走回自己的陣地。洛飛依舊高舉著思達普。

確認兩人都回到陣地、戴上頭盔，洛飛便讓思達普發出藍色光芒，然後「嗖！」地大力揮下。

「比賽開始！」

「哥替特！」

艾倫菲斯特的見習騎士們旋即變出思達普，一致舉起盾牌。我也同樣先用思達普變出圓盾，站在盾牌後方詠唱禱詞。

「司掌守護的風之女神舒翠莉婭，」

站在我前方的伊西多先是握緊腰間上的魔導具，接著往半空中用力拋出。好幾道魔法陣隨即在上空展開。這是哈特姆特製作的、對廣域魔法有輔助效果的魔導具，只不過原先是克拉麗莎的研究。

「侍其左右的十二眷屬女神啊。」

看見魔法陣在空中展開後，韋菲利特三人立刻高舉起思達普。但就在這個瞬間，馬提亞斯忽然高聲大喊：「戴肯弗爾格丟了什麼東西過來！全員注意！」

「請聆聽吾的祈求，賜予吾聖潔之力，」

下一秒，刺眼的強光照亮艾倫菲斯特的陣地。我因為站在好幾名見習騎士後方，再加上比大家矮了許多，所以光芒幾乎沒照到我身上來，得以繼續詠唱禱詞。但是，站在最前排的見習騎士們似乎一時間全被亮得睜不開眼睛，好像還有人在大喊：「我的眼睛！我看不見了！」

「瓦須恩！」

韋菲利特三人也舉起一隻手臂擋住亮光，同時唸出咒語。總之只要能朝著戴肯弗爾格的陣地釋出水流就好。就算刺眼到看不見前方，一樣可以辦到。

只論魔力量的話，韋菲利特、伊西多與布倫希爾德在艾倫菲斯特舍裡可都是名列前茅。而三人在施展洗淨魔法時，幾乎都是傾盡全力，只見瀑布般的龐大水柱朝著戴肯弗爾格的方向直衝而去。

「嗚哇啊啊啊啊啊！」

「這是怎麼回事?!」

趁著艾倫菲斯特的人睜不開眼睛，戴肯弗爾格有的見習騎士本已變出騎獸，想要發動攻擊；有的則是為了使出全力進行攻擊，正舉起大劍傾注魔力。結果，他們都被水龍般洶湧襲來的水流沖得失去平衡，往後滾了好幾圈。

要是可以直接把漢娜蘿蕾沖出陣地，便能一舉分出勝負。只可惜為了保護寶物，見習騎士們早已舉好盾牌，所以並未將她沖到陣地外。

但三人傾注大量魔力所施展的洗淨魔法雖然強大，效果卻只持續了短短十秒鐘。再加上洗淨魔法只會把範圍內的物品清洗乾淨，過後便消失無蹤，因此也無法讓披風在吸收水分後變得沉重。

被突如其來的大水沖走後，儘管戴肯弗爾格的見習騎士們一時間目瞪口呆，但聽到「快回來！」的指令，更是只花不到十秒的時間便重新整隊。雖然只爭取到了總計大約二十秒的時間，但已經夠我變出舒翠莉婭之盾。

「阻絕一切懷有惡意之人，為吾立下風盾！」

伴隨著「鏘」的清脆聲響，半球形的舒翠莉婭之盾完成了。與此同時，一道黃色光柱也從舒翠莉婭之盾向著天空飛去。

「唔咦?!」

雖說光柱是我們在貴族院舉行儀式時經常發生的現象，但由於之前變出盾牌時從沒出現過，因此我嚇了一大跳，不自覺仰頭看向光柱。這麼說來，平常我都是往戒指注入魔力變出風盾，這還是我第一次先把思達普變成盾牌，再詠唱禱詞。

「……從戴肯弗爾格能取得祝福這點來看，代表使用思達普舉行儀式、詠唱禱詞，都是很重要的步驟囉？」

我仰望著光柱喃喃自語時，萊歐諾蕾一邊指示一時睜不開眼睛的見習騎士們進入風盾，一邊轉向我與優蒂特大喊：

「羅潔梅茵大人，請快點舉行海之儀式！優蒂特，妳負責爭取時間！現在騎士們派不上用場！」

我馬上再變出一把思達普，變成在圖書館查過資料後，對自己進行過特訓的海之女神緋亞弗蕾彌雅之杖。我一邊讓思達普發光，在半空中畫下海之女神緋亞弗蕾彌雅的符號，一邊詠唱「修得列坎布恩」。為了不與芙琉朵蕾妮之杖混淆，需要多一道步驟。

「海之女神緋亞弗蕾彌雅啊。」

緊接著，我邊詠唱剛學會不久的禱詞，邊慢慢開始旋轉法杖，要將戴肯弗爾格為了這場比賽所取得的祝福還給諸神。

在我變出法杖的時候，優蒂特大喊道：「那我出發了！」飛身躍上騎獸。這時，韋菲利特他們正好退到後方，準備喝下回復藥水，優蒂特的騎獸像與三人交接般疾衝而出。

「喝！」

優蒂特拉開彈弓，朝著正在重整態勢的戴肯弗爾格陣地擲去壘球大小的魔導具。

「有什麼東西飛過來了！快打回去！」

「不行！用網子接住吧！」

一名見習騎士暗示魔導具有爆炸的可能，將思達普變作網子，接住了飛去的魔導具。然而，魔導具一碰到網子便爆炸開來，往四周撒下淡紅色的煙霧與細小粉塵。

「呃啊啊啊！我的眼睛！」

「咳咳！噁咳！我的喉嚨……」

「不要吸進去！手腳會發麻！」

本來還在陣地裡重新整隊的見習騎士們全扭著身子倒下，痛苦掙扎。明顯不是可以發動攻擊的狀態。

「真不愧是哈特姆特，對羅潔梅茵大人的敵人毫不留情呢。」

喝完回復藥水、正等著魔力恢復的布倫希爾德用佩服的語氣說。之前哈特姆特曾吩咐見習騎士們，從採集場所採來一種名為楠葛洛辛、有著紅白斑點的果實。他把那種果實搗成粉末後，再製成了具有爆炸效果的魔導具。

聽說粉末若進到眼睛裡會讓人淚流不止，吸進鼻子裡的話則會引發疼痛、讓鼻水流個不停，進到嘴裡的話則會令喉嚨刺痛，甚至有的人還會發燒、手腳發麻。哈特姆特說過，只要施展洗淨魔法進行沖洗，眼睛的不適馬上就能消除，而且不適的感覺也不會持續太久。只不過，跟只是釋出刺眼強光的戴肯弗爾格比起來，艾倫菲斯特使用的魔導具還是可以說陰險到了極點。

「唔！早在兩年前那時候，你們就該知道羅潔梅茵慣會使些卑鄙又惡毒的伎倆，讓人難以相信她是聖女！不要退縮！快施展洗淨魔法洗掉這些粉塵。」

……但其實想出這個方法的不是我，是哈特姆特啦。

這麼心想的同時，我也往強化身體的魔導具灌注魔力，大力揮起緋亞弗蕾彌雅之杖。旋轉起法杖後，慢慢可以聽見「嘩啦、嘩啦」的海浪聲。與此同時，戴肯弗爾格見習騎士們身上的祝福開始被吸走。

我要強行取消他們的祝福。只見身體都已習慣了祝福的見習騎士們一個個往前踉蹌。藉著取消祝福，還可以讓他們原本熊熊燃燒的鬥志冷卻下來，心情變得平靜。若想恢復到熱血沸騰的狀態，想必又要再花點時間吧。

「明明迪塔比賽還沒結束，妳這是在做什麼?!」

戴肯弗爾格的陣地傳來了藍斯特勞德的怒吼。但是，這本來就是消除暑氣用的一種儀式，並不是非得在比賽結束後才能舉行。

……不過，一般也不會選在隆冬的時候舉行啦。

「為賜予吾等祝福的諸神，連同感謝的敬禱之意獻上魔力。」

詠唱完禱詞，我朝著天空高舉起緋亞弗蕾彌雅之杖。光柱「咚」的一聲竄起，從眾人身上奪走的祝福也朝著天空一同飛去。都還沒開始發動攻擊，祝福就被奪走，見習騎士們全都呆若木雞。但是這樣一來，應該可以稍微讓雙方的戰力不相上下吧。

在戴肯弗爾格的見習騎士們重新做好戰鬥準備時，艾倫菲斯特的見習騎士們似乎也恢復了視力。大家都坐上騎獸，準備應付接下來的戰鬥。

「雖說羅潔梅茵大人已經幫忙消除了祝福，但大家還是不能鬆懈大意。戴肯弗爾格那邊還有勞爾塔克。托勞戈特、勞倫斯，你們兩人一定要去阻擋勞爾塔克，知道了嗎？」

萊歐諾蕾下達指示後，勞倫斯與托勞戈特齊聲應道：「是！」兩人的近身戰實力在艾倫菲斯特內可說是數一數二，想不到敵營裡還有個人得兩人合力才能抵擋。

跟兩三下就被打得落花流水的兩年前比起來，現在艾倫菲斯特的見習騎士們都懂得如何同心協力，魔力也變多、變得更強了。但即便是這樣，戴肯弗爾格似乎仍是完全不同等級的強大。馬提亞斯還曾說：「因為他們近來為了能在儀式上取得祝福，甚至比以前更頻繁地比迪塔。」

若用日本將棋來比喻兩邊的戰力，人數不多的艾倫菲斯特就好比是普通的開局，棋子裡面混雜著步兵，而人數眾多的戴肯弗爾格卻是游刃有餘，選出的都是步兵以外的棋子。不僅如此，那個勞爾塔克還得由托勞戈特與勞倫斯兩人合力才能阻攔，簡直就像飛車在一開始便翻面升級成了龍王一樣，代表他的實力與其他人有很大的差距吧。

「願英勇之神安格利夫賜予艾倫菲斯特的所有人祝福。」

為了讓雙方多少能戰得勢均力敵，我往戒指注入魔力，給予大家安格利夫的祝福。

但由於接連舉行儀式的關係，我的魔力也消耗到了不得不恢復的地步。

……等一下韋菲利特哥哥大人將使用埃維里貝之劍，為了維持住風盾，我也需要大量的魔力吧。

之前我們做了許多測試，發現只要有人在附近使用埃維里貝之劍，舒翠莉婭之盾的強度就會減弱。根據神話，似乎是因為埃維里貝之劍的力量就是比舒翠莉婭之盾要強。所以我在猜想，如果戴肯弗爾格真有辦法對付風盾，可能就是類似的方法吧。

「羅潔梅茵大人，請您坐進騎獸，待在裡頭專心恢復魔力。韋菲利特大人，請等候通知，一有需要便馬上準備好埃維里貝之劍。布倫希爾德、伊西多，你們兩人要一邊留意魔力殘量，一邊輪流將注有魔力的魔導具交給優蒂特。」

萊歐諾蕾與馬提亞斯說了，若想讓雙方多少可以戰得平分秋色，優蒂特是不可或缺的重要存在。

「娜塔莉、亞歷克斯，麻煩你們幫忙留意，讓勞倫斯與托勞戈特能專心應付勞爾塔克。馬提亞斯，上面就麻煩你了。」

「是！」

萊歐諾蕾下達完指示後，見習騎士們一個個飛出陣地。眼看艾倫菲斯特有了行動，戴肯弗爾格也開始動作。

「就算祝福被消除了，戴肯弗爾格也不可能輸！勞爾塔克，上吧！擊潰艾倫菲斯特！」

「是！」

戴肯弗爾格的見習騎士們坐上騎獸，紛紛往外衝出。接下來就是騎士之間的戰鬥了。我一邊觀察戰況，一邊坐在小熊貓巴士裡喝著好心版回復藥水。

目前戰況的發展，正按著萊歐諾蕾他們的計畫。優蒂特擲出魔導具後，我們成功地讓戴肯弗爾格留下防守的人比艾倫菲斯特還多，進攻人數也因此減少。但即便是這樣，對方派上場的每一個人都與艾倫菲斯特的上級騎士差不多強。若想與戴肯弗爾格對抗，只怕要咬牙苦撐。

……嗚哇，好快。

明明我消除了他們的祝福，但戴肯弗爾格見習騎士們的動作，似乎還是比艾倫菲斯特的見習騎士們要快一些。

「不過是沒有了祝福，別以為劍技就跟著變弱了！」

勞爾塔克揮劍砍來，只見勞倫斯正竭力擋下攻擊。

「明明你剛才還正面接下了優蒂特的魔導具，結果鼻水直流，別說大話了。」

「住、住口！剛才你們不也被我們的魔導具亮得睜不開眼睛、動彈不得嗎！」

空中的戰鬥就從互相挑釁開始。

「能不能壓制住勞爾塔克是勝負的關鍵，氣勢上可不能輸了。」

如今我已經變出舒翠莉婭之盾，也成功消除了戴肯弗爾格取得的祝福，接下來能否壓制住敵人中實力最為強大的勞爾塔克，是我們的第二道難關。馬提亞斯說過，趁著比賽才剛開始，戴肯弗爾格加派人手留守在陣地內時，能夠削弱多少戰力會是艾倫菲斯特能否得勝的關鍵。

「喝啊啊啊！」

這時托勞戈特發出了洪亮有力的大喊，往劍注入魔力，朝著勞爾塔克奮力揮去。劍刃的碰撞聲不斷響起，由此可知兩人的交手之激烈。勞倫斯則在一旁來回飛行，似乎是主要負責輔助。

「氣勢雖然不錯，但不知道能撐到什麼時候。」

儘管托勞戈特與勞倫斯接連發動攻擊，勞爾塔克卻擋得毫不費力，顯得游刃有餘。

「……托勞戈特好像從一開始就卯足全力，這樣沒問題嗎？」

總之就是攻擊、攻擊再攻擊，完全沒在留意周遭情況。看到托勞戈特彷彿毫無成長的模樣，我在心裡冷汗直流。但是，萊歐諾蕾卻露出了笑容要我放心。

「這是因為勞爾塔克是必須使出全力才能壓制住的對象，而且托勞戈特最近也懂得傾聽別人的意見了。此外，托勞戈特的力道若有減弱的跡象，便會由馬提亞斯接手，請您放心吧。」

心思敏捷的馬提亞斯正不斷向騎士們下達指示，同時也以弓箭提供掩護。而他似乎還得時時留意勞爾塔克這邊的情況，以便隨時能與托勞戈特或勞倫斯接手。

「我也會一邊下達指示，一邊掩護大家。優蒂特，麻煩妳繼續攻擊敵陣。」

觀察著戰況的萊歐諾蕾說完，便跳上騎獸飛出舒翠莉婭之盾。我從小熊貓巴士往外探出身子，仰望上空，但空中的騎獸們速度太快，我根本看不清楚。

……到底誰是誰呢？

空中的騎士們會不停變換位置，武器的碰撞聲也接連傳來，但由於大家都戴著頭盔，實在無法看出誰是誰。我頂多分辨得出經常待在上方環顧四周、下達指示的人是馬提亞斯，以及合力在對付一名敵人的是勞倫斯與托勞戈特。

大概是因為中央騎士團已經在王族面前確認過風盾的強度，沒有半個人試著朝舒翠莉婭之盾發動攻擊。他們似乎打算等一下再設法攻破，現在完全是不加理會。

「優蒂特，接下來是這個。」

伊西多往哈特姆特製作的魔導具灌注魔力後，遞給優蒂特。優蒂特躍上騎獸，很快飛到舒翠莉婭之盾外，用彈弓朝著敵陣射出魔導具。

「喝！」

發射完後，優蒂特立刻回到風盾裡來，同時敵陣那邊也傳來了爆炸聲與咆哮。哈特姆特的魔導具似乎發揮了相當大的威力。

「但話說回來，哈特姆特居然可以做出這麼多魔導具呢。」

我坐在單人座的小熊貓巴士裡頭，探頭看向塞滿了魔導具的箱子說。正在恢復魔力的布倫希爾德輕聲笑了起來。

「之前見習文官們可是一步也無法離開調合室喔。」

哈特姆特製作的魔導具五花八門，根據造成損傷的程度還分成了三個等級。

首先是低階魔導具。就和戴肯弗爾格剛才丟來的魔導具一樣，只會釋放出讓人睜不開眼睛的強光，或是製造爆炸般的巨大聲響。另外也有會散發惡臭、或撒出噁心蟲子的魔導具。不過，這些都不會對肉體造成什麼損傷，頂多使得附近的人暫時看不見或聽不見，或是要花點時間消滅蟲子而已。

再來是中階魔導具。比如比賽最一開始擲出的，那種會讓人淚水與鼻水流個不停的魔導具，有的還會添加粉末狀的麻藥或安眠藥。雖然會對肉體造成損傷，但因為基本上都是粉末，只要習慣了類似攻擊，馬上就能以洗淨魔法清除。要是沒能馬上洗掉，甚至徹底吸進體內或吞進肚子裡的話，感到不適的時間就會比較久一點。

最後是高階魔導具。據說參考了斐迪南留下的資料，都是在執行冷血計畫時常用的、具有較高殺傷力的炸彈型魔導具。有的魔導具甚至會在爆炸後射出碎石子，或像煙火一樣分成好幾個階段爆炸。萬一手裡沒有盾牌，下場可能會有些悽慘。

由於伊西多都是一拿出低階或中階的魔導具就直接遞給優蒂特，因此我都是等到爆炸後才知道他丟出去的是什麼魔導具。戴肯弗爾格的陣地也因為不曉得會有什麼東西飛過來，看得出每個人都膽戰心驚地舉著盾牌。

……目前看來，對陣地展開的攻擊似乎沒有問題。

我才剛這麼判斷，韋菲利特的護衛騎士亞歷克斯忽然騎著騎獸，以迅雷不及掩耳之姿衝進舒翠莉婭之盾。

「還請幫我治癒！」

亞歷克斯滾也似的從騎獸上跳下來，按著手臂往後回頭。我跟著他的目光看去，才發現有名戴肯弗爾格的見習騎士正舉著劍緊追在後，但馬上被風盾颳起的狂風吹走。被風盾彈開失去平衡後，戴肯弗爾格的見習騎士似乎很清楚自己進不來，立刻重新穩住身子，飛往戰場的方向。確認追兵離開，自己在風盾裡很安全後，亞歷克斯如釋重負地吐了口氣，脫下頭盔。

「跟今年剛開始上課時相比，戴肯弗爾格現在的實力又更強了。每個人的戰鬥能力都有所提升，防線恐怕會比預期要快被攻破。」

「你說什麼?!」

亞歷克斯說他本以為靠自己一個人就能壓制剛才那名騎士，結果卻打不過對方。現在因為有萊歐諾蕾與馬提亞斯幫忙掩護，隊形勉強還能維持，但感覺已經撐不了多久。

聽完他的報告，身為主人的韋菲利特猛地抬起頭，觀察上方的戰況。我也跟著往上看去。艾倫菲斯特的動作確實慢慢變得有些吃力。

「我聽說戴肯弗爾格為了能在儀式上取得祝福，在宿舍裡頭比了好幾次迪塔。大概是今年的訓練時間與認真程度，完全是往年無法相比的吧。」

「……可是，艾倫菲斯特也很認真在訓練啊。」

亞歷克斯語帶不甘地說，我於是回他：「這就代表對方訓練得比我們更認真。」其實，一眼就能看出他們訓練的次數與認真程度遠遠高於我們。畢竟相較於艾倫菲斯特的見習騎士們還無法靠自己得到祝福，如今戴肯弗爾格早已可以藉由舉行儀式，穩定地取得祝福了。

「再加上戴肯弗爾格那邊多是上級騎士，艾倫菲斯特這邊則多是中級騎士。再怎麼努力壓縮魔力，魔力量也必然會有差距。」

魔力壓縮基本上全憑個人的努力。即便我把有好幾個階段的壓縮方法教給大家，但魔力量能否增加，也要看本人是否足夠努力。戴肯弗爾格又經常在比迪塔，而且是依個人能力來決定能否出席領地對抗戰。儘管在波尼法狄斯的加強訓練下，艾倫菲斯特的整體戰力有所提升，但跟戴肯弗爾格相比，每個人努力的程度還是截然不同。

「亞歷克斯，我為你施展治癒。希望你能快點回到場上。」

我把戴有戒指的那隻手伸到車窗外，要亞歷克斯往我靠過來，然後為他施展洛古蘇梅爾的治癒。綠光治癒好了傷口後，亞歷克斯接著一口喝完回復藥水，再拿了一瓶新的回復藥水掛在腰帶上。

「我被擊中了！」

這時換娜塔莉衝了進來。亞歷克斯神色一凜，將喝完的藥水瓶交給布倫希爾德後，戴上頭盔跳上騎獸，像要接手娜塔莉的位置般往外飛去。

「娜塔莉，妳過來這裡。我為妳施展洛古蘇梅爾的治癒。」

「羅潔梅茵大人，感激不盡。」

為娜塔莉施展了治癒後，接著換兩名見習騎士衝進風盾裡來。明明我們已經設法讓戴肯弗爾格多派人手在防守上，進而讓我們在進攻的人數上占有優勢，結果回來恢復魔力的人卻慢慢變多。回到風盾裡來的人一變多，戰場上雙方的人數便變得不相上下，情勢馬上變得對艾倫菲斯特不利。

「現在戰況如何了呢？」

「並不樂觀。現在馬提亞斯正代替我，萊歐諾蕾則是代替他上場戰鬥。」

我看向戰場，發現情況似乎已經演變成了負責下指示的兩人得上場戰鬥。

……馬提亞斯不是負責與托勞戈特或勞倫斯接手的人員嗎?!

我急忙尋找起正合力抵擋一名戴肯弗爾格見習騎士的兩道人影。只見剛開始還卯足全力發動攻擊的托勞戈特，這時的動作已經變得有些遲鈍，換成勞倫斯在前，由他負責在旁輔助。

「托勞戈特，你先回去恢復魔力！」

勞倫斯的大吼聲從上空傳來，接著只聽見托勞戈特這麼吼回去：

「不行！我和你兩個人接到的指令是壓制勞爾塔克。必須等到有人過來接手，或是接到新的指令，否則不能離開這裡。撐住！」

原來托勞戈特並不是因為自己想要與人交手，而是在觀察過戰況後，判定自己不能離開。這番話讓人感受到了他的成長。「好！」我聽見勞倫斯這麼應道。

兩人的團隊合作目前看來還算順利，但如果馬提亞斯一直在有人受傷後幫忙填補空缺，就無法去替補托勞戈特的位置。兩人的疲憊一旦到了極限，便沒有人能夠壓制勞爾塔克。

……大家原本擬定的作戰計畫開始慢慢失效了。

不僅隊形漸漸無法維持，我也因為在恢復魔力的同時接連施展治癒，導致魔力並沒有完全恢復。

……這下真是糟糕。

但是，現在讓見習騎士能回場上戰鬥更為重要。儘管感覺得出我們正慢慢被戴肯弗爾格逼得處於劣勢，但我還是持續為回到風盾裡來的見習騎士們施以治癒。就在這時，藍斯特勞德大喊道：

「他們的隊形瓦解了！趁現在一鼓作氣擊垮艾倫菲斯特！」

多半認為現在就是制勝的機會，戴肯弗爾格減少留守在陣地內的人數，轉為發動攻擊。然而，艾倫菲斯特目前場上的見習騎士人數僅僅勉強足夠，絕不可能抵擋得了。

「羅潔梅茵，我可以動手了嗎？」

韋菲利特的深綠色雙眼看向放有埃維里貝之劍的箱子。

「現在必須先讓所有人都徹底恢復，然後重新整隊。我來爭取時間。」

「韋菲利特哥哥大人，我們會盡全力掩護您，請千萬不能讓儀式中斷。」

「嗯。」

眼角餘光中只見韋菲利特伸手拿起了埃維里貝之劍，我再看向風盾裡的眾人。

「布倫希爾德，妳跟著優蒂特，讓她連續兩、三次投擲高階的魔導具。剛才我們一直是投擲低階與中階的魔導具，所以戴肯弗爾格現在一定已經放鬆警戒，想必能對他們造成不小的傷害。說不定能讓他們有不少人得回去防守和治療傷口。」

「遵命。」

布倫希爾德拿出了高階的魔導具遞給優蒂特。優蒂特神色緊張地接過後，騎著騎獸往外飛出。

「喝！」

先前一直守著陣地的見習騎士們才剛飛離己陣，優蒂特便往防守變得薄弱的敵陣射去魔導具。

剛才投擲的魔導具，都只會製造聲響、發出強光或是釋放粉末，然而這次不一樣。魔導具飛過去後，伴隨著「咚！」的滔天巨響爆炸開來，緊接著竄起濃煙與火焰，隨後更傳來漢娜蘿蕾的尖叫聲。不只剛飛離陣地的見習騎士們，連在場上朝著艾倫菲斯特進逼的見習騎士們也慌忙回頭。

「傷害跟之前的完全不同！回來！下一波攻擊要來了！」

發現優蒂特射來了第二個魔導具，見習騎士連忙大聲提醒，陣地裡的人們則是舉起盾牌採取防禦。魔導具一爆炸，無數碎石便往外飛散。

敵陣頓時尖叫聲四起。而面對規模與剛才截然不同的爆炸，戴肯弗爾格見習騎士們的動作都出現遲疑。見狀，韋菲利特拿著埃維里貝之劍離開舒翠莉婭之盾。因為若在風盾裡頭發動神具，舒翠莉婭之盾就會消失。

「回復狀態的騎士請所有人都去保護韋菲利特哥哥大人。要全力掩護哥哥大人，不能讓儀式中斷。」

「是！」

埃維里貝之劍雖然已經盈滿魔力，但就像萊登薛夫特之槍需要超過容量上限的魔力才會迸放藍色閃光一樣，埃維里貝之劍若想發揮出神具該有的威力，也需要傾注超過容量極限的魔力。

「伊西多，準備好回復藥水。」

「已經準備好了。」

由於使用埃維里貝之劍會耗掉所有魔力，過後整個人將動彈不得，需要有人負責把韋菲利特帶回來。而這是韋菲利特的同性侍從伊西多的職責，不能交給布倫希爾德。

「那邊好像要做什麼！快阻止他！」

「休想得逞！」

韋菲利特開始往埃維里貝之劍傾注魔力。騎士們為了保護他，不斷撒出網子、投擲哈特姆特做的魔導具，牽制接連逼近的敵人。

漸漸地，韋菲利特手中的埃維里貝之劍開始出現變化。由白色魔石打造而成的刀身逐漸綻放白色光芒，環繞起冷冽的空氣。他接著繼續灌注魔力後，裊裊升起的冷冽空氣變得更是濃密，進一步變作冰雪。

「司掌再生與死亡的生命之神埃維里貝，侍其左右的十二眷屬神啊。」

韋菲利特輕輕閉上雙眼，詠唱起祈禱文。他舉起劍柄握在胸前，劍尖朝著天空聳立。聽見韋菲利特口中唸出神的名字，戴肯弗爾格的見習騎士們皆臉色丕變，動作一致地發動猛攻。

「別讓他把禱詞唸完！快阻止他！」

發現上一秒還在與自己交手的見習騎士突然掉頭轉身，艾倫菲斯特的見習騎士們皆一臉錯愕，但也拚了命追上。

「守住！別讓他們靠近半步！」

緊接著戴肯弗爾格的見習騎士朝著韋菲利特射出箭矢，試圖中斷祈禱。儘管周遭的見習騎士們已經盡力打落，但還是有一、兩支箭矢飛向了韋菲利特。只不過，那些箭矢全被斐迪南的護身符彈開，更向射箭的人回以魔力攻擊。

「請聆聽吾的祈求，賜予吾聖潔之力，使吾擁有力量得以守護蓋朵莉希，不讓任何人能奪走。」

只見以韋菲利特為中心，開始颳起夾帶了冰雪的暴風。感受到埃維里貝的力量，戴肯弗爾格的見習騎士們都警戒著即將發生的事情，稍微拉開距離。

「不屈的意志奉獻予祢，讚美祢至高無上的真情，懇請賜予祢不撓的守護。使敵人勿近，賜予吾力量。」

韋菲利特倏地張大雙眼，將劍舉高。

「艾倫菲斯特，回來！」

艾倫菲斯特的見習騎士都知道接下來會發生什麼事情，立即回到舒翠莉婭之盾內。我則是傾注魔力，稍微將風盾變大，但漸漸地就連維持也感到吃力。因為舒翠莉婭之盾與

埃維里貝之劍不能同時使用。一旦有人在附近使用埃維里貝之劍，要維持風盾會非常消耗魔力。

「喝啊啊啊啊啊——！」

韋菲利特發出吶喊，橫向揮下埃維里貝之劍。下個瞬間，場上出現了約莫二十隻由冰雪形成的冬之主眷屬。眷屬們立即撲向敵陣以及戴肯弗爾格的見習騎士。這種眷屬的強度會依術者的魔力而定；而這招更是只要使用一次，就會帶走術者的所有魔力。

「嗚哇?!這些是什麼東西?!」

「快打倒！不要退縮！這些是魔獸！」

冬之主的眷屬們從劍裡飛出後，韋菲利特便無力地當場癱坐下來。在風盾邊緣待命的伊西多立刻將他拉進來，讓他喝下好心版的回復藥水。

「稍微……爭取到時間了嗎？」

「是的。多虧了韋菲利特哥哥大人，現在大家都有時間恢復狀態了。優蒂特，等妳恢復後請馬上做準備。我們要接著攻擊。」

打倒冬之眷屬後，戴肯弗爾格也要回到陣地裡恢復魔力吧。這正是我的目標。

「趁著他們在恢復的時候，要接連把威力最強大的魔導具丟過去。最好是可以毀掉回復藥水的那種魔導具。」

現在戴肯弗爾格的回復藥水都放在箱子裡，由穿著全身鎧甲的騎士牢牢看守著，但一旦需要使用回復藥水的人變多，就非得打開不可。我希望能往那裡丟去魔導具，破壞掉回復藥水。

「接下來的目標是回復藥水嗎？雖然我在叔父大人的資料上也看到過，截斷回復藥水與補給有多麼重要……」韋菲利特將用布包起的埃維里貝之劍放回箱子裡，嘀咕道：「雖然我很清楚、也知道這是必須採取的手段，但也難怪他們說我們惡毒吧。」

「是啊。因為跟戴肯弗爾格相比，艾倫菲斯特的攻擊力明顯較弱。如果他們的寶物是魔獸的話，還可以一鼓作氣擊倒，但偏偏寶物是漢娜蘿蕾大人。把戰鬥時間拉長、慢慢削弱他們的戰力，會是最妥當的做法吧。為此不能讓他們喝下回復藥水。」

去年斐迪南與海斯赫崔比迪塔時，漢娜蘿蕾身為寶物，自始至終從未自己踏出陣地。如果不接近到能用思達普光帶將她綑起的地步，再強行把她拉出來，恐怕她不會自己離開陣地吧。

「剩沒幾隻了！快點打倒。」

「大家輪流回來恢復魔力！」

畢竟是僅靠韋菲利特一人的魔力變出來的魔獸，戴肯弗爾格只要派出所有人進行討伐，頂多花點時間，並不會太難應付。他們一邊消滅冬之眷屬，一邊開始恢復。

「優蒂特！」

接過布倫希爾德遞出的魔導具後，萊歐諾蕾與優蒂特兩人飛到盾外，接連投出高階魔導具。隨後敵陣傳來爆炸聲響，正在恢復的人更是發出慘叫。

「嗚哇啊啊啊！我的回復藥水！」

「還有完好的藥水嗎?!」

「下一波攻擊來了！舉盾防衛！」

「先把蓋子關起來！」

戴肯弗爾格的陣地頓時陷入一團混亂。藍斯特勞德怒聲咆哮：

「羅潔梅茵，妳這也太狠毒了！簡直卑鄙又惡質！妳這樣還是聖女嗎?!」

首先我從沒自稱是聖女，況且根據斐迪南的指導手冊，是他們自己不應該鬆懈大意。所以要怪就怪戴肯弗爾格自己太大意了，以及寫下這種指導手冊的斐迪南。

……總而言之，這些全不能怪我。

「打下那個發射魔導具的射手。徹底打垮她，讓她再也丟不了任何東西。」

由於目前為止，優蒂特都只是稍微飛出風盾，然後丟些不會對肉體造成太大損傷的魔導具，所以戴肯弗爾格都優先應付攻擊力更高的見習騎士們。然而，倘若丟出的魔導具會造成巨大傷害的話，情況就另當別論了吧。

「那個射手在發射魔導具的時候，一定會離開風盾。想必是因為會被舒翠莉婭之盾判定成是攻擊行為。發射時她一定會跑出來，不要錯過那個瞬間！」

「是！」

聽到藍斯特勞德的指示，優蒂特嚇得身體一震。整場比賽，藍斯特勞德並未親自上場戰鬥，只是待在陣地裡觀察戰況。大概是因為這樣，他觀察得非常仔細，而且說得完全沒錯。

「還有，也瞄準羅潔梅茵發動攻擊。」藍斯特勞德接著再說道：「她從一開始就接連舉行儀式，之後又一直維持著風盾，還在見習騎士休息的時候不停為他們施展治癒魔法，魔力想必沒有恢復多少。別給她恢復的機會，所有人一鼓作氣發動攻擊，攻破那面風盾吧。我再使用那樣東西。」

奉獻儀式那時候，在承受了中央騎士團的大量攻擊以後，我也在儀式前喝過藥水恢復魔力。藍斯特勞德邊說邊舉了這件事當例子。

「羅潔梅茵大人，他說的是真的嗎？」

萊歐諾蕾問道，我點了點頭。比賽開始不久我便接連舉行儀式，又在魔力完全恢復之前一直施展治癒，後來更為了維持住風盾、不被埃維里貝之劍影響，消耗了非常大量的魔力。而且，我因為心想著先等大家能上場攻擊再說，所以剛才都忙著施展治癒，並未優先讓自己恢復魔力。

「我還有魔力可以維持住風盾與騎獸，所以只要攻擊我的人不多，應該還撐得住。但萬一戴肯弗爾格全員對我發動攻擊，情況可能就不妙了。」

先前中央騎士團在測試風盾強度的時候，也消耗掉了我不少魔力。看了戴肯弗爾格今天的表現，縱然對象只是見習騎士，恐怕也不能小覷。

「有羅潔梅茵大人的魔力，情況竟然還會不妙……」

風盾裡頭的見習騎士們霎時一臉不安。發現絕對安全的地帶有可能消失，我能理解大家會感到不安，但戴肯弗爾格可是沒有舒翠莉婭之盾，而是每個人都靠自己的盾牌在防守而已。

「不用露出這種表情，大家一起努力減少敵人的數量就好了。」

韋菲利特站起來說。

「我和你們都接受了羅潔梅茵的治癒，已經恢復到原本狀態了吧？大家一起保護羅潔梅茵，爭取時間讓她能恢復魔力就好了。這件事並不難，對吧？」

「是！」

明明剛才轉眼間就居於劣勢，防線還被攻破，大家心裡都知道要減少戴肯弗爾格的見習騎士人數並不容易吧。但是，見習騎士們全精神抖擻，彷彿這件事一點也不難。

「守住艾倫菲斯特的聖女！別讓他們靠近舒翠莉婭之盾！」

絕不能讓似乎有對策能攻破舒翠莉婭之盾的戴肯弗爾格靠近一步——艾倫菲斯特的見習騎士們都各自拿了魔導具，朝著盾外飛去。

最後還留在風盾裡的，只剩下我、優蒂特、伊西多與布倫希爾德四個人。「這種時候，領主候補生應該一馬當先。」韋菲利特也這麼說著，拿了魔導具便離開。想要站在最前方領導眾人這一點，我覺得是遺傳到了齊爾維斯特。

「羅潔梅茵大人，我們一定會保護您。」

每個人在離開舒翠莉婭之盾前都這麼說著。看著大家可靠的背影，我伸手摸向腰間，輕按著裝有超難喝回復藥水的藥水瓶。

……怎麼辦？雖然我很想恢復魔力……

有了魔力就能做到更多事情，至少可以比較安心。可是，我已經喝過好心版回復藥水了。而且藥效現在還沒完全消退，若再喝下超難喝回復藥水的話太危險了。那樣子會攝取過量。從黎希達與哈特姆特都在嚴格管控藥水用量就能知道，藥水並不是需要魔力就能狂喝猛灌的東西。

……要是擅自飲用過量，斐迪南大人一定會把我臭罵一頓吧。

但為了維持住騎獸與風盾，現在我一直在使用魔力，而且按藥效的恢復速度，不見得能夠完全擋下戴肯弗爾格的攻擊。考慮到魔力殘量與恢復速度，儘管我很想喝下超難喝回復藥水，卻又擔心魔力再次增加過多，會像奉獻儀式時那樣面臨麻煩。

……就當作最後的手段吧。

況且，也不知道他們破解風盾的計策是否真的有效。先看戴肯弗爾格怎麼出招再決定吧。我輕輕移開指尖，往風盾外側看去。激烈的交戰正要展開。

「衝啊——！擊敗他們！」

「絕不能讓他們靠近半步！」

眾多騎獸從兩邊的陣地同時飛出，朝著場地中心疾奔而去。藍色披風形成了一個巨大的團塊，對照下明亮黃土色的披風則是散開來意圖將其包圍。

「羅潔梅茵大人，我也去幫忙掩護。」

優蒂特接過布倫希爾德遞給她的魔導具後，稍微飛出風盾。為免傷到自領的人，她向還在一段距離外的戴肯弗爾格一行人發射高階魔導具。

「閃避攻擊！」

發現了飛來的魔導具，原先融為一體般在地面上以及在半空中奔馳而來的敵方騎士們，不約而同往上下左右散開。魔導具落地後隨即爆炸，但似乎沒對敵人造成任何損傷，騎士們馬上又聚集成一個團塊。

「全員攻擊！」

韋菲利特一聲令下，騎著騎獸四散開來的艾倫菲斯特見習騎士們，便從四面八方擲出魔導具。

場上好幾個地方同時響起爆炸聲，捲起漫天塵土。只見戴肯弗爾格一名又一名的見習騎士從騎獸上滾落下來，還有人被衝擊震得脫離隊伍，但一行人直衝而來的氣勢絲毫沒有減弱。以勞爾塔克為中心，他們一邊蛇行閃避魔導具，一邊反覆散開再聚集，朝著艾倫菲斯特的陣地果敢前進。

「勞爾塔克！」

藍斯特勞德倏地揚聲大吼。被叫到名字的勞爾塔克於是高舉起劍，劍身開始發出虹彩般的五顏六色光芒。是斐迪南為了消滅強大魔獸時經常使用的、釋放大量魔力的絕招。光是對周遭造成的衝擊，就具有十足的攻擊效果。

然而這個時候，對方的目標正是自己。我瞬間嚇得面無血色。

「你們認真的嗎?!」

韋菲利特傳來這樣的大叫，我簡直百分之百同意。我瘋狂搜刮體內正慢慢恢復的魔力，急急忙忙強化舒翠莉婭之盾。畢竟我自己可從來沒接下過這種攻擊。

……會死！要是正面接下這種攻擊，我絕對會沒命！

兩年前與戴肯弗爾格比迪塔時，柯尼留斯曾使出同樣的絕招消滅對方的魔獸，相比起來勞爾塔克劍身上的光芒其實還小得多。但回想他至今的表現，想必他還可以釋出更多魔力，只是多少手下留情了吧。即便如此，那威力還是讓人嚇得直打寒顫。

「不想死就給我讓開——！」

勞爾塔克猛力揮下長劍，釋出了巨大的魔力攻擊。帶著虹彩的強大光芒狂暴地撲向艾倫菲斯特的陣地。儘管艾倫菲斯特的見習騎士們都舉起了盾牌採取防禦，卻還是不敵攻擊帶來的衝擊，被往後吹飛老遠。

而眼看著一路將眾人擊飛的魔力攻擊正筆直飛來，身為從未上過戰場的侍從，布倫希爾德「呀！」地尖叫一聲當場暈厥；伊西多則腳軟地癱坐在地上，用手護住自己的頭。

還留在風盾內擔任護衛的，只剩下優蒂特。只見她背對飛來的光芒，站在我的騎獸前方張開披風，以自己的背部護住我。

「這是我唯一能做的了。」

就在這時，舒翠莉婭之盾發出了劈哩啪啦的震動聲響，完全蓋過優蒂特的說話聲。意圖攻破風盾的巨大魔力光芒襲來後，即便優蒂特張開了披風保護我，視野仍然變作一片雪白。撞擊產生的轟隆巨響讓我一陣耳鳴，體內的魔力更全被吸出用以維持風盾。

我只能把注意力都集中在為風盾灌注魔力上。因為布倫希爾德已經倒在地上失去意識，伊西多又抱著頭縮成一團，優蒂特則張著披風站在我眼前。能夠保護他們三個人的，只有舒翠莉婭之盾而已。

我拚命以風盾承接襲來的魔力攻擊，完全不曉得過了多久時間。究竟是只有幾秒鐘而已，還是其實真的很久呢？光芒消失後，雪白的視野開始慢慢恢復色彩，物體的輪廓也逐漸清晰。儘管耳朵還像罩著一層膜一樣，聲音有些模模糊糊的，但已經可以聽見遠處的武器碰撞聲。回過神時，優蒂特依然張著披風站在我眼前。但明明她的姿勢不變，我卻發現自己仰望她的角度跟剛才不一樣。

「……啊。」

不知道是因為太全神貫注在維持風盾上，還是因為魔力快耗光了，原先坐著的騎獸早已消失，整個人正直接坐在地面上。騎獸用的魔石還在地上滾了幾圈，撞上我的指尖。

「……結束了嗎？」

優蒂特依舊張著披風，神色茫然地這麼問我。我站起來往上看，確認舒翠莉婭之盾還在後，點一點頭。

「風盾還在。已經結束了吧。」

我們兩人都吐出大氣，笑了起來。就在這個時候，一道影子忽然落在兩人之間。

「……咦？」

驚覺有什麼東西來到我們正上方，我再一次仰起頭。瞬間我看見有頭騎獸在距離極近的地方張開翅膀，但下一秒騎獸就憑空消失了。緊接著，換成左手臂上拿著偌大黑色盾牌的藍斯特勞德往風盾一躍而下。

「呀啊?!」

被彈開了——本來應該會這樣才對。現在正在比迪塔，敵人不可能進得來。然而，藍斯特勞德卻將整個身子縮在黑色盾牌後方，穿過了舒翠莉婭之盾。

「怎、怎麼會?!」

我來回看向藍斯特勞德與舒翠莉婭之盾。但是後者還在，並未遭到破壞。只是被吸走了一點魔力而已，風盾本身並沒有任何變化。

從半空中跳下來後，藍斯特勞德稍稍護著身子站起來。聽見鎧甲的碰撞聲響，優蒂特立即站到前方保護我。

「羅潔梅茵大人，請躲在我身後。」

優蒂特迅速將思達普變成長劍，朝著藍斯特勞德砍去。然而，劍都還沒碰到藍斯特勞德，優蒂特已經被彈到風盾外。

「啊?!」

「只要對風盾裡的人懷有敵意或謀害之心，就無法進到這裡頭來。即便進來的時候沒有加害之心，一旦出手攻擊就會被彈出去……沒錯吧？」

藍斯特勞德勾起嘴角回過頭，看向無法再進到盾裡來的優蒂特。此刻，人在舒翠莉婭之盾裡的有我、藍斯特勞德、布倫希爾德與伊西多。對藍斯特勞德懷有敵意的優蒂特不可能進得來。

「為什麼藍斯特勞德大人能進來？」

我後退了一步問道，藍斯特勞德揚起單眉。

「因為我對妳並沒有謀害之心啊。」

胡說。現在我們正在比迪塔，即便他沒有謀害之心，但我認定為敵人的人應該進不來才對。我看向藍斯特勞德左手上的，散發著光澤的偌大黑色盾牌。肯定是那面黑盾吸走了風盾的魔力，在進來的地方開了一個洞。

「……是那面黑色盾牌的關係吧？」

「答對了。」藍斯特勞德回道，伸手緩緩撫摸黑色盾牌。「這是用最高品質的暗之魔石打造而成的盾牌，若想抵禦魔力攻擊，沒有比這更好用的盾牌了。還能像剛才那樣，穿過魔力形成的阻礙。為了能在這次比迪塔時穿過妳變出的風盾，奧伯特意將戴肯弗爾格的秘寶送來給我們使用。」

藍斯特勞德露出得意的笑容，又說：「我們可不會輕易地把漢娜蘿蕾交給艾倫菲斯特。」如同奧伯借了神具給我們，看來戴肯弗爾格也向奧伯借了這面黑色盾牌。

「呀啊！」

優蒂特的尖叫聲忽然傳來。轉頭一看，只見她正被戴肯弗爾格的見習騎士們包圍，接著被思達普的光帶綑起。

「優蒂特！」

「不如妳就消除風盾吧？這樣一來，就不會把同伴彈開了。」

聽見藍斯特勞德這麼說，我咬緊嘴唇。只要看一圈就能知道，此刻附近根本沒有半個能救優蒂特的同伴在。圍繞在舒翠莉婭之盾附近的，全是披著藍色披風的敵人。而且每個人手中都拿著思達普，可想而知等我一消除風盾，他們馬上會用光帶把我拉出陣地。只要讓風盾繼續維持，至少我不會遭受到攻擊，但待在裡面的同時，也無法期待外面的人能伸出援手。我只能夠靠自己，看要打倒藍斯特勞德，還是把他趕出去。

……糟糕，我沒有魔力了。

我非常清楚自己在沒有魔力的情況下有多麼沒用。不僅毫無戰鬥技巧，再加上身體雖然稍微變健康了，但要是隨便亂動一通，很可能害得自己當場倒地不起。

我再慢慢後退了一步。與此同時，也目測起自己與裝有魔導具的箱子有多少距離。我、藍斯特勞德和箱子連起來後幾乎是個等腰三角形，但要是兩人都離箱子一樣遠，藍斯特勞德的動作一定比我更快。考慮到他有可能破壞箱子，或把箱子推到風盾外，與其額外冒更多危險，我看最好還是放棄去拿箱子裡的魔導具。

我拚命思考著還有沒有其他攻擊手段與得勝的機會時，藍斯特勞德一步又一步地往我逼近。

「勞爾塔克已經把半數以上的騎士都吹跑了，剩下的騎士也正與戴肯弗爾格的見習騎士陷入苦戰。如今妳的風盾又已經無法發揮作用，可以說勝負已分。」

幾乎已經成年的藍斯特勞德朝我伸來他的大手，掌心攤展在我眼前。

「握住我的手吧，羅潔梅茵。」

待在舒翠莉婭之盾裡時，藍斯特勞德既不能攻擊我，也不能強行把我帶出去。也就是說只要我不握住他的手離開陣地，就還不算分出勝負。看向眼前的掌心以及藍斯特勞德那副確定自己已經獲勝的表情，我惡狠狠地仰頭瞪他。

「我不要。」

我絕不主動投降。那麼做的話，簡直像是我自己選擇了戴肯弗爾格一樣。面對單方面提出了這場迪塔比賽的藍斯特勞德，我甚至感到憤怒。我絕不可能選擇戴肯弗爾格。

聽見我的答覆，藍斯特勞德有些驚訝地眨眨眼睛，隨後略微側過身子，將身後的披風往旁揮開。

「妳要逞強是可以，但妳越是不肯認輸，只怕艾倫菲斯特的見習騎士們得再多吃點苦頭了。」

擋住視野的披風被揮開後，可以清楚看見在風盾外奮戰著的見習騎士們。風盾外，為了保護主人、為了不輸掉這場比賽，看得出來我的護衛騎士們正在拚命抵抗。

「羅潔梅茵！」

韋菲利特也揮著長劍，一邊與戴肯弗爾格的見習騎士交手，一邊呼喊我的名字。場上還沒有任何一個人放棄。

我更是不想投降了。只有不想輸的念頭越來越強烈。

「……其實我也不想採取這個手段。」

我伸手摸向自己的腰間，拿起裝有超難喝藥水的藥水瓶，按下頂部的魔石打開蓋子。瞬間，難以形容的強烈臭味立即飄散出來，我忍不住「嗚！」地屏住呼吸。由於太久沒喝超難喝版的回復藥水，真的要喝讓我心生猶豫。

「羅潔梅茵，妳……妳打算喝下什麼東西？」

原本藍斯特勞德的眼神還顯得勝券在握，這時卻流露出了驚慌。我一口氣乾了超難喝回復藥水。

「唔咕～～！」

強烈到讓舌頭發麻的苦味與駭人的臭味立刻從喉嚨深處湧出，我再也承受不住地捂著嘴巴，當場無力跌坐。緊接著我更痛苦地蜷起身體，淚水奪眶而出。

……搞不好我會在獲勝前先沒命！

「妳竟然服毒嗎?!」

藍斯特勞德臉色大變，一個箭步衝過來，在我面前蹲下。

……不是！這不是毒，是藥水！……基本上是啦。

儘管我很想反駁，卻根本沒有力氣這麼做。我只能雙眼含淚地摀著嘴巴，忍受嘴裡那可怕的味道。漸漸地可以感覺到魔力正迅速恢復，我的身體放鬆下來。但由於剛才太痛苦了，感覺體力好像也消耗了不少，幸好體力同樣開始恢復。

我癱軟地倒在地上，靜靜等著魔力與體力恢復時，藍斯特勞德大驚失色地輕觸我的臉頰。下一秒「啪！」的輕響，他的手被彈開了。雖說舒翠莉婭之盾無法驅逐手上拿著黑色盾牌的藍斯特勞德，但斐迪南讓我帶在身上的護身符似乎對他起了作用。

「……羅潔梅茵，妳就這麼不願意嗎？」

聽見藍斯特勞德有氣無力的低語，我回應道：「這是當然的吧。」同時慢慢睜開眼睛。

「藍斯特勞德大人，我可還沒有輸喔。」

我在睜大雙眼的藍斯特勞德面前站起來，拍掉頭髮和衣服上的乾草與泥土。魔力已經恢復了。

「韋菲利特哥哥大人，您不用管我，請把漢娜蘿蕾大人搶過來吧！」

還游刃有餘的戴肯弗爾格見習騎士們全待在舒翠莉婭之盾附近，等著風盾消失的瞬間要將我抓住。此刻距離漢娜蘿蕾最近的，正是剛打倒一名敵方騎士的韋菲利特。

「艾倫菲斯特的勝利就託付給哥哥大人了……嵐恩翠！」

我變出綻放著藍色閃光的萊登薛夫特之槍，重新面向敵人。面對漢娜蘿蕾的時候我完全不打算使用神具，但既然對象是藍斯特勞德，那就不用手下留情了。

藍斯特勞德邊警戒著神具，邊舉起黑色盾牌。戴肯弗爾格的見習騎士們有人跳上騎獸，衝回去保護漢娜蘿蕾，也有人對著萊登薛夫特之槍看得入迷。

由於是用思達普變成的，我以兩手緊握住一點也感覺不到重量的萊登薛夫特之槍。目標是那面黑色盾牌。只要沒了那面盾牌，就能把藍斯特勞德趕出去。

對武術一竅不通的我，能做的就只是揮舞長槍。

「喝啊！」

我刺出長槍，但藍斯特勞德僅是輕輕閃開。被他閃開以後，我再握著長槍往橫一掃。就算是亂揮也沒關係。總之只要能擊中，應該就能構成某種攻擊。

「嘿！嘿！」

「妳的槍術還真是差勁到了極點，但那把長槍太危險了。」

撇開我的身手不說，神具無疑是非常危險的武器，藍斯特勞德也不敢觸碰到吧。他閃躲了幾次後，用黑色盾牌擋下我胡亂揮出的萊登薛夫特之槍。

長槍與盾牌撞上時發出「鏘！」的一聲。但緊接著下一秒，兩者間猛然爆出了魔力像在互相排斥的轟然巨響，黑色盾牌的表面也放出一陣光芒。意想不到的狀況似乎讓藍斯特勞德吃了一驚，他大力揮起盾牌甩開我的長槍。

「妳那把長槍……」

這時，我手中的長槍已經不再發出藍色亮光。藍斯特勞德露出不敢置信的眼神，注視著失去光芒的長槍。而我，則茫然地看著他手上的盾牌。

……盾牌從正中央變成金粉了。

可能是吸走了萊登薛夫特之槍裡的所有魔力，黑色盾牌如今已經不是黑色，正慢慢轉為淡黃，還從長槍碰到過的正中央開始化作金粉，逐漸消散於無形。

察覺到我的目光，藍斯特勞德「嗚哇?!」地大叫一聲，低頭看向盾牌。

「羅潔梅茵，妳……妳竟然?!」

發現盾牌開始化作金粉，藍斯特勞德狠瞪著我發出怒吼。但是下個瞬間，他便飛也似的被彈到舒翠莉婭之盾外。

「羅潔梅茵，這面盾牌可是戴肯弗爾格的秘寶喔！」

看著漸漸消散瓦解的盾牌，藍斯特勞德在舒翠莉婭之盾外怒聲咆哮。但是，一旦魔力達到飽和、開始變作金粉，那不管做什麼都已無法挽救。

「您向我抱怨也沒用喔。居然把蓋朵莉希帶到外面來，被芙琉朵蕾妮奪走也是可以想見的事情吧？這都要怪埃維里貝自己太大意了。」

藍斯特勞德氣得攻擊舒翠莉婭之盾，但馬上被狂風吹跑。見狀，我撫胸鬆了一大口氣。終於成功把敵人趕出去了。我唸著「咯空」解除長槍。

「這樣就不算是艾倫菲斯特輸了吧。接下來只要等韋菲利特哥哥大人說服漢娜蘿蕾大人……」

「大家小心！有什麼東西從上面過來了！」

在看臺上擔任裁判的赫思爾冷不防揚聲大喊。聽見語氣強烈的警告，我猛地抬起頭，發現上空忽然出現了許多人影，而且大聲叫嚷著往我們俯衝而來。

搗亂者

「那是什麼？」

「我們正在比迪塔喔！」

會不會是搞錯了該降落的訓練場呢？我正這麼心想時，幾樣攻擊用的魔導具就飛了下來。這已是再明確不過的攻擊。見習騎士們馬上將盾牌舉到頭頂，進行防禦。

而且突然衝進比賽場地裡來的，不只一個領地。披著橙色與深紫色披風的見習騎士們，皆身穿鎧甲手持武器。

「艾倫菲斯特的聖女屬於勝利者！才不白白交給戴肯弗爾格！」

「不准來礙事──！」

眼看迪塔遭人妨礙，藍斯特勞德怒極大吼。戴肯弗爾格的見習騎士們彷彿回應一般，一致往上掉頭，拿著武器怒氣沖沖地往上疾飛。

「你們已經忘了，就算中小領地聯合起來也完全不是我們的對手嗎?!」

攻擊毫不間斷地從上空襲來，但現在根本不曉得對方的目的，以及做了多少準備。目前也無法判斷戴肯弗爾格能否輕易趕走他們，繼續比迪塔。

「艾倫菲斯特的人請先回到風盾裡面來！記得把受傷的人也帶回來！」

……首先要治癒大家。

與戴肯弗爾格苦戰了一番後，己方的見習騎士們全都傷痕累累，甚至還有人倒在場上。比起對付來搗亂的人，應該先治癒大家。否則現在這樣我們什麼也不能做。

聽見我的指示，受了點傷但還能自行移動的人們，便開始把傷勢較重的人帶回到舒翠莉婭之盾內。包括被戴肯弗爾格的見習騎士以光帶綑起的優蒂特也是，她在動彈不得的狀態下被帶了回來。由於光帶要由魔力更高的人才能切斷，我立刻變出小刀切斷光帶，讓優蒂特重獲自由。

「對不起，我……」

「之後再道歉吧。現在請快點去確認，還有沒有其他受了傷的人沒帶回來。」

優蒂特的堇紫色雙眼本來黯淡無光，明白自己該做的事情後，馬上重新亮了起來。

「是！」她簡短回應後，轉身往外衝出。

這時，韋菲利特帶著漢娜蘿蕾回到陣地來。

「羅潔梅茵，可以讓漢娜蘿蕾大人也在這邊受保護嗎？她一個人被丟在那邊的陣地裡。」

「漢娜蘿蕾大人，請快點進來吧。居然把領主候補生一個人留在原地，護衛騎士到底在做什麼啊?!這件事應該比排除搗亂者更重要吧。」

我瞪向上空的藍色披風說。現在因為攻擊魔法不斷襲來，戴肯弗爾格的人都往空中聚集。於是，我騰出空間讓韋菲利特與漢娜蘿蕾能夠進來。

「照這樣看來，迪塔只能重比了吧。根本無法繼續下去。」

「趕跑他們以後，戴肯弗爾格大概打算繼續比吧，但我們的戰力實在讓人擔心。因為現在已經用掉了不少魔導具，回復藥水也喝太多了。」

與韋菲利特交談幾句後，為了治癒大家，我詠唱著「修得列坎布恩」，將思達普變成芙琉朵蕾妮之杖。

「洛古蘇梅爾的治癒。」

我一鼓作氣對風盾裡的所有人施以治癒，綠色光柱緊接著竄向天際，半空中的人們傳來一陣驚慌大喊。對於今天比迪塔的戴肯弗爾格與艾倫菲斯特來說，光柱早已司空見慣，但聚集在上空的人們似乎從未見過。

腦海裡冷靜地閃過這個念頭時，我看向風盾內部的見習騎士們。這時剛才暈過去的布倫希爾德也已經醒來了。她站起來後，發現自己的頭髮上沾有泥沙與乾草，便皺了皺臉龐，馬上施展洗淨魔法清理乾淨。

……啊，貴族不會用手拍掉髒污，而是施展洗淨魔法啊。

不過幾秒鐘的時間，布倫希爾德整個人已乾乾淨淨，看起來就和平常沒有兩樣，儀態之優雅一點也不像正待在戰場上的人。親眼見識過後，我才發現同樣身為貴族女性，兩人的差距有多大。果然論起貴族該有的表現，我還是不及格。正想著這些事時，視野突然有些明滅閃爍。

「咦……？」

雖然只有短暫一瞬間，但這肯定是身體不適的前兆。我明白到自己已經沒剩多少時間，必須盡快結束這場亂鬥才行。我再一次看向周遭的見習騎士。洛古蘇梅爾的治癒儘管治好了大家的傷，但魔力還沒恢復。

「請大家各自使用回復藥水恢復魔力，然後確認回復藥水和魔導具還剩多少……」

我指示大家該做哪些事情時，看臺那邊忽然接連傳來淒厲的大喊：「危險！」「呀啊啊！」我趕緊來回張望，發現一名戴肯弗爾格的見習騎士沒了騎獸後正往下墜落。他「咚！」的一聲摔在地面上，整個人一動也不動。

「我要去治療他！護衛！」

看見我伸手去碰騎獸用的魔石，優蒂特立即變出盾牌。萊歐諾蕾也變出騎獸一躍而上，接著環顧風盾內部，訓斥因為驚訝而毫無動作的另外兩名護衛騎士。

「馬提亞斯、勞倫斯！別愣在原地！」

我坐進自己的騎獸後，衝向戴肯弗爾格的那名見習騎士。其實最好是請人把他搬到風盾裡來，但雖說他穿著極耐衝擊的魔石全身鎧甲，畢竟從那麼高的地方掉下來，很有可能撞到了頭，隨便移動他的話反而危險。

「羅潔梅茵大人，您不惜冒著危險也要去救戴肯弗爾格的見習騎士嗎?!」

「那當然啊！因為受傷的人就在眼前，而我也有治好他的能力。」

我從騎獸裡走出來，由護衛騎士們舉著盾牌保護我，然後以戒指施展洛古蘇梅爾的治癒。微小的綠光輕柔地灑在那名騎士身上時，勞倫斯忽然喃喃說道：「拜託誰來告訴我這是錯覺。」

聞言抬起頭後，我發現不只勞倫斯，護衛騎士們都在仰望上空。發生什麼事了嗎？我凝神細看之後，發現有騎獸正在飛向上空呈現一團混亂的戰局。原來是看臺上的戴肯弗爾格學生們一個個地開始加入亂鬥。

「有沒有搞錯啊。雖說戴肯弗爾格還有戰力，但若連看臺上的人也加入戰局……」

馬提亞斯語帶驚恐。但他話都還沒有說完，上空朝著比賽場地發動的魔法攻擊，開始也把看臺列為目標。

「等一下，那裡不是戰場啊！」

像戴肯弗爾格因為還有尚武的文官及侍從，留在看臺上的所有人都已經變出了盾牌自保。然而，艾倫菲斯特留在看臺上的人幾乎都沒有戰鬥能力。包括為了調合魔導具、在哈特姆特的使喚下已經累到極致的見習文官；以及雖然知道如何變出盾牌，卻因為沒受過戰鬥訓練而無法迅速變出使用的見習侍從；還有稍微學過戰鬥技巧，但還不能參加迪塔的低年級見習騎士；最後則是領主候補生夏綠蒂。

「夏綠蒂！」

我不由得驚聲大叫後，韋菲利特帶著焦急的話聲從舒翠莉婭之盾裡傳來。

「已經恢復的見習騎士都去看臺區保護艾倫菲斯特的學生，並把他們帶過來！還在恢復的人就留在這裡，保護裡面的人！」

「是！」

已經恢復完畢的見習騎士們同時往看臺飛去。只要由大家舉著盾牌抵擋攻擊，並移動到舒翠莉婭之盾裡與我們會合，相信保護起來會容易一些吧。「沒事的、沒事的。」我這樣安慰自己，集中精神為眼前的人治癒療傷。

「……啊，我……」

戴肯弗爾格的見習騎士恢復意識後，馬上飛身跳起。意想不到的反應讓我嚇了一跳，趕緊抓住對方的披風。

「你剛才暈過去了，最好再休息一下……」

「不，幸虧聖女的治癒，我傷口都復原了。沒有問題。由衷感謝您的治癒。」

他先跪下來向我道謝後，隨即再度飛往上空。看到見習騎士變得這麼有精神，我安下心來的同時，也覺得有些無法釋懷。結果剛才好像沒必要急著從安全的風盾裡衝出來，為他施展治癒嘛。

仰頭看著見習騎士飛往空中時，視野再一次明滅閃爍。雖然只持續了幾秒鐘的時間，但眼前的景象忽黑忽白，彷彿失去了色彩。大概是因為我不僅連續喝了兩種回復藥水，又反覆在消耗魔力吧。

「羅潔梅茵大人，您的臉色十分蒼白，我們快回風盾裡去吧。請與我共乘騎獸。」

萊歐諾蕾表情有些僵硬地將我抱起來，往舒翠莉婭之盾移動。

「羅潔梅茵大人，您喝回復藥水了嗎……？」

「我已經喝太多了。」

萊歐諾蕾抱著我的手臂微微收緊。但現在我不能拋下大家不管，自己回到宿舍去。因為這時候夏綠蒂他們都正往風盾裡聚集，只有舒翠莉婭之盾能夠保護那些非戰鬥人員的安全。

回到風盾裡後，只見韋菲利特正在想辦法阻止上空的亂鬥。

「漢娜蘿蕾大人，照目前這種情況，今天的迪塔比賽大概只能視為無效，能請您舉行海之女神的儀式讓他們冷靜下來嗎？」
「好的。既然迪塔已經結束了，就這麼辦吧。」
漢娜蘿蕾一臉擔憂地仰望上空，同意了韋菲利特的提議。
「那在漢娜蘿蕾大人舉行儀式的時候，我們便施展大範圍的洗淨魔法，以免有攻擊打中我們。伊西多、布倫希爾德，你們的魔力沒問題嗎？」
韋菲利特接著吩咐伊西多去拿廣域魔法的輔助用魔導具，再環顧起留在風盾裡的見習騎士們，考慮要由誰擔任漢娜蘿蕾的護衛。
說時遲，那時快，「鏘！」的偌大金屬聲忽然響起。
「呀啊?!」
「哇?!」
我和韋菲利特都嚇了一跳，但周遭的見習騎士們卻是立刻挺直了背，舉目望向空中的洛飛。在半空中打成一團的見習騎士們也馬上停止攻擊，挺胸端正坐姿。
「全體注意！」
洛飛的聲音響徹整個訓練場。
「為何中央騎士團會出現在貴族院?!還有，為何你們要來妨礙這場迪塔?!我們這裡並沒有半個人向中央騎士團提出請求，剛才我也寄出奧多南茲確認過了，王族根本沒有下令派你們過來！」
洛飛的話聲充滿怒意。仔細一看，我才發現半空中五顏六色的披風當中，有幾個人的披風是黑色的。我剛還心想居然有這麼多領地敢在戴肯弗爾格比迪塔時來搗亂，簡直不知死活，原來是因為有中央騎士團撐腰。

「王族十分擔憂艾倫菲斯特的聖女落入戴肯弗爾格手中。而為王族分憂解勞，正是騎士團的職責所在。」

披著黑色披風的騎士們渾厚有力地朗聲說完，中小領地的人們紛紛應和。

「這是王族的期望。」

「贏得勝利的人，便能得到艾倫菲斯特的聖女。」

聽到中央騎士團一派正義凜然的主張，以及中小領地的見習騎士們像是遭人煽動的附和，洛飛一臉錯愕。

「你們就因為這樣，沒有王命便擅自出擊嗎?!再怎麼想這也太奇怪了吧！」

「中央騎士團是君騰專屬的騎士！應為君騰解除煩憂！為君騰消滅他的敵人！與君騰為敵者，一律鏟除！」

其中一名騎士竟然朝著洛飛發動攻擊。明明貴族院的教師已經轉籍中央，同樣披著黑色披風，眼前的發展讓在場眾人呆若木雞。只有洛飛立即閃避攻擊，然後看向學生們大喊：

「你們馬上離開！我已經確認過了！他們並非奉國王之命！倘若你們在知道這件事後還站在中央騎士團那一邊，我可袒護不了你們！快在王族趕到前離開！」

洛飛一邊與中央的騎士們交手，一邊向披風顏色各自不同的學生們命令道。他在提醒他們，這麼做並不是王族的意思，而且很可能會受罰。聞言，中小領地的見習騎士們鳥獸散般地迅速飛走。

空中的人影一下子減少許多。這時還在半空中的，只有披著黑色披風的三名中央騎士，以及洛飛與披著藍色披風的戴肯弗爾格見習騎士們。

「竟然沒有王命就來搗亂，簡直豈有此理！把他們綁起來，帶到君騰面前！」

藍斯特勞德立即下令。戴肯弗爾格的見習騎士們在應聲後，便上前想要捉住中央騎士團的團員。但是，中央騎士團網羅到的，全是能力在得到認可後才轉籍至中央的菁英。因此就算是戴肯弗爾格，但見習騎士們都還是學生，自然不可能打得贏中央的騎士。想要捕捉，需要魔力比他們更高的人。

在場有能力束縛住騎士的，只有快要成年的領主候補生藍斯特勞德而已。只見洛飛與數名見習騎士將一名騎士逼趕到無路可逃後，藍斯特勞德再用光帶把他綑起來。

「羅潔梅茵大人如果出馬的話，應該可以捉住那些騎士吧？」

「很遺憾，我必須要靠近一點才能抓到他們，而且現在的我光是維持住舒翠莉婭之盾，就已經竭盡全力了。」

雖然大家對我抱有期待，但人的能力終歸有極限。如果我還活蹦亂跳的話也許辦得到，但現在的我反而很希望有人能代替自己維持舒翠莉婭之盾。再加上，我開始莫名感到想吐。老實說，我不想再消耗更多魔力了。

我瞪著上空這麼心想時，忽然又看見了幾道披著黑色披風的身影。從那整齊劃一的動作來看，肯定是中央騎士團。是來支援在場這些騎士的嗎？我不由得全身戒備。

「我接到洛飛的奧多南茲，立刻趕來察看，這到底是怎麼回事?!」

結果，飛來的人影中傳出了亞納索塔瓊斯的聲音。看來王族真的沒有對這幾名騎士下令。剩下的兩名中央騎士被逼得無路可退後，亞納索塔瓊斯便變出光帶將他們束縛起來。真不愧是王族，魔力果然很多。

「我要了解詳情。戴肯弗爾格與艾倫菲斯特的領主候補生及其近侍們，以及兩領的舍監留下！其他人原地解散！」

其實我很希望亞納索塔瓊斯可以改個時間，但他似乎是在接到洛飛的緊急通知後火速趕來，所以決定就地向我們詢問詳情吧。

眼看亞納索塔瓊斯登場後，半空中的亂鬥也停止了，我如釋重負。整個人一放鬆下來，就連我也感覺得出自己的身體狀況在明顯變糟。消除了舒翠莉婭之盾後，明明不必再耗費魔力，我卻只覺得越來越不舒服，一點也沒有好轉的跡象。

……可是在王族面前暈倒並不妥當吧？怎麼辦？

「大小姐！」

與夏綠蒂他們一起從看臺移動過來後，黎希達一看到我便雙眼圓睜，動作飛快地往我走來。

「您的臉色怎麼這麼難看。我們馬上回宿舍吧。這裡就交給韋菲利特小少爺與夏綠蒂大小姐善後。」

「可是，亞納索塔瓊斯王子已經指定我也要留下來。這樣會違反王族的命令。」

聞言，黎希達神色嚴峻地搖搖頭。

「您若再一次失態地在王族面前暈倒，那樣更是不妥。現在應該向王族說明原由，然後盡快回去。」

於是我依著黎希達的吩咐，提出了想要先回宿舍的請求。亞納索塔瓊斯往我看來後，像是想起了什麼般露出老大不高興的表情，隨即驅趕似的擺了擺手。

「看臉色也知道妳身體狀況不佳。快回去吧。」

「感謝亞納索塔瓊斯王子。您的寬宏大量……」

我強忍著想吐的感覺，跪下來道謝後，亞納索塔瓊斯馬上語帶不耐地下令：「快把這傢伙帶走！」黎希達立刻把我抱起來。

「那了解迪塔戰況的萊歐諾蕾、馬提亞斯，以及一直在風盾裡陪著我的布倫希爾德，還有在看臺上觀賽的羅德里希，你們就代替我向亞納索塔瓊斯王子說明……」

被帶出比賽場地的一路上，我不忘向近侍們下達指示。隔著黎希達的肩膀，還看見了亞納索塔瓊斯對我露出無言以對的表情。

一回到宿舍，黎希達便斥責我：

「我在上面可看到了喔。您喝了超過規定用量的回復藥水吧。雖說這場比賽絕不能輸，但與能夠接受大小姐的治癒、也能飲用回復藥水的見習騎士比起來，您應該更愛惜自己才對。因為您無法治癒自己，一直以來都由斐迪南大人在嚴格控管藥水用量。」

因為見習騎士們靠著藥效不高的回復藥水就能完全恢復魔力，而且可以連續喝好幾瓶，相較下我卻得飲用斐迪南特製的回復藥水，否則幾乎沒有效果。不僅如此，我一飲用過量的話還會病倒，所以用量都受到管控。

「既然您一飲用過量便會變成現在這副模樣，那就不能讓您再喝更多藥水了。您只能躺下來歇息，直到身體狀況好轉。」

黎希達與莉瑟蕾塔火速幫我換好衣服，然後讓我躺到床上。終於能夠安心地躺下來後，我閉起了眼睛。

終章

首席侍從抱著羅潔梅茵離開時，看臺上的學生們也陸陸續續離開訓練場。還留在場內的，只剩下領主候補生與其近侍們，以及兩領的舍監。

大家都在移動的時候，漢娜蘿蕾仍和待在舒翠莉婭之盾裡避難時一樣，站在艾倫菲斯特一行人當中，注視著羅潔梅茵被帶離訓練場。

……臉色竟然變得那麼蒼白……比賽期間她究竟有多麼勉強自己呢？

看見羅潔梅茵那白紙般的臉色後，難以想像不久前她還與藍斯特勞德對峙，更讓舒翠莉婭之盾覆蓋住整個陣地，以抵禦中央騎士團的攻擊。感覺好像隨時會暈倒的樣子。都到了那種地步，居然還有意志力可以維持住舒翠莉婭之盾，漢娜蘿蕾不由自主發出感嘆。

……比起剛才墜落在地的戴肯弗爾格見習騎士，怎麼看都是羅潔梅茵大人更需要治癒呢。

周遭逐漸安靜下來後，亞納索塔瓊斯與披著黑色披風的中央騎士團，以及披著藍色披風的戴肯弗爾格與披著明亮黃土色披風的艾倫菲斯特皆往場地中心聚集。三組人馬正好可以連成一個三角形，兩位舍監又像是領地的代表般站在隊伍最前方。被綑起來的那三名搗亂者，則被丟在三角形空間的正中央。

「漢娜蘿蕾！妳應該在這邊才對吧。」

藍斯特勞德抬手比劃，示意她移動。直到這時，漢娜蘿蕾才發現大家早已按著領地分開來列隊。驚覺只有自己還呆站在原地，也只有她一個人混在其他領地裡頭，她有些急了起來。

「漢娜蘿蕾大人，您放心吧。剛才那麼危險，藍斯特勞德大人一定可以理解您為什麼躲進舒翠莉婭之盾。」

韋菲利特這麼為她加油打氣，但漢娜蘿蕾只是回以模稜兩可的笑容。這種藉口是行不通的。因為她是依自己的意志離開陣地，讓自領打了敗仗。

◆

當藍斯特勞德帶著見習騎士們飛往上空，想要趕走搗亂者的時候，漢娜蘿蕾獨自一人被留在陣地裡。這是因為她是寶物，不能隨便移動。

況且，她是戴肯弗爾格的領主候補生。由於魔力豐富，只要拿著盾牌使出全力抵擋，不可能會受到攻擊。同時大家也留下了危險的攻擊用魔導具，讓她能夠趕跑靠近的敵人。若有敵人發現她一個人落單而跑過來，用魔導具擊退對方便是她的職責。當時，各領施展的魔力攻擊不斷從上空落下來，她便一直舉著盾牌，靜靜坐在後方。

「漢娜蘿蕾大人！」

騎著騎獸衝過來的韋菲利特大聲呼喊道。他也變出了盾牌，抵禦來自上方的攻擊。漢娜蘿蕾慢慢移動自己的手，按住備在身上的幾個攻擊用魔導具。

「現在沒有人保護您，這裡太危險了。請過來艾倫菲斯特這邊吧。有羅潔梅茵的風盾，至少會比這裡安全。」

然而，韋菲利特說出的話語完全出乎漢娜蘿蕾預料，讓她瞠大眼睛。因為他並不是來說服她投降，純粹只是在擔心她。

「可是，我不能離開這裡……」

漢娜蘿蕾正要搖頭拒絕，來自上空的攻擊忽然打中了韋菲利特的護盾。她不由得「呀?!」地輕叫一聲，韋菲利特則是「唔」地悶哼。

撐過了攻擊造成的衝擊後，韋菲利特露出安撫的笑容，朝她伸出手來。

「如果只有戴肯弗爾格與艾倫菲斯特在比賽的話，我也不會這麼說。可是，現在出現了危險的搗亂者。遭到妨礙以後，迪塔很難再比下去吧。漢娜蘿蕾大人，請您優先考慮自己的安全。」

披風顏色各自不同的人們都在試圖著地，戴肯弗爾格的見習騎士們則正奮力阻攔，而且對於比賽遭人打斷感到非常憤怒。由於這時尚未分出勝負，看得出來見習騎士們都激憤地想要排除礙事者。

再加上不斷有攻擊魔法從上方襲來，由此也能看出那些人並不是想參加迪塔，目的主要在於阻止戴肯弗爾格得到艾倫菲斯特的聖女。

漢娜蘿蕾再看向擔任裁判的洛飛，只見他正忙著應付來搗亂的那些人，卻從未下過指令要暫停或中斷比賽。

最後她看向朝自己伸出手來的韋菲利特。從他那雙深綠色眼睛，可以看出比起比賽結果，他更擔心她的人身安全。而且他手上就只有抵禦上空攻擊用的盾牌，既沒持有武器，也沒拿著魔導具。

「迪塔可以重新再比，但漢娜蘿蕾大人要是受傷就不好了。」

只要使用身上的攻擊用魔導具，要想擊退韋菲利特是輕而易舉的事情。魔導具的殺傷力甚至不可小覷，但韋菲利特似乎從沒想過自己有可能受到攻擊。

……韋菲利特大人真的單純是在擔心我呢。

戴肯弗爾格是崇尚武事的領地，而漢娜蘿蕾身為領主候補生，從小到大很少有人會站出來保護她。因為領地若有危險，都是領主候補生該率領護衛騎士們出面排除。由於這點漢娜蘿蕾總是做不好，身邊的人們經常斥責她說：「妳應該振作一點。」因此她老是覺得自己沒什麼用。

然而此時此刻，韋菲利特竟然想保護她遠離危險。明明她沒有好好帶領大家上場戰鬥，卻沒有受到指責，反而有人要來保護自己，這種未曾有過的情況讓她心跳加速。望向韋菲利特筆直坦率的雙眼，她更是突然感到非常難為情。

「羅潔梅茵的風盾裡面很安全，我們走吧。」

漢娜蘿蕾站了起來。她依著自己的意志消除盾牌，走出陣地，握住韋菲利特伸來的手。看著手舉盾牌、露出安心笑容的他，漢娜蘿蕾也回以微笑。

「好的。我願意前往艾倫菲斯特。」

◆

就在漢娜蘿蕾握住韋菲利特的手，自願走出陣地的那一刻，這場迪塔便是戴肯弗爾格輸了。而且她是趁著許多領地前來擾亂，藍斯特勞德與見習騎士們都在賣力驅趕搗亂者的時候，悄悄離開陣地。

對於自己的決定與行動，漢娜蘿蕾並不後悔。但想到大家會很生氣，她的腳步仍不由自主變得沉重，也感到十分畏縮。

……但畢竟是自己做出的選擇嘛。

她努力讓自己打起精神，加入戴肯弗爾格的隊伍。身為領主候補生的她，必須與兄長以及洛飛站在最前排。儘管藍斯特勞德朝她瞪來，但不至於在王族面前訓斥她吧。至少這點讓她鬆了口氣。

所有人都排好隊伍，在王族面前跪下來後，亞納索塔瓊斯開始要求說明今天比的迪塔是怎麼回事。對此，洛飛與赫思爾開口回答了。但即便聽完整件事的說明，可能還是難以理解，亞納索塔瓊斯面色凝重地皺著眉。

……因為這次的迪塔非比尋常嘛。

不管是在貴族院賭上婚約比迪塔，還是參賽人員並非以一家之長為中心的親族，而是未成年的領主候補生帶著護衛騎士與見習騎士們；或是未被韋菲利特求婚的漢娜蘿蕾也被牽連進來，最後還有中央騎士團跑來搗亂……這些全是毫無前例的異常事態。

「結果，到底是為何會引發這場騷動？」

「實在非常抱歉。」

亞納索塔瓊斯語帶不耐地質問後，韋菲利特立即道歉。對於他沒有給予答覆，只是謝罪，亞納索塔瓊斯詫異地挑了挑眉。見狀，漢娜蘿蕾看向韋菲利特。她發現王族不過是出聲詢問而已，艾倫菲斯特的人便個個嚇得臉色發白，反應與還小聲咂嘴的兄長藍斯特勞德截然不同。

……哎呀，可是……

先前在王族的離宮裡，羅潔梅茵並不會因為被質問就大驚失色地道歉，也不會向王族諂媚討好，而是直接述說自己的想法。看著她與王族一來一往，漢娜蘿蕾有時甚至會在心裡直冒冷汗。想起這件事後，她第一次能夠理解，為何兄長以前曾說：「羅潔梅茵在艾倫菲斯特內是特異突出的存在。」

……在這一點上，羅潔梅茵大人或許與哥哥大人十分相似吧。

即便跪著，藍斯特勞德也沒有低下頭，反而目光凌厲地回望亞納索塔瓊斯，開口與他爭論。縱然對方是王族，也毫無就此退縮的打算。

「我也有話想問亞納索塔瓊斯王子。請問您為何來到此處？貴族院發生的所有事情，不是皆由錫爾布蘭德王子監管嗎？」

藍斯特勞德在暗示，若不是負責人便無可奉告，請把錫爾布蘭德叫來。事實上，國王任命監管的人確實不是亞納索塔瓊斯，因此他這樣算是越權的行為。藍斯特勞德看似親切地在提醒亞納索塔瓊斯這一點，其實是因為錫爾布蘭德還年幼，又有血親關係、好說話，想讓他來負責仲裁吧。

……哥哥大人，不行！絕不能找來錫爾布蘭德王子！

經過茶會與在地下書庫裡的幾句交談，漢娜蘿蕾感覺得出年幼的王子對於羅潔梅茵，懷有著對初戀的憧憬與愛慕之心。居然想請他來裁定迪塔的結果，決定初戀對象要嫁給誰，這絕對不行。從各個方面來看，都只會招致更嚴重的事態。

……請不要答應哥哥大人的要求！

漢娜蘿蕾不停地微微搖頭，祈禱著亞納索塔瓊斯能聽到她的心聲。目光與亞納索塔瓊斯對上後，他環抱手臂點一點頭。

「……君騰已經下令，這件事錫爾布蘭德恐怕無力解決，所以由我代勞。」

亞納索塔瓊斯宣布自己是這件事的負責人後，藍斯特勞德輕哼了聲，接著更是露出社交用的客套笑容。

「那麼，我想請問為何會有這場騷動。包括訓練場的使用在內，我們所比的這場迪塔已向貴族院提出過申請。中央騎士團究竟有何意圖，才在我們比神聖的迪塔時擅自闖入？」

說完，藍斯特勞德目光凶狠地瞪向被綁起的三名騎士。面對王族，這樣的態度可說是倨傲又無禮，但他說的也是事實。因為煽動中小領地的見習騎士，告訴他們「不能讓戴肯弗爾格得到羅潔梅茵大人」，並在比賽時擅自闖入的，確實是中央的騎士們。

「這次鬧事的是中央騎士團，並不是我們。我要求國王說明為何干預神聖的迪塔比賽，還要為中央騎士團的管理不周一事致歉，並嚴懲這些搗亂者。」

「什麼?!藍斯特勞德大人，您在說什麼啊?!」

聞言，比起亞納索塔瓊斯，反倒是艾倫菲斯特的反應更加激烈。藍斯特勞德一臉納悶地歪過頭。

「這有什麼奇怪嗎？倘若各領的騎士團做出了同樣的事情，領主必然會被追究管理不周的責任。中央騎士團若行為不當，該由王族出面負責吧？」

「有什麼奇怪……那個，我想這件事應該沒有這麼嚴重……」

「這是非常嚴重的一件大事吧？這場神聖的迪塔將決定兩領領主候補生的終身大事，竟然被人任意踐踏。」

自從比賽開始前會向神獻上祈禱、取得祝福以後，迪塔在戴肯弗爾格的人們心目中又變得更神聖了。居然有人敢來妨礙會向神獻上祈禱的迪塔，就等於是儀式或奉獻舞被人打斷。

……真奇怪。艾倫菲斯特的人就算儀式被打斷，也不覺得這樣對諸神十分不敬嗎？

在貴族院看過羅潔梅茵舉行的儀式後，漢娜蘿蕾一直以為艾倫菲斯特比戴肯弗爾格更頻繁且虔誠地舉行儀式，生活中也更常接觸神祇，多半也很習慣取得加護與祝福了。然而，如今儀式遭人打斷，艾倫菲斯特卻一點也不憤慨。明明他們應該比王族更加尊敬諸神，但她總覺得雙方的認知存有差異。

「我反倒奇怪你們為何不生氣？這麼說來，剛才艾倫菲斯特的見習騎士也完全沒有試圖驅趕鬧事者吧。」

「因為我們很多人都受了傷。剛才應該先讓他們恢復到原本狀態，並把非戰鬥人員帶到安全的地方吧？戴肯弗爾格竟把漢娜蘿蕾大人一個人留在那麼危險的地方，我倒覺得……」

「你們兩個夠了。」

亞納索塔瓊斯打斷兩人，阻止了戴肯弗爾格與艾倫菲斯特即將展開的爭論，接著再看向藍斯特勞德。

「由於王族並未下令，之後我會審問他們，為何擅自行動。但是藍斯特勞德，我也有話想問你。今天的迪塔比賽你們確實提出了申請，但我記得所有格式皆與平常的訓練相同，卻從未提到過將因此決定領主候補生未來的夫婿。再說了，羅潔梅茵與韋菲利特的婚約早已得到國王許可，這場比賽應該是你強行挑起的吧？」

亞納索塔瓊斯的灰色雙眼銳利地望向藍斯特勞德。想要使用訓練場時，申請書上的使用理由只要寫迪塔就夠了，不需要連比迪塔的原因以及是比何種迪塔都寫出來。這件事漢娜蘿蕾還是現在才知道。看來藍斯特勞德是故意鑽這個小漏洞，強行比了這場全是特例的迪塔。

「噢？我還以為亞納索塔瓊斯王子為了得到蓋朵莉希曾不擇手段，應該能夠明白我的心情……」

……哥哥大人，請不要再說了！雖然是事實，但是太不敬了！

原本國王曾宣布，艾格蘭緹娜選擇的結婚對象將成為下任國王，然而亞納索塔瓊斯卻在暗地裡想方設法，讓國王的這番發言不再作數。藍斯特勞德這是當面在反駁王子，說他沒資格說這種話。漢娜蘿蕾覺得胃開始抽痛起來，一點也不想站在兄長旁邊。

「我能明白你想得到蓋朵莉希的心情，但居然兩領領主都沒談過話，便在貴族院內以迪塔決定領主候補生的終身大事……」

「哦……亞納索塔瓊斯王子，您是瞧不起迪塔嗎？」

藍斯特勞德的話聲變得尖銳。由於兩年前比迪塔時敗給了羅潔梅茵的妙計，所有人都受到她的刺激，去年又透過戴肯弗爾格的史書了解了迪塔的歷史，今年更因為迪塔故事與儀式，開始能夠得到真正的祝福。所以如今在戴肯弗爾格領內，迪塔的重要性與神聖程度比起以往都有過之而無不及。

亞納索塔瓊斯儘管不曉得背後這些緣由，但似乎馬上感受到了自己說的話，惹怒了正在指責中央騎士團行為不當的藍斯特勞德。

「不，我沒有瞧不起的意思。只不過，既然因為中央騎士團前來擾亂，導致迪塔沒能分出勝負，若要再比一次，便需要兩領奧伯……」

「這麼做才是對神的不敬，也是輕視迪塔的行為。我們還請神賜予了祝福才比這場迪塔，所以絕不能推翻既有結果，我也不打算這麼做。」

藍斯特勞德語氣堅決地如此表示後，韋菲利特連忙開口。

「請等一下。剛才那種情況下，迪塔並未分出勝……」

「漢娜蘿蕾已經自己走出陣地了，勝負還不夠明顯嗎？」

「可是，她那是為了躲避危險。是我邀請她前往安全的舒翠莉婭之盾，一開始她也說過不想離開……」

「住口！在寶物離開陣地的那一刻，勝負就決定了。這場迪塔是戴肯弗爾格輸了，而艾倫菲斯特獲勝。我對這個結果沒有異議。」

說話的同時藍斯特勞德看向漢娜蘿蕾。剎那間，他瞪著她似的微微瞇起雙眼。臉上的表情明顯在強忍衝動，其實很想質問她「為何自行離開陣地」吧。為了閃避兄長的怒火，漢娜蘿蕾默默別開目光，便看見韋菲利特臉色慘白。因為當時他是以「迪塔再比就好了」來說服漢娜蘿蕾，想必覺得自己有責任吧。

「亞納索塔瓊斯王子，我們對於迪塔的結果並無異議。但是，為免屆時只會下達一些可以預期的處分，我要求在審問鬧事者們與決定要如何處分時，能有發言的權力。」

聽到藍斯特勞德懷疑背後可能有王族的指使，亞納索塔瓊斯皺起了眉。藍斯特勞德緊接著又說：

「幸好這場迪塔是在貴族院裡舉行。只要趁著現在進行處置，便不必等到領主會議上所有領地的領主們都齊聚一堂。相信那些受到中央騎士團挑唆，可憐的中小領地見習騎士們也會如此希望吧。」

藍斯特勞德今年就要畢業了。明年出席領主會議時，雖說領地的大人不能干涉貴族院內的事情，但只要提出中央騎士團這次的不當行為，仍能向參與了此事的中小領地的領主們施加壓力。但既然王族從未下令，應該不希望事情再鬧得更大吧——看著如此與亞納索塔瓊斯交涉的兄長，漢娜蘿蕾暗暗嘆了口氣。

……明明哥哥大人也不想這件事被公開啊。因為他自己也為了解除得到國王許可的婚約，向艾倫菲斯特施壓，強行在貴族院內比了迪塔，結果竟然輸了……

看到兄長竟然可以擺出一副自己完全沒錯的表情與王族進行交涉，漢娜蘿蕾真是羨慕他的厚臉皮。

「我明白戴肯弗爾格的要求了。那艾倫菲斯特呢？」

「……啊……」

突然被徵詢意見，韋菲利特與近侍們交談了幾句後，向王族表達順從之意。

「不，艾倫菲斯特皆遵從王族的決定。」

「嗯。既然如此，往後若再發生與羅潔梅茵有關的紛爭，便由王族負起監護之責，旁人不得有異議。你們都記好了。」

亞納索塔瓊斯此話一出，不光艾倫菲斯特的人，在場眾人皆倒吸口氣。

「韋菲利特，你在接下挑戰之前，應該先想方設法推掉這場比賽。只要以羅潔梅茵的未婚夫這個身分向王族稟報，便可以回絕掉戴肯弗爾格的要求吧。這次因為你接受了比賽，往後但凡想要得到羅潔梅茵的上位領地提出類似要求，你都得接受不可。這點你明白嗎？」

艾倫菲斯特至今推出的所有新流行、貴族院的奉獻儀式、領地對抗戰上將發表的各種共同研究……羅潔梅茵的個人價值與受矚目程度正不斷攀升。這次即便兩人的婚約已得到國王許可，戴肯弗爾格仍然有機可乘。亞納索塔瓊斯在提醒韋菲利特，今後肯定會有其他領地也提出一樣的要求。事實上，受到中央騎士團挑唆的中小領地見習騎士們，也都說著「要得到羅潔梅茵大人」。這是可以預期的發展。

「這次你們似乎在一團混亂的情況下僥倖得勝，但未必每次都能這麼順利。再者，他領提出的挑戰也不會僅限迪塔吧。你是羅潔梅茵的未婚夫，又是下任領主，能否將她留在艾倫菲斯特，全靠你的本事與手段。今後要更妥善應對。」

聽完王族的一番訓誡，韋菲利特垂頭喪氣地離開訓練場。

一回到宿舍，漢娜蘿蕾立刻被藍斯特勞德一行人團團包圍。

「漢娜蘿蕾，妳為何自己離開陣地？去年領地對抗戰的時候，妳甚至敢反抗魔王，大家還對妳稱讚有加。就算妳說妳是因為太過害怕、為了遠離危險才離開陣地，也沒有半個人會相信。這麼做對妳有什麼好處？」

這時漢娜蘿蕾的腦海中，鮮明地浮現出了韋菲利特伸來的手，以及他筆直望著自己、充滿擔憂的深綠色雙眼。兄長說得沒錯。她離開陣地，並不是為了遠離危險。

「因為當時我在想，就算去艾倫菲斯特也沒關係。」

倘若對方不是韋菲利特，漢娜蘿蕾多半不會握住伸來的那隻手吧。她想要成為在那樣危險的情況下，有人願意守護的存在。

「所以您是為了自己的愛慕之心，利用了藍斯特勞德大人挑起的迪塔吧。沒想到大小姐竟能做得連身為首席侍從的我也毫無所覺，真是了不起的成長。」

柯朵拉以帶著了然的語氣這麼表示後，漢娜蘿蕾吃驚地回過頭。她張開了嘴巴想反駁說「不是的」，卻一句話也說不出來，最終只是再次合上。結果看在旁人眼中，事情就如同柯朵拉說的這樣。

……可是，愛慕之心？我這是愛慕的心情嗎？

因為想握住韋菲利特的手，因為想前往艾倫菲斯特，她離開了陣地。可是，她完全不覺得自己能夠抬頭挺胸，堅決地告訴眾人她心存愛慕。心裡的這份情感仍淡薄得難以定義，無法為其命名。

漢娜蘿蕾苦惱不已時，周遭的見習騎士們你一言我一語地反省起來。

「我怎麼也沒想到漢娜蘿蕾大人竟然想嫁去艾倫菲斯特。」

「早點知道的話，我就不會留漢娜蘿蕾大人一個人在陣地了……」

「這次得怪遭到利用的藍斯特勞德大人不夠細心，居然沒有蒐集到這項情報。」

沒有半個人責怪漢娜蘿蕾自行離開陣地。因為雖然領地輸了這場迪塔，但從漢娜蘿蕾的角度來看，她其實是成功藉由迪塔得到了自己想要的未來。況且對領地來說，這場迪塔無論輸贏，都能與艾倫菲斯特建立關係。儘管今天的敗仗讓藍斯特勞德一無所獲，但從包含漢娜蘿蕾在內的領地整體來看，依然有著好處。

「但是，這麼重要的事情妳為何沒有先說？該不會妳與羅潔梅茵聯手了吧？妳是什麼時候與韋菲利特心意互通的？」

她怎麼可能先說。因為她是在韋菲利特伸出手的那一刻，才改變了心意。況且漢娜蘿蕾不過是就結果而言隱瞞了重要事實，但藍斯特勞德卻是一直以來都在刻意隱瞞重要的事情。她覺得這才是問題所在。

「哥哥大人，直到您在茶會上突然開始挑釁韋菲利特大人，我也從未聽說您想得到羅潔梅茵大人喔。而且決定要讓我嫁去艾倫菲斯特的人，不正是哥哥大人自己嗎？」

面對漢娜蘿蕾的指責，藍斯特勞德一時語塞。雖然當初是羅潔梅茵提出條件，要漢娜蘿蕾當韋菲利特的第二夫人，但那時候她只是為了阻止迪塔。然而，是藍斯特勞德自己接受了她的條件。明明漢娜蘿蕾曾試圖阻止，卻被要求閉上嘴巴。

「……可是，我沒想到妳會想嫁去艾倫菲斯特。若是招贅也就罷了，居然要讓戴肯弗爾格的領主候補生嫁過去，艾倫菲斯特的排名未免太低了。」

藍斯特勞德呻吟般地悶聲說道，近侍於是輕拍他的肩膀。

「但這是比完迪塔的結果。」

「嗯，我知道。想不到竟會被妹妹先下手為強，是我太大意了，但這也是漢娜蘿蕾想要的結果。」

藍斯特勞德咳聲嘆氣，但依然不打算推翻迪塔比賽的結果，只是不情不願地準備向父母報告。「他們一定會罵我情報蒐集得不夠徹底，對親人太大意了吧。」

漢娜蘿蕾看向自己的雙手。當時，她主動伸出了自己的手。想起自己的手疊放在韋菲利特掌心上的那一瞬間，胸口彷彿有股暖意流過。

而當韋菲利特握住她的手時，她的小臉上綻放出了連旁人看到都會不由自主屏息的柔美笑靨。

聖女的儀式

「蕊兒拉娣，妳準備好了嗎？」

今天我們要參加的，是戴肯弗爾格與艾倫菲斯特為了共同研究所舉行的儀式。我再看了一遍木板上的注意事項。上頭的內容都是艾倫菲斯特的繆芮拉大人告訴我的。我經常與她一起討論貴族院的戀愛故事。

「我準備好了，姊姊大人。我不僅照著注意事項沐浴淨身過了，也準備好了回復藥水。還有，禱詞也大概背好了。」

「禱詞就和三年級加護儀式要背的差不多吧。蕊兒拉娣，妳還沒舉行加護儀式嗎？該不會還沒背好諸神的名字吧？艾倫菲斯特就連下級貴族都可以一次過關，妳身為約瑟巴蘭納的上級見習文官，竟然還沒通過考試……」

姊姊大人一臉錯愕，但要記住所有神祇的名字並不容易。而且艾倫菲斯特可是所有學生在第一堂課就合格了，真希望她別拿我與他們做比較。畢竟艾倫菲斯特的三年級生甚至從入學開始，所有學科皆全員在第一堂課就通過考試。率領著他們的領主候補生羅潔梅茵大人，就連術科課也都以最快速度合格，怎麼能與他們相比嘛。

「妳真是的，不僅修完課的速度慢，還蒐集不到有用的情報……」

「哎呀，姊姊大人不也一樣，蒐集不到有關羅潔梅茵大人的情報嗎？」

我不甘示弱地揚起臉龐。姊姊大人也曾試圖蒐集情報，但羅潔梅茵大人一年級剛入學時，似乎都由近侍哈特姆特大人在統管她的情報，結果他從頭至尾都在讚美羅潔梅茵大人，總結起來只知道了「她是艾倫菲斯特的聖女」。等羅潔梅茵大人升上二年級，聽說姊姊大人又被戴肯弗爾格的克拉麗莎大人趕跑，對她說：「哈特姆特的女伴是我。」

「我和姊姊大人不一樣喔。透過哈特姆特大人與菲里妮大人，我不僅知道羅潔梅茵大人喜歡怎樣的故事、預計何時返回領地；經由韋菲利特大人與漢娜蘿蕾大人的對話，也知道他們都是藉由互借書籍來與上位領地建立交情。現在還與繆芮拉大人是好朋友呢。」

羅潔梅茵大人從一年級開始，便在高價蒐購各地的故事。就是在那個時候，約瑟巴蘭納的下級貴族跑來拜託我說：「為了讓他們出更高的價格購買，我想知道羅潔梅茵大人喜歡怎樣的故事。但因為負責人是上級貴族，能請您與我一同前往嗎？」於是我便一同前往了圖書館。就這樣，我便從哈特姆特大人與菲里妮大人那裡取得了情報。

……聽說羅潔梅茵大人喜歡戀愛故事。但我不太明白「從銷量來看」這句話是什麼意思就是了。

我想自己一定能與羅潔梅茵大人氣味相投。因為我也非常喜歡戀愛故事，菲里妮大人還把剛成為近侍的繆芮拉大人介紹給我。繆芮拉大人同樣喜愛戀愛故事，每次我們一打開話匣子，總會只顧著討論戀愛故事的內容，忘了要蒐集各地的情報。

……真想快點與羅潔梅茵大人成為朋友，最先讀到艾倫菲斯特的戀愛故事集呢。

雖然聽繆芮拉大人告訴我新書裡有哪些故事也很有趣，但我還是想自己實際翻開來看。今年在比往年要早舉行的茶會上，我很幸運地向夏綠蒂大人借到了艾倫菲斯特的書，但那並非是最新推出的，再者也不是想借就能馬上借到。

……聽說最新的那本貴族院戀愛故事集裡，還有讓人臉紅心跳的場景。比如在時之女神會惡作劇的涼亭裡，黑暗之神張開了披風將光之女神隱藏起來。啊啊，不知道什麼時候可以讀到呢？

「妳別再講些不切實際的話，說什麼為了看新書想嫁去艾倫菲斯特，冷靜點面對現實吧。現在艾倫菲斯特有越來越多的成績優秀者，還備受各領矚目，就算想嫁過去也沒那麼容易。情況已經和幾年前不一樣了。」

「但如果是嫁給艾倫菲斯特的中級貴族，應該會容易一些吧？」

「父親大人與母親大人對艾倫菲斯特的記憶還停留在他們總是最後幾名，怎麼可能答應妳與那裡的中級貴族結婚呢。別再作白日夢，往大禮堂移動吧。」

姊姊大人出聲呼喊另一名上級見習文官露絲桃妮。約瑟巴蘭納派去參加共同研究的，便是我、姊姊大人與露絲桃妮共三個人。

……真是好不容易等到了這一天呢。

我有些出神地望向遠方，回想至今發生的事情。

◆

過往艾倫菲斯特一直是在最後幾名徘徊的中領地，藉著政變時保持中立，後來排名便急速上升。大概因為之前保持中立的關係，領內留存了不少魔力吧。與他領相比，艾倫菲斯特的收成一直是穩定上升。這證明了他們擁有豐富的魔力能滋潤土地。

不僅如此，近五、六年來學生在貴族院的成績也有顯著提升。成績剛開始提升的時候，由於只有低年級生的學科成績有變化，聽說大家還嘲笑他們，為了維持住排名真是絞盡腦汁。這是在我入學前，約瑟巴蘭納的排名還比艾倫菲斯特高時的事。

但是，後來慢慢地連術科成績也有學生開始進步，甚至有人展現出了難以想像是中領地的魔力量修完術科課。而且這個現象直到現在仍在持續。如今艾倫菲斯特有半數以上的學生都能在術科課上取得好成績，因此眾人都在猜測，他們應該是想到了某種壓縮魔力的有效方法吧。

而羅潔梅茵大人入學之後，便因為全員都在學科第一堂課就通過考試而引起矚目，接著她更推出了許多新事物。但是，中小領地推出的新事物未必能夠成為流行。只要沒有引起大領地的注意、進而幫忙推廣，大家只會圖一時新鮮，不久就會被遺忘吧。

當時在中小領地舉辦的茶會上，聽到羅潔梅茵大人竟在社交時期身體不適、返回領地，很多人還一邊說著「真可憐」，一邊露出嘲諷的笑容說：「真希望大領地能把她想出來的新流行占為己有呢。」

然而，到了一年級的尾聲，在艾倫菲斯特主辦的全領地茶會上，明顯可以看出羅潔梅茵大人與王族以及上位領地都建立起了交情。除此之外，大家還發現亞納索塔瓊斯王子竟向艾倫菲斯特購買了髮飾，也看得出艾格蘭緹娜大人私下與她舉辦茶會時，曾針對能讓頭髮發出光澤的商品有過交涉。當時中小領地們不知道有多麼震驚與慌張呢。

……那時候因為是姊姊大人作為代表出席，所以我並不清楚，但包含羅潔梅茵大人中途暈倒一事，聽說整場茶會都讓人大受震撼。

自那之後，就算急切地想要蒐集情報，卻因為領地對抗戰就要到了，怎麼也遇不到艾倫菲斯特的學生。我們本還樂觀地心想，那等到領地對抗戰上再蒐集情報就好了，怎知羅潔梅茵大人竟因身體還沒康復，並未出席。不光如此，往年艾倫菲斯特的會場都乏人問津，那年卻有大領地的領主頻繁進出，導致中小領地的人難以靠近。

等升上了二年級，羅潔梅茵大人一樣是所有科目都第一堂課便通過考試，之後就不再來上課。即便到了社交時期，也都交由夏綠蒂大人出面應對，她自己從未現身過。領地對抗戰時，也是由韋菲利特大人與夏綠蒂大人接待中小領地的人，羅潔梅茵大人則與斐迪南大人這名監護人忙著應付戴肯弗爾格。隨後因為發生了襲擊事件，她便沒有出席表揚儀式，隔天的成年禮又是中途便離場。明明有著像是才剛受洗完、非常引人注目的年幼外表，卻總是躲得不見蹤影。

然後到了今年，羅潔梅茵大人總算社交時期也留在貴族院，我終於有機會與她說上話了。聽到與書本有關的話題，羅潔梅茵大人總會露出開心的微笑；但聽到大家談論起自己的戀愛故事，則害羞得支吾其辭。不過，一聽到奧伯．艾倫菲斯特的負面傳聞，她便會露出難過的表情。

根據在領主會議上得來的消息，聽說她與奧伯親生孩子接受到的待遇截然不同，還被推去神殿任職，因此無法從頭至尾都待在貴族院。這一定讓她很難受吧。

儘管羅潔梅茵大人極力否認，但奧伯的親生孩子韋菲利特大人與夏綠蒂大人都沒有在社交時期返回領地，這是眾所皆知的事實。倘若待遇真的平等，應該要三個人都回領地才對吧。

「羅潔梅茵大人，比起神殿的事情，我更想了解共同研究呢。請問您是如何與大領地一起進行研究的呢？」

羅潔梅茵大人正在說明神殿儀式的事情時，英蒙丹克的領主候補生夢蓮露意大人卻出聲打斷。接著她更提出無禮要求，希望可以加入與戴肯弗爾格的共同研究。

去年領地對抗戰上，英蒙丹克的上級貴族不慎攻擊到了羅潔梅茵大人，因而遭到處罰。明明夢蓮露意大人曾在之前的茶會上說：「明明羅潔梅茵大人也讓英蒙丹克蒙受了損失，卻沒有半個人同意我呢。」真沒想到她如此厚臉皮。

不管是因為軔拿斯巴法隆而蒙受了巨大損失，還是因為上級貴族被怪罪後導致領地排名下降，這些都不是羅潔梅茵大人的責任。周遭眾人正想開口勸阻夢蓮露意大人時，沉思良久的羅潔梅茵大人抬起頭來，盈盈一笑。

「我們兩領在進行共同研究時，有個步驟是要展示艾倫菲斯特的儀式。倘若各位不介意的話，要不要前來參加呢？但前提是，得先徵得戴肯弗爾格的同意……」

「哎呀，您願意讓我們參與嗎？」

……羅潔梅茵大人也太好說話了。

我啞然失聲，但在場眾人立刻爭先恐後地表示也想參加。感受到大家在無聲地說，既然英蒙丹克可以參加，那麼我們也要——我連忙表明參加的意願。

「姊姊大人，我們說不定可以參加戴肯弗爾格與艾倫菲斯特的共同研究喔！」

「蕊兒拉娣，妳做得太好了。」

約瑟巴蘭納立即向戴肯弗爾格提出申請，表示想要參與共同研究。

「那就來比迪塔吧！」

雖然不明白共同研究與迪塔有什麼關聯，但聽說迪塔非比不可。只不過，若要與他領比迪塔，無法憑我的一己之見決定。請奧伯做決斷後，奧伯便指示我們比迪塔、參與共同研究，因此便請見習騎士們與戴肯弗爾格比場迪塔。

「蕊兒拉娣大人，戴肯弗爾格想比的是奪寶迪塔。」

「……是指以前在比的那種迪塔吧？」

關於奪寶迪塔，目前我們只在學科課上學過一些知識，甚至沒在術科課上練習過，但聽說戴肯弗爾格要求比奪寶迪塔。儘管我們中小領地聯手組成了一支隊伍，卻還是眨眼間就落敗。不僅如此，比賽時還需要非常大量的回復藥水。倘若是比競速迪塔，根本不會消耗掉這麼多回復藥水與魔力，對約瑟巴蘭納來說這實在是後悔莫及的失算。

「如今採集區域也變得相當貧瘠，採不太到品質良好的原料呢。」

原料品質既不好，製作回復藥水也需要大量的魔力。儘管動員了所有見習文官製作藥水，但總不能讓見習騎士們支付回復藥水的費用。畢竟比迪塔是奉奧伯之命，算是課堂之外的損失。在得到奧伯的批准後，我便使用貴族院的經費來支付回復藥水的製作費用，但也因為這樣，領地對抗戰時能使用的經費一下子減少許多。

不過，多虧了見習騎士們的努力，戴肯弗爾格按著我們當初申請的人數，送來了三份准許參加儀式的木牌。聽說參加儀式的時候，這是非帶不可的許可證。他們還說了，只要帶著許可證去找艾倫菲斯特的見習文官，就能知道參加儀式時的注意事項，我於是聯繫了繆芮拉大人。

「咦？參加共同研究的時候，需要帶回復藥水嗎？」

「是的。羅潔梅茵大人舉行的儀式會用到魔力，所以我想最好準備一下。」

聽到繆芮拉大人這麼說，我非常苦惱。都已經請奧伯下令，也請見習騎士們努力比了迪塔，事到如今實在說不出口不參加儀式。可是，我真的想避免在課堂以外的地方再消耗更多魔力與回復藥水了。

……早知道或許該和英蒙丹克一樣，在聽到要比迪塔的時候就撤回請求，這麼做好像比較明智呢。

我聽說去年襲擊事件發生後，英蒙丹克在輕拿斯巴法隆的肆虐下災情最為慘重，剩下的見習騎士幾乎不是中領地該有的人數，因此無法參加迪塔，便撤回了申請。

「約瑟巴蘭納不像艾倫菲斯特一樣還有餘力。為了能在共同研究的成果上署名，真的值得不惜消耗更多魔力，也要參加這場儀式嗎？」

我提出這樣的疑惑後，繆芮拉大人只是略略偏過臉龐。

「雖然我不清楚他領有無餘力，但羅潔梅茵大人的儀式相當值得一看唷。我想有助於了解向神獻上祈禱，以及受到諸神寵愛是什麼意思。」

往常繆芮拉大人的綠色雙眼總在聊起戀愛故事時才會閃閃發亮，此刻卻認真得出乎預料。我不自覺屏息後，決定參加共同研究。

◆

大禮堂內聚集了超過兩百以上的人。看見這麼多人，我嚇了一跳。發現在場和自己一樣的奶油色披風僅僅三個而已，我頓時感到十分不安，輕拉住姊姊大人的披風。

「姊姊大人，有這麼多人都要參加研究嗎？」

「大部分似乎都是領主候補生，所以是隨行的近侍很多吧。實際上的參加者應該沒這麼多。」

我入學的時候，約瑟巴蘭納的領主候補生還沒畢業，與擔任已畢業領主候補生近侍的姊姊大人不同，我很少意識到領主候補生都會與近侍們一起行動這件事。

……連在城堡工作的時候，我也很少碰到領主候補生嘛。

「那個，費雅琴麗大人，那些人是不是中央騎士團呢？」

露絲桃妮指向大禮堂深處的門扉，取得思達普時我們曾進去過裡面的最奧之間。正如她所說，不知為何披著黑色披風的中央騎士團正成排站在門前。其中幾人的模樣還彷彿不久前才經歷一場惡鬥，儘管靠著回復藥水治好了傷口，卻沒來得及換下破損的服裝。

「發生什麼事了嗎？」

「蕊兒拉娣，妳身為共同研究的負責人都不知道了，我怎麼可能知道呢。」

姊姊大人這樣回道，臉上也流露出了緊張。戴肯弗爾格與艾倫菲斯特的共同研究到底會發生什麼事情，真是教人難以預料。仔細想想，明明是要進行共同研究，卻讓眾人到大禮堂集合，這點也很奇怪。

「儀式將在門後的最奧之間裡舉行，請參加者務必出示許可證。沒有許可證的人不得進入。請大家一一依序入內。」

艾倫菲斯特與戴肯弗爾格的學生們大聲如此提醒。我在其中看見了菲里妮大人與繆芮拉大人。

最先進去的第一順位庫拉森博克因為沒有領主候補生正在就讀，似乎是派出了五名上級見習文官參加。不知為何每個人都在往內部走去前停下腳步，真是不可思議。

第二順位戴肯弗爾格的領主候補生們因為要進行共同研究，好像早就在裡面了。庫拉森博克之後，便輪到排名第三的多雷凡赫。

「為何我不能進去?!我可是奧爾特溫大人的護衛騎士！」

「沒有許可證就不能進入，護衛騎士也不例外。」

「這種事情怎麼可能……」

「沒有許可證的人不得入內，退下。」

護衛騎士才剛要發火，中央騎士團旋即上前。騎士們不僅投來凌厲的眼神，更以不悅的低沉嗓音下令，護衛騎士們只好緊咬著牙慢慢後退。沒想到若沒有許可證，居然連近侍也不能進去。

「居然不讓護衛騎士跟著進去，他們到底在想什麼呢？」

我不安地握緊手中的許可證。

就在這時，本已走進門內的一名學生竟被送了出來。由於對方披著淡紫色披風，應該是亞倫斯伯罕的學生吧。只見艾倫菲斯特與戴肯弗爾格的見習騎士們將她趕走，說：

「既然現在護衛騎士不能進入最奧之間，有可能帶來危險的人不能參加儀式。」

「不是的，我才沒有加害之心……！是羅潔梅茵大人！這是羅潔梅茵大人的陰謀！」

「詳細情況妳再告訴我們吧。」

見習騎士們交由中央騎士團接手後，那名面色僵硬的女學生便被帶離大禮堂。

「裡、裡面發生什麼事情了？」

我提出疑問後，露絲桃妮只是靜靜搖頭。

「不知道。但是，從那名女學生說的話來推斷，應該是裡面有某種可以判別進入之人有無謀害之心的東西。」

「所以是採取了某種措施，即便沒有護衛騎士陪同也能確保安全吧……只要沒有敵意與加害之心，應該就不用擔心。像庫拉森博克與多雷凡赫都沒人被趕出來。」

姊姊大人小聲說道，瞥向附近小領地的學生。當中有些人因為嫉妒艾倫菲斯特，在茶會上說了很多他們的壞話。

……我曾因為需要大量的回復藥水而抱怨過，但這應該不算是敵意吧?!

我的心臟頓時跳得飛快，等著輪到自己。亞倫斯伯罕派來的五名見習文官中，除了有兩人被趕走外，其餘三人皆逐一入內。走進去之前，同樣都曾一度停下腳步。

「最奧之間裡面到底有什麼呢？為什麼每個人都一定會停下腳步？」

最奧之間的門雖然打開著，但由於入口罩著一層顏色複雜難辨的魔力薄膜，看不清楚屋內的模樣。在我前面進去的姊姊大人，同樣一度停下腳步。

「下一位。」

菲里妮大人喚道，我便將當作許可證使用的木牌握在胸前，邁出步伐前進。儘管站在大門左右兩邊的中央騎士團讓人非常害怕，但我提醒自己不要低下頭去。

當身體穿過薄膜，看見屋內深處的光景後，我也和大家一樣不由得停了下來。

……怎麼回事?!我從沒聽說這麼多王族都會來參加!

一進到最奧之間，最先躍入眼簾的便是成排站在黃色透明半球狀物體內的王族。羅潔梅茵大人則身穿神殿長服，站在他們前方。

衝擊大到我的心臟差點要停止跳動，整個人僵在原地。這時，一旁傳來聲音說：

「請出示許可證。」我茫然自失地將許可證交給戴肯弗爾格的克拉麗莎大人。

「這個神具是舒翠莉婭之盾，若對裡面的人懷有敵意或加害之心便無法入內。由於要在護衛騎士無法陪同的情況下舉行儀式，才以這種方式進行檢測。請進來問好吧。」

羅潔梅茵大人這麼說明了風盾的作用後，面帶微笑往旁邊退了一步。由左至右分別是艾格蘭緹娜大人、亞納索塔瓊斯王子、特羅克瓦爾國王、阿道芬妮大人、席格斯瓦德王子與娜葉拉耶大人。

我真是作夢也想不到，身為中位領地上級貴族的自己竟能當面拜見王族。雖然有很多落敗領地的人，經常輕蔑地說特羅克瓦爾大人既未持有古得里斯海得，根本沒有資格成為君騰，但他渾身依舊散發著王族的威嚴。我竭盡所能不讓雙腳打顫，慢慢地在國王面前跪下。

「我是約瑟巴蘭納的蕊兒拉娣。歷經生命之神埃維里貝的重重嚴格遴選，得以有幸與您會面，願能為您獻上祝福。」

「准許妳。」

國王的聲音比預期還要溫柔，我有些安下心來地獻上祝福後，開口問好。

「君騰·特羅克瓦爾，非常榮幸能夠向您拜見。」

「蕊兒拉娣，今日很感謝妳提供協助。」

我怎麼也沒料到，國王居然會直呼自己的名字表達感謝。對我這樣的上級貴族來說，這實在太光榮了，我一時間說不出話來。若不是羅潔梅茵大人開口催促，我說不定會感動得當場掉下眼淚。

「蕊兒拉娣大人，接下來由哈特姆特為妳帶路。」

在督促下起身後，穿著青衣神官服的哈特姆特大人便往我走來。為什麼已經從貴族院畢業的貴族會穿著青衣神官服？由於一進來就看到整排的王族，我好不容易才從衝擊當中緩過神來，新的衝擊又讓我感到暈眩。

「哈特姆特大人，您這身衣服……」

「因為我是負責輔佐神殿長羅潔梅茵大人的神官長啊。而且不光是我，韋菲利特大人與夏綠蒂大人也都換上了儀式服。今天的情況本就是特例，否則羅潔梅茵大人舉行奉獻儀式時，原本可是只有身穿青衣的神官及巫女能夠入內。」

明明眾人這般唾棄神殿，哈特姆特大人卻一派自豪地低頭看著身上的服裝，臉上帶著與去年毫無二致的笑容。就是他在訴說羅潔梅茵大人有多麼了不起時的那種笑容。腦海中倏地蹦出了他興高采烈前往神殿的模樣，但以貴族來說真教人不敢置信。我急忙搖頭，甩開這樣的想法。

「請在這裡稍候。」

哈特姆特大人帶著我走到一塊紅色地毯上，旁邊便是姊姊大人。地毯中心留有相當寬敞的空間，上位領地的人則圍著中心站成圓圈，越往外是領地排名越靠後的人。但大家並沒有形成一個完整的圓，中間還空了一條筆直的走道，大概是王族在接受完問候後，會從走道移動到地毯中心吧。

「艾倫菲斯特真的是所有領主候補生都會出入神殿呢。」

哈特姆特大人將接著進來的露絲桃妮帶過來後，一等他走開，姊姊大人便壓低音量這麼說。我重新環顧四周，發現確實如同哈特姆特大人所說，韋菲利特大人與夏綠蒂大人也穿著藍色的儀式服。而且只要仔細觀察，馬上就能看出那到底是為了今天臨時借來的，還是自己訂做的服裝。由於兩人仍在成長途中，看得出來身上衣服確實是訂做的，還不是剛剛做好的新衣，明顯已經穿過幾次。

「姑且不論對羅潔梅茵大人有差別待遇的這個傳聞，看來在艾倫菲斯特，領主候補生們確實都會舉行儀式呢。」

我才剛輕聲說完，一陣狂風突然吹來。發生什麼事了？抬起頭一看，似乎是保護著王族的舒翠莉婭之盾彈開了某個人。艾倫菲斯特與戴肯弗爾格的見習騎士們立刻把那個人帶出去。

「我才沒有懷有敵意！」

「也許你不是對王族，而是對我懷有敵意吧？但是，今天的儀式還請放棄參加。因為既然護衛騎士不能在場陪同，我們便不能讓帶有敵意或加害之心的人進來。」

羅潔梅茵大人語氣溫和地這麼說道，目送那名學生被帶出去。被帶走的人，好像都對羅潔梅茵大人不然就是王族抱有敵意。明明應該沒有方法可以確認是否真有敵意，為什麼他們能那麼肯定呢？

「這樣沒問題嗎？如果不是真的抱有敵意的話，那就糟了吧？畢竟往後會被王族盯上，以為自己懷有敵意。」

「可是，那個人確實被風盾彈開了。上位領地當中雖然只有亞倫斯伯罕的兩名學生被趕走，但她們的確親口說過對羅潔梅茵大人懷有敵意的話語。只不過，剛才那名男學生屬於在政變中落敗的領地。接下來可能會有好幾個人被彈出去吧。」

如露絲桃妮所料，之後進來的學生中有好幾個人都被風盾彈開。由於那些人都屬於政變落敗後排名下降的領地，或是曾在茶會上對於領地魔力不足的現況多有抱怨，因此懷有敵意的對象多半是王族吧。

……希望這樣的結果變得明確以後，不會有太多人怨恨羅潔梅茵大人。

好幾個人被趕出去後，花了這麼久時間，終於所有人都進來了。始終站在牆邊的兩名戴肯弗爾格領主候補生沒有移動，艾倫菲斯特與戴肯弗爾格的見習騎士們則是魚貫離開。見習文官們再緊緊關上門扉後，和我們一樣就定位站好。

「接下來請往房間中心移動吧。」

羅潔梅茵大人說完，王族便依序邁開腳步，往地毯中央移動。等王族都移動了，羅潔梅茵大人便消除舒翠莉婭之盾。

「那麼，接下來將舉行奉獻儀式。」

韋菲利特大人開始針對奉獻儀式進行說明。直到這時我才知道，原來接下來要舉行的儀式，會蒐集所有人的魔力獻給王族。

……這種儀式哪裡是共同研究了?!明明所有領地都處在魔力不足的情況，我該不會是被騙了吧?!

周遭眾人似乎也和我有一樣的想法，全都猛然抬起頭來。夏綠蒂大人環顧眾人，接著說道：

「這次會進行共同研究，是因為戴肯弗爾格與艾倫菲斯特的學生都取得了複數的神祇加護。而兩領的共通之處，便是都會定期舉行向神獻上祈禱的儀式，因此我們假定也許祈禱與儀式是非常重要的關鍵。」

本想開口抗議的大家都閉上了嘴巴。因為我們雖然知道艾倫菲斯特的三年級生中有人取得了複數加護，但不知道這與儀式有關。而且聽說有名下級貴族是從原先未有適性的屬性那裡取得加護，還有名中級貴族在取得加護後變成了全屬性。

「會在艾倫菲斯特神殿裡舉行儀式的哥哥大人與姊姊大人，分別得到了十二位與二十一位神祇的加護。」

「根據我自己的感覺，現在我只要用以前的七成魔力便能進行調合。在到處都魔力不足的情況下，我認為這是很重要的研究。」

實際上取得了十二位神祇加護的韋菲利特大人這麼表示後，聽來格外有說服力。如果能在調合時減少魔力的消耗，那也等於是魔力增加了嘛。

始終站在牆邊的藍斯特勞德大人也開口說了。

「各位申請參加共同研究以後，比迪塔的時候，應該很多人都看到了戴肯弗爾格在舉行儀式後獲得神的祝福吧。我們也確認過了每當舉行完儀式，力量與速度都會大幅增加。這也是此次共同研究的成果。」

原來戴肯弗爾格在比迪塔時會強得那麼誇張，有部分也是因為在舉行儀式後得到了神的祝福。

我正眨著眼睛時，哈特姆特大人拿出類似鈴鐺的東西，慢慢走向地毯中心。他一邊緩步前進，嘹喨的話聲也響遍最奧之間。

「初任國王曾是神殿長。甚至有段時期君騰與奧伯還會擔任神殿長，理所當然地向諸神獻上祈禱。羅潔梅茵大人希望各位能在參加今天的儀式後，親自感受到眾神的力量，並且重新思考神殿的存在意義，同時也希望有越來越多人能取得神的加護。」

我不自覺尋找起羅潔梅茵大人的身影。消除了舒翠莉婭之盾後，羅潔梅茵大人正靜靜站在門前。她沒有獨占這些自己知道的資訊，反而希望大家都能得到神的加護，如此無私的模樣讓人覺得非常耀眼。我稍微可以明白，為什麼哈特姆特大人總驕傲地聲稱她是「艾倫菲斯特的聖女」。

「接下來將舉行奉獻儀式。請在原地跪下，並將雙手放在紅色地毯上。稍後，請跟著神殿長羅潔梅茵大人複述禱詞。」

哈特姆特大人下指示後，原先各自坐著的眾人都改成跪姿，將手放在地毯上。王族也擺出了同樣的姿勢。只見韋菲利特大人與夏綠蒂大人從中心走到外圍，然後跪下來。

如今還站著的，只剩下牆邊的兩名戴肯弗爾格領主候補生、站在中心的哈特姆特大人，以及門前的羅潔梅茵大人。就在這時，清亮的鈴聲忽然響起。

「神殿長進場！」

哈特姆特大人朗聲宣布後，羅潔梅茵大人踩著從容優雅的步伐開始移動。由於她是朝著祭壇的方向前進，從我的所在位置恰巧能夠看著羅潔梅茵大人從正前方走來。在一片五顏六色的披風當中，只有羅潔梅茵大人一人身穿白色儀式服，顯得醒目異常，全身上下還散發著很適合以靜謐來形容的氛圍。她不疾不徐地在跪地的眾人之間前行，目光直視祭壇，彷彿其他的事物都看不見。

而她那一頭飄逸的夜空色長髮更是突顯了儀式服的雪白。不僅如此，可說是未婚夫定情信物的虹色魔石也在頭上不停晃動著，發出星星般的光芒。我從沒見過這種魔石相連而成的美麗髮飾。

……真希望總有一天，也能遇見會送我這種美麗魔石的男士。

雖然姊姊大人一定會要我面對現實，別再說這種夢話了，但其實我也知道，自己最終會與父母指定的對象成婚。既然只有現在能作作白日夢，那暫時讓我沉浸在美夢裡又有何不可呢。

……但會同意我這麼說的人，大概也只有繆芮拉大人吧。

我不禁想起了兩人一起討論戀愛故事的快樂時光，這時羅潔梅茵大人已經走到了地毯中心的前方。隨後，她一邊仰望我身後的祭壇，一邊輕輕地朝著空中舉高雙手，準備向神獻上祈禱。

聽說向神獻上祈禱時，舉高雙手與抬起左腳的動作，是為了能夠更靠近司掌浩浩青空的最高神祇；而獻上感謝時把手放在地面上的動作，是為了更加貼近分掌瀚瀚大地的五柱大神。以前聽到這種祈禱方式時我還無法理解，然而此時此刻看見羅潔梅茵大人的模樣以後，卻突然有些可以明白。

「伊爾達格拉爾。」

羅潔梅茵大人在舉高的右手上變出了思達普，金色雙眼注視祭壇，以稚嫩清脆的嗓音詠唱出咒語後，思達普便變成了偌大的聖杯。看起來就和祭壇上蓋朵莉希抱在懷裡的神具一模一樣，連精細的雕刻也完全複製。在場眾人全倒吸口氣。

「蓋朵莉希的聖杯……」

屋內一片靜寂的情況下，不知何人的低語聲顯得格外響亮。由於我與羅潔梅茵大人同年級，會一起上術科課，也因為羅潔梅茵大人在神殿長大，所以我曾聽說不管是武器還是防具，她都只變得出神具而已。但我沒想到不只武器，她竟然連聖杯也變得出來。

……聖杯既不是武器也不是防具吧？羅潔梅茵大人到底是在哪裡學會變出聖杯的咒語呢？在神殿裡頭有辦法學到嗎？

我正偏頭納悶時，聽見一旁的姊姊大人倒吸了口氣。由於我還見過羅潔梅茵大人變出圓形盾牌，音樂課上也見過她一邊彈琴一邊灑出祝福，感覺甚至有些習以為常了。

……每次聽到我的報告，姊姊大人總說我「太誇張了」，現在剛好可以讓她知道我說的那些話絕不誇張。

哈特姆特大人幫忙扶住羅潔梅茵大人一個人顯然拿不動的偌大聖杯後，兩人一起小心翼翼地放下聖杯，緊接著跪下來。羅潔梅茵大人的身影也就此消失在我的視野中。但下個瞬間，吟唱般的祈禱聲開始傳來。

「創世諸神，吾等在此敬獻祈禱與感謝。」

想起哈特姆特大人說過要跟著羅潔梅茵大人複述，我急忙張開嘴巴照唸。
「創世諸神，吾等在此敬獻祈禱與感謝。」
但由於大家跟著複述的速度與開始時間都不一樣，祈禱聲聽來非常不整齊，甚至讓人覺得有些刺耳。羅潔梅茵大人等到大家都唸完、現場安靜下來後，接著繼續說：
「司掌浩浩青空的最高神祇，暗與光的夫婦神；」
「分掌瀚瀚大地的五柱大神，」
這次，羅潔梅茵大人以同樣的語調、同樣的速度詠唱著，眾人跟著仿效後，複述的話聲慢慢變得整齊一致。隨著在屋內迴盪的詠唱聲逐漸同步，我也覺得大家好像開始融為一體。這種在同一時間做同一件事的共同體驗，讓我胸口有些發熱。
「水之女神芙琉朵蕾妮、」
「火神萊登薛夫特、」
「風之女神舒翠莉婭、」
「土之女神蓋朵莉希、」
「生命之神埃維里貝。」
唸完每位神祇名字的時候，大家的聲音已經完美同步，傳到祭壇那邊去。內心油然升起了難以言喻的一體感時，我發現有什麼東西正從大家體內飄出來緩緩搖動。
……咦？
下個瞬間，體內的魔力忽然被往外吸出。這種魔力自己被吸出去的感覺我還是頭一次經歷，整個人完全不知道該作何反應。由於魔力是經由雙手流出去，把手移開固然簡

單，但既然這是儀式，想必不能自行中斷吧。

結果，魔力開始經由我的雙手流向紅色地毯。我動也不敢動一下，只是看得目不轉睛，接著發現紅色地毯閃爍起了細小的微光。

流動的魔力形成光流，朝著放在眾人中心的聖杯匯集而去。我還感覺得到從後方湧來的魔力正經過自己，不斷往前流去；每一次流動，都再帶走了體內更多魔力。漸漸地，魔力流動的速度好像越來越快，從體內流出的魔力也越來越多。

「感謝諸神賜予萬千生命的恩惠，聖恩崇潔，謹此獻上敬意，虔心予以回報。」

祈禱文一唸完，四周忽然變得無比明亮。在我還注視著光流的時候，驀地有其他亮光灑進視野，我大吃一驚地抬起頭來，看見放在地毯中心的聖杯正綻放耀眼光芒。

「哇?!聖杯發光了?!」

周遭人們也都驚叫出聲。緊接著，紅色亮光倏地化成一道光柱從聖杯升起，朝著天花板筆直飛去。顏色是讓人聯想到溫暖爐光的蓋朵莉希貴色。

「這、這是怎麼回事?!」

國王尖銳的質問聲接著傳來。這完全就是眾人心裡的疑惑，對此羅潔梅茵大人只是話聲平靜地回道：

「應該是部分魔力飛到了貴族院的某個地方去吧。每次在貴族院舉行儀式，都會出現這種情形。既然在艾倫菲斯特領內不會這樣，想必是貴族院特有的現象吧。」

站在牆邊的藍斯特勞德大人跟著附和表示，在戴肯弗爾格舉行儀式時也會出現同樣的現象。

「但在我們舉行的儀式上，光柱多是藍色，今天是紅色嗎……」

「因為今天是往聖杯奉獻魔力的奉獻儀式。這道紅色光柱，便是各位獻給諸神的魔力……不覺得這幅景象很美麗嗎？」

聽見羅潔梅茵大人這麼說，我不住點頭。單純僅因魔力而產生的紅色光柱，真的美得宛如絕景。

……這才是真正的貴色吧。

像我平常只有在思考服裝與屋內的擺設時，才會意識到季節的貴色。由於就連成年禮要穿的服裝都得根據出生的季節決定用色，不能自己選擇，我還對此大感不滿過。然而，我生平第一次見到如此美麗的貴色。即便是帶有紅色屬性的魔石，我也不曾像這樣覺得美得令人屏息。

「姊姊大人，請到此為止！」

冷不防地，夏綠蒂大人發出近乎悲鳴的大喊。大家吃了一驚地轉頭看去時，夏綠蒂大人已經站起來了。羅潔梅茵大人也跟著起身。

「儀式到此結束。各位，請把手從地毯上移開吧。我擔心可能已有人不堪負荷。」

聞言，我將放在地毯上的雙手收回來。儀式期間感受到的一體感霎時消失，我有種從夢中醒來、驟然回到現實的感覺。

與此同時，我也感到非常疲倦，更發現體內的魔力都耗盡了。身體突然變得很沉，甚至有些頭暈目眩，整個人都無法動彈，就連跪姿也要使出全身的力氣才維持得住。正當這個時候，身後傳來了好幾個人跌坐在地的聲響。

「各位辛苦了。諸位王族與領主候補生因為平常都會為基礎魔法提供魔力，想必早已經習慣了，但對上級貴族來說應該十分吃力吧。為了感謝各位提供貴重的魔力，我們準備了魔力回復藥水，作為奉獻儀式的參加獎……哈特姆特，麻煩你了。」

羅潔梅茵大人說完，哈特姆特大人輕輕點頭後馬上開始動作。韋菲利特大人與夏綠蒂大人的動作雖然不快，但也同樣開始移動，好像並不怎麼感到疲倦。

王族與領主候補生們的姿勢依然端正，但上級貴族當中有好幾個人都已經無法維持跪姿。

……王族與領主候補生平常都要做這麼辛苦的事情嗎？我第一次知道。

根據學到的知識，我知道領主一族都得為基礎魔法灌注魔力。可是，以前我從不知道灌注魔力時是什麼情形，也不知道會這麼辛苦，得消耗這麼多魔力。

「跟老師們在貴族院教的藥水比起來，這個藥水的魔力恢復效果應該會好一些。但當然，如果有人疑心可能被下毒或加了其他東西，只要婉拒一聲，我們便不會發放，還請使用自己帶來的回復藥水。」

韋菲利特大人與夏綠蒂大人各自從盒子裡拿出藥水瓶，一飲而盡表示沒有下毒。接著，哈特姆特大人將回復藥水遞給羅潔梅茵大人以後，自己也從盒裡拿了瓶回復藥水喝下，再把喝完的藥水瓶放進另一個盒子裡。

「這個回復藥水的配方是有人教給我的，由於不確定能否擅自外流，還請在這裡飲用完畢。擅自把藥水發給大家的我還可能會挨罵，所以喝完後，請容我們收回瓶子。」

這件事請別告訴任何人喔——羅潔梅茵大人邊把喝完的瓶子交給哈特姆特大人，邊露出調皮的微笑這麼說。聽到這個藥水的魔力恢復效果會比貴族院老師教的藥水要好，我不禁心生好奇，看向姊姊大人後，卻見她一臉嚴肅。

「姊姊大人，怎麼了嗎？」

「這種不知道加了什麼東西的藥水有人敢喝嗎？難保不會遭到暗算。」

擔任領主候補生近侍的姊姊大人十分警覺。被她指出自己太過鬆懈，完全沒想過有摻雜異物的可能，我有些羞愧地低下了頭。與姊姊大人不同，我並不是近侍，從未經歷過那種時時都要提高警覺的生活，所以她才總說我不切實際吧。

哈特姆特大人捧著裝有藥水的盒子，從中心開始，一一詢問眾人是否需要艾倫菲斯特提供的回復藥水。換言之，他第一個得先問國王。但在沒有侍從與護衛騎士陪同的情況下，王族絕不可能飲用他領提供的回復藥水。想必只是形式上問問，但已經預期會被拒絕了吧。畢竟不能不問國王，就發給其他人。

然而教人吃驚的是，國王竟然說：「……那我就不客氣了。」往放有藥水的盒子伸出了手。想當然耳，現場一片譁然。因為王族不僅得時刻提防遭人偷襲與下毒，也和約瑟巴蘭納這樣苦於魔力不足的中小領地不同，應該還有餘裕，根本不需要喝艾倫菲斯特提供的回復藥水。儘管如此，國王卻還是伸手拿取了藥水，以實際行動來表示自己信任他們。

……艾倫菲斯特竟如此得到君騰．特羅克瓦爾的信賴嗎？

不但我們大吃一驚，艾倫菲斯特的眾人似乎也十分驚訝。韋菲利特大人與夏綠蒂大人都「咦？」地張著嘴巴，瞠大雙眼愣愣注視國王。

羅潔梅茵大人倒沒有太大的反應，還說：「君騰．特羅克瓦德，那個藥水雖然能讓魔力大量恢復，但不會讓身體狀況復原，所以您可能仍會感到疲憊喔。」哈特姆特大人聽了，則是一臉認真地點頭說：「但一想到這是羅潔梅茵大人製作的回復藥水，疲勞瞬間都消失了呢。」在場還能表現得和平常一樣的人，恐怕也只有羅潔梅茵大人與哈特姆特大人吧。

大概是因為國王率先拿了藥水，王族也接連拿取回復藥水。我看見席格斯瓦德王子面色有些猶豫，最後還是一口氣喝光。

可能是看到王族都喝了，庫拉森博克的見習文官們也不好推辭，全瞪著盒裡的藥水苦苦思索。要是懷疑藥水裡頭加了其他東西，不拿才能夠保護自己吧。

「為了參加今天的儀式，有些領地在比迪塔時就用掉了大量的回復藥水吧？而且就連今天的儀式也讓大家提供了不少魔力。為了補償大家，我才會準備回復藥水。如果擔心有可能下毒，也可以飲用自己準備的藥水，但請快點做出決定吧。因為有些中小領地的上級貴族都已不支倒地，我希望回復藥水能盡快送到他們手中。」

比起庫拉森博克的上級貴族，羅潔梅茵大人看起來更擔心在外圍極力保持著跪地姿勢的上級貴族們。

……居然比起上位領地，更擔心下位領地的人……

在羅潔梅茵大人擔心的神情催促下，庫拉森博克的上級貴族們急忙伸手拿了小瓶子。在這之後，藥水發放的速度變得非常快。戴肯弗爾格的見習文官們一拿到藥水，都是毫不遲疑地一口飲盡。

「羅潔梅茵大人，我也來幫忙。」

克拉麗莎大人的表情像是在說終於可以移動了，拿起回收空瓶用的盒子，開始收回人們喝完的瓶子。

哈特姆特大人接著把藥水分給多雷凡赫的人，再往格里森邁亞、哈夫倫崔移動。

「……艾倫菲斯特，這個回復藥水的魔力恢復速度相當快嘛？」

亞納索塔瓊斯王子忽然開口問道，還沒喝下回復藥水的人也不約而同地看向羅潔梅茵大人。

「艾倫菲斯特的見習騎士們也這麼說過喔。」

「這不是妳準備的藥水嗎？」

亞納索塔瓊斯王子的話聲聽來有些凌厲。明明與自己無關，我卻不由自主發起抖來，但羅潔梅茵大人只是露出了為難的苦笑。

「因為這和我平常在喝的回復藥水不一樣，所以我也不太清楚效果。與家兄、舍妹以及近侍們討論過後，我便從宿舍的採集場所採來原料，並根據自己會做的藥水，從中挑選出了最適合在儀式上提供給大家的回復藥水，然後進行製作。」

……這也就是說，羅潔梅茵大人雖是領主候補生，卻會製作好幾種回復藥水囉?!

課堂上我也知道羅潔梅茵大人對於調合已經相當熟練，卻沒想到她對藥草這麼精通，甚至會做好幾種藥水。

「奧爾特溫大人。」

韋菲利特大人忽然喚道，只見多雷凡赫的領主候補生震了一下。

「這個藥水是為了讓大家能恢復今天在儀式上消耗掉的魔力，並非研究材料。」

看來多雷凡赫的領主候補生似乎本打算偷偷帶回去。韋菲利特大人露出調侃的笑容制止後，奧爾特溫大人先是一臉尷尬，旋即一口喝光回復藥水。

看了王族與上位領地的反應，我下定決心即便姊姊大人阻止，也要拿取回復藥水。因為約瑟巴蘭納已經在比迪塔時用掉了不少回復藥水，如果現在有人願意提供，我實在不想平白放棄。

……何況我確實是因為艾倫菲斯特才消耗了魔力，拿藥水應該沒關係吧？

我轉動目光瞥向姊姊大人，發現她似乎已經放棄掙扎，輕輕點了點頭。於是輪到約瑟巴蘭納的時候，姊姊大人也向哈特姆特大人拿了藥水。露絲桃妮也拿了。

看向哈特姆特大人手裡的盒子時，我倒吸口氣。因為放有藥水的盒子竟然有好幾盒，現在甚至已經是第三盒了。這麼多的回復藥水讓我一陣暈眩。

若想準備這麼大量的回復藥水，不光是原料、製作所需的魔力，甚至也要耗費大把的時間。

「……居然準備了這麼多回復藥水，羅潔梅茵大人的慈悲善良會不會總有天毀了艾倫菲斯特呢？」

聽見我的低語，哈特姆特大人微微挑起單眉後，先是看向羅潔梅茵大人，然後面帶自豪的笑容說：

「艾倫菲斯特將因聖女的慈悲而豐饒繁盛，絕不可能衰亡。」

羅潔梅茵大人雖是領主的養女，卻會以神殿長的身分舉行儀式、讓魔力盈滿領地，還教他領的人如何藉由儀式取得加護，更因為擔心別人消耗了魔力而準備回復藥水，這些全不是一般人做得到的事情。

……羅潔梅茵大人真的是聖女吧。

哈特姆特大人至今說過的那些事情，肯定也不是誇大其辭，而是有著真實成分在吧。早知道應該更用心聽的。

我一邊想著這些事情，一邊一口喝光羅潔梅茵大人提供的回復藥水。

……恢復速度真的好快。這到底是什麼藥水？

才剛喝完，我馬上感受到了魔力開始恢復。課堂上老師教我們的回復藥水根本無法與之相比。

「這個藥水……能用在採集區域採到的原料做出來嗎？」

「艾倫菲斯特之所以魔力毫不匱乏，秘密一定在於這個回復藥水。如果可以迅速恢復這麼多魔力，要讓領地盈滿魔力也不成問題吧。」

姊姊大人這麼說完，我重重點頭。若能迅速恢復這麼多魔力，無論是製作回復藥水，還是讓領地盈滿魔力，都可以輕鬆許多。

「不過，這個回復藥水雖能恢復魔力，卻不太能消除疲勞呢。」

聽見露絲桃妮的輕喃，我也試著張握手心。明明喝了回復藥水，疲憊的感覺卻一點也沒有消除。

「要是只恢復了魔力，卻還是疲憊得無法動彈的話，那說不定一般的回復藥水還比較好用呢。」

「我想騎士在戰鬥時應該會很需要這種藥水，而且這種藥水也非常適合在調合時魔力用完的時候喝。」

聽完姊姊大人的分析，我大概猜得出當初開發這款藥水的人最重視什麼了。肯定是一位研究者開發的，而且平常都在做些需要消耗大量魔力的奇怪研究吧。

喝完回復藥水以後，王族與領主候補生都馬上開始動彈，但中小領地的上級貴族們還沒辦法隨心所欲行動。見狀，羅潔梅茵大人反覆張握手心，再摸向自己的脖頸，不知道在確認什麼，然後緩緩舉起手來。

「大家魔力雖然回復了，疲勞卻沒消除吧？遲遲無法動彈也不是辦法，加上現在我的魔力也恢復了……」

說話的同時，羅潔梅茵大人還變出思達普來。緊接著她詠唱「修得列坎布恩」，變出了芙琉朵蕾妮之杖。與剛才的聖杯不同，這次魔石從一開始便綻放綠色光芒。

「這次居然變出了芙琉朵蕾妮之杖嗎？」

眼看羅潔梅茵大人不斷變出神具，眾人皆目瞪口呆，但她只是難為情地垂下目光。

「其實我還不是很熟練，要讓大家見笑了。但若要對這麼多人施展治癒，光靠戒指還是沒辦法，得使用芙琉朵蕾妮之杖才行呢。」

……該感到難為情的事情好像不是這個吧。

對於羅潔梅茵大人竟一副理所當然的樣子要向這麼多人施以治癒，我已經一句話也說不出來了。一般根本不會因為這點程度的勞累就為他人使用魔力，也不會想到要一鼓作氣為這麼多人施以治癒，更別說還為此變出神具來了。找遍整個尤根施密特，會這麼做的大概也只有羅潔梅茵大人吧。

「洛古蘇梅爾的治癒。」

羅潔梅茵大人唸出禱詞後，法杖上的魔石也迸出大量綠光。和剛才的儀式一樣，部分光芒往上飛走形成了光柱，其餘的全灑落在屋內眾人身上。帶著暖意的光芒灑落在身上時，疲勞的感覺好像也在迅速消退。

我輕輕閉上眼睛，靜靜感受著羅潔梅茵大人的魔力時，忽然有人輕聲呢喃：「梅斯緹歐若拉……」儘管聲音不大，但在眾人都安靜承接著羅潔梅茵大人祝福的房間裡，聽來卻格外清晰。

……梅斯緹歐若拉？……我記得是風的眷屬吧？

還在努力背誦諸神名字的我，一時間只想起了梅斯緹歐若拉是風的眷屬神。如果我記得沒錯，祂還是睿智女神。但梅斯緹歐若拉怎麼了嗎？正當我滿腹疑惑，一道精神百倍的話聲接著響起：「漢娜蘿蕾大人，我懂！」

……但我一點也不懂喔。

我下意識地睜開雙眼，看見戴肯弗爾格的克拉麗莎大人正握起拳頭，激動訴說。大概是太過驚訝，羅潔梅茵大人的祝福也停下來了。

「我也想到了同樣的事情！能夠隨心所欲操控所有神具的羅潔梅茵大人，看起來就像是獲得諸神准許、能夠使用神具的梅斯緹歐若拉！」

我只知道神學課上會提到的神祇，但原來梅斯緹歐若拉還有這樣的能力嗎？在場似乎許多人都有同樣的疑惑，只見哈特姆特大人一臉訝異地看著克拉麗莎大人。

「但我記得神殿的聖典上，從未有過這種記載……」

「是在戴肯弗爾格的古書裡頭。」

接著開口附和克拉麗莎大人的，並不是戴肯弗爾格的人，反倒是艾格蘭緹娜大人。她告訴我們，梅斯緹歐若拉其實是生命之神與土之女神的女兒。

「簡直就像在形容羅潔梅茵大人呢。」

艾格蘭緹娜大人這麼說好像也沒錯。因為羅潔梅茵大人不僅擁有豐富的魔力能操控各種神具，還聰明得連續兩年都獲選為最優秀者，再加上如果韋菲利特大人說的是事實，那連艾倫菲斯特的所有新流行都來自於她。

當這些念頭正在腦海裡打轉，一陣輕笑聲忽然響起。

「羅潔梅茵大人，我是開玩笑的。請妳別露出這麼為難的表情。」

「……被人比喻為女神，沒有人會不感到為難喔，艾格蘭緹娜大人。」

羅潔梅茵大人一臉為難至極地回道。我完全可以理解她的心情。聽到王族說自己「就像女神一樣」，這究竟教人要如何反應呢。

這時哈特姆特大人往前一站，將滿面愁容的羅潔梅茵大人護在身後，微笑著向艾格蘭緹娜大人道謝。看到他圓滑地讓這件事就此落幕，我不由得發出感嘆。哈特姆特大人簡直是完美的典範，領主候補生的近侍都該像他這樣才對。

……優秀的主人身邊，就會聚集優秀的近侍吧。

儘管這天的儀式讓我大受衝擊，既有常識一一遭到推翻，但由於魔力與體力都恢復了，我心滿意足地返回宿舍。

該留意的存在

「亞納索塔瓊斯王子，席格斯瓦德王子到了。」

「王兄，幸得時之女神德蕾梵庫亞……」

由於要討論私事，我受邀來到離宮以後，亞納索塔瓊斯在我面前跪下。這位王弟自從決定要迎娶艾格蘭緹娜後，在我面前更是畢恭畢敬地表現出臣子該有的姿態。我也知道他這是為了向旁人昭告自己的立場，所以始終沒有多說什麼。

「亞納索塔瓊斯，今天只有我們兄弟二人，這麼客套的寒暄就不必了。你還是快點告訴我，你與艾倫菲斯特的領主候補生羅潔梅茵究竟說了什麼吧。是在稟報父王之前，必須先告訴我的事情吧？」

我制止了寒暄到一半的亞納索塔瓊斯，往準備好的位置坐下後，馬上催他進入正題。前些日子，亞納索塔瓊斯在離宮內邀請了圖書館的相關人員舉辦茶會，還與艾倫菲斯特的羅潔梅茵私下有過對談。他說由於此事與我也有關聯，想要向我報告，因而此刻我才來到了這裡。通常若有重要的消息，他都會在王宮裡與父王共進晚膳時一併稟報，今天卻先請我一個人過來離宮。他究竟要告訴我什麼事情？我不覺有些戒備。

「王兄，您還記得在我那場畢業儀式上，曾有祝福光芒灑在艾格蘭緹娜身上嗎？」

「當然記得，怎麼可能忘記。」

亞納索塔瓊斯的近侍們便是因此聲稱他更適合成為下任國王，我的近侍們也認為果然下任國王的王妃應該要是艾格蘭緹娜，中央神殿甚至揚言：「得到祝福光芒的艾格蘭緹娜大人應該成為女王。」局面一時混亂不已。

「當時給予祝福的，就是艾倫菲斯特的領主候補生羅潔梅茵。」

「難道這也是斐迪南的指示？」

中央騎士團長勞布隆托本就有所懷疑，看來還真的是操控羅潔梅茵的男人在背後指使。目的一定是想在撮合艾格蘭緹娜與亞納索塔瓊斯後，藉由給予兩人祝福，讓王族間的關係產生裂痕，還能煽動中央神殿。

「不，她說她只是希望艾格蘭緹娜能過得幸福，便一邊哼著奉獻舞的歌曲，一邊在心裡獻上祈禱……」

「……這還真是不知所云……」

「王兄，您放心吧。我也聽得一頭霧水。」

這句話聽了更讓人無法放心。我越想越覺得羅潔梅茵實在可疑。

她每年都以驚人的速度完成作業，然後馬上返回領地，因此就連同年的學生也很少看見她的蹤影。不僅如此，所有科目都是以最優秀的成績在第一堂課便通過考試。明明回領前待在貴族院的短短時日都成天往圖書館報到，獲選為最優秀者的她卻連著兩年都未出席表揚儀式。簡直是充滿謎團的人物。

一年級時，她甚至以莫名其妙的手段成了圖書館裡王族魔導具的主人，更與戴肯弗爾格爆發衝突，還在畢業儀式時給予了艾格蘭緹娜祝福。隔年曾庇護她的阿道芬妮與身為下任國王的我卻完全沒有得到。

到了二年級，她又未經許可讓見習騎士們變出黑色武器；表揚儀式上發生襲擊事件時，更變出奇怪的盾牌只保護了自領的人。

就在這個時候，勞布隆托挖掘出了斐迪南的出生秘密，提醒我他會帶來的危險。同時也告訴我，斐迪南正在操控羅潔梅茵，在貴族院的圖書館內尋找只有王族能夠進入的書庫……

「所以你想告訴我，你已經知道羅潔梅茵與斐迪南的目的了嗎……？」

「不，我委託了羅潔梅茵在王兄的星結儀式上擔任神殿長，給予您祝福。儘管她也有條件，但已經答應下來了。」

聽了亞納索塔瓊斯扳著手指列出的條件，我不禁皺眉。竟敢向王族開條件，真教人不敢置信。若是政變時有所貢獻的領地那倒也罷，但艾倫菲斯特分明在政變時保持中立，僅僅只是靜觀其變，領主候補生竟然還敢開出這麼多條件，有些厚顏無恥了吧。

「她當真明白艾倫菲斯特的立場嗎？」

倘若艾倫菲斯特還和以前一樣沒有任何影響力，不過是從未引起王族注意的偏僻領地，那麼放任不管也無所謂；但如今他們已太過引人矚目，影響力也變得太過巨大。真希望他們能明白自己的立場，懂得向王族逢迎討好，也懂得向獲勝的領地靠攏，盡可能給予通融。

「……但是，若能得到顯而易見的祝福，質疑王兄的言論會減少許多吧。」

這點倒是不錯。單是能向世人證明，亞納索塔瓊斯與艾格蘭緹娜得到的祝福是人為造成，而非神所賜予，輿論就會產生很大的變化吧。先前中央神殿長還一臉得意地堅稱，那是「神賜予的祝福」，並支持艾格蘭緹娜成為下任國王，真不知屆時他會有何反應。想起聽到聖典檢證會的報告時，我還覺得出了一口惡氣。若能藉此壓制近來態度越來越狂妄的中央神殿，確實是很吸引人的提議。

「若想改變輿論，這的確是個好方法。既然是你的提議，就由你與中央神殿交涉吧。」

「我明白。再來，是關於需要三把鑰匙才能打開的地下書庫……」

他說歐丹西雅就職為上級館員後，終於可以打開先前一直打不開的館員房間，並成功從房裡拿出了地下書庫的鑰匙。

「那裡就是只有王族能夠進入的書庫嗎？」

「目前還不能肯定。畢竟政變前就一直在圖書館裡任職的館員，如今只剩下索蘭芝。她因為是中級文官，有幾個地方都無權進入，所以不清楚裡頭的詳細情況。」

看來唯一的方法就是進去確認了。但既然地下書庫被守得這麼嚴密，應該可以判定裡頭存有古得里斯海得吧。

「歐丹西雅似乎想盡快進入書庫確認。為此，我指定了她以及戴肯弗爾格的漢娜蘿蕾與艾倫菲斯特的羅潔梅茵，擔任三把鑰匙的管理者。」

聞言，我盤起手臂。亞納索塔瓊斯為何要讓據說十分可疑的艾倫菲斯特領主候補生擔任管理者？

「亞納索塔瓊斯，你這樣太奇怪了吧。應該讓圖書館員索蘭芝擔任管理者之一，而不是羅潔梅茵吧？」

「因為索蘭芝是中級貴族，無法進到書庫。如我剛才所說，若想進入書庫，需要擁有上級貴族以上的身分。還是王兄要從自己的近侍中指派兩名上級貴族？」

聽說歐丹西雅說了：「我在猜想，貴族院的圖書館對王族來說可能具有某種重要性，最好派來王族能夠信任的人。」但當時亞納索塔瓊斯以沒有多餘的人才為由回絕了。

「既然書庫被把守得這麼嚴密，裡頭想必放有重要資料。就連能夠出入的人也有限。如果只在我想進出的時候負責開門，我是不介意交由近侍來擔任鑰匙的管理者。」

地下書庫對王族來說這麼重要，沒必要讓他領的領主候補生參與其中。那個書庫恐怕不該讓任何人知道才對，由身為下任國王的我來管理最為妥當。

「王兄，那個書庫裡未必放有古得里斯海得。」

「你為何能如此斷言？那個書庫本是供王族進出的地方，是以前的上級館員們動了手腳，讓我們進不去吧？」

根據最先取得書庫情報的勞布隆托所說，似乎是政變時遭到處刑的圖書館員們動了什麼手腳，讓後來的國王再也無法進入。聽說就連派去調查的騎士們也進不去。

「但索蘭芝告訴過我，從前的國王在繼位後，曾在領主會議時造訪圖書館。加上歐丹西雅也向我報告過，說她想起了沃迪弗里德王子曾預計在以下任國王的身分亮相後，要造訪圖書館。」

「原來如此，亮相之後嗎……這樣看來，那個書庫並不是取得古得里斯海得的地方吧。因為下任國王得在亮相儀式上，向眾奧伯展示自己繼承得來的古得里斯海得。」

我「嗯」地點了點頭。看來政變前的王族確實都會出入貴族院的圖書館，那處地下書庫也具有某種重要性，只是還不曉得對現在的我們來說，那處書庫究竟有多麼重要。

「再者，歐丹西雅想要的並不只是負責開門的人手而已。由於魔導具的魔力幾近枯竭，即便不是圖書館員，她也非常需要有人能幫忙為圖書館供給魔力、調查魔導具。倘若不只是偶爾負責開門，而是要指派兩名近侍長時間待在圖書館，應該會對王兄造成困擾吧？」

目前都還不清楚地下書庫的重要性，確實很難派出兩名近侍長期待在圖書館，而且這麼做也會影響到我的公務與日常生活。既然書庫裡頭未必放有古得里斯海得，那便沒有必要派遣我的近侍前往，讓其他王族的近侍進去確認就夠了。

「那由你與錫爾布蘭德各派出一名近侍如何？正好你們都駐守在貴族院吧？」

「如王兄所知，我除了要在王宮處理公務，也負責輔佐貴族院的管理者。現在正忙得想再招攬更多近侍，怎麼可能再派去圖書館。」

去年因為成年王族都忙得不可開交，與其派亞納索塔瓊斯去貴族院駐守，更希望他能留在王宮處理公務，所以才任命剛受洗完的年幼錫爾布蘭德擔任管理者。其實本不該讓他擔任貴族院的管理者，但也只能讓他做做樣子、壓制眾人。

然而，去年接連發生了太多事情，錫爾布蘭德根本應付不來。不僅出現了鞀拿斯巴法隆，甚至有學生使用黑色武器，後來還在貴族院內召開了聖典檢證會，表揚儀式上也發生襲擊事件。因此父王的近侍當中，有人便主張今年應該要指派亞納索塔瓊斯擔任貴族院的管理者，而不是錫爾布蘭德；也建議既然艾格蘭緹娜將擔任教師，不如讓夫婦二人保持聯繫，只有出狀況的時候，再由亞納索塔瓊斯從王宮趕往貴族院進行處置。

但錫爾布蘭德對此表達了抗議。大概是覺得自己的工作被搶走了吧。而他的近侍們也都面有難色，覺得「這麼做旁人會以為錫爾布蘭德王子有缺失」。由於可以理解這樣的想法，我們便決定還是和去年一樣，由錫爾布蘭德擔任正式的管理者，但也囑咐他若發生了處理不來的事情就要聯絡亞納索塔瓊斯。因為我們已經預期，艾倫菲斯特與戴肯弗爾格八成還會和去年一樣惹出風波。

「歐丹西雅是中央騎士團長的妻子，所以她也知道中央已經沒有餘力再派人去圖書館，才推薦了以前曾當圖書委員、幫忙供給過魔力的學生們擔任鑰匙的管理者吧。畢竟現在多數學生都忙著上課，還願意分出魔力提供給圖書館的，也就只有圖書委員了。」

圖書委員早在知曉地下書庫的存在之前，便會為圖書館的魔導具提供魔力。由於其他學生都目睹過她們提供魔力的樣子，因此就算與館員一起行動，也不會讓人感到奇怪。而我也明白為何排除了錫爾布蘭德。因為王子雖然可以心血來潮就跑去圖書館，為魔導具提供魔力，但圖書館員很難因為自己有需要就把王子叫來。看在歐丹西雅她們眼裡，適合人選就只有羅潔梅茵與漢娜蘿蕾吧。

「情況我明白了。但是現在還不遲，還是該把艾倫菲斯特的領主候補生排除在外吧？如果只是提供魔力的話那還無妨，但我認為不該讓她擔任鑰匙的管理者。你忘記勞布隆托的忠告了嗎？艾倫菲斯特十分危險。」

恰巧在這時候，艾格蘭緹娜、錫爾布蘭德與歐丹西雅相繼向亞納索塔瓊斯送來了奧多南茲。根據三人的報告，此刻我們正談論到的羅潔梅茵似乎提供了非常重要的消息。聽說關於要三把鑰匙才能進入的書庫，她詳細告知了進入者需要符合哪些條件，還說裡頭有著王族應該閱覽的資料。

「部分領主候補生也能進入地下書庫嗎？那他們究竟是符合了哪些條件？聽起來羅潔梅茵似乎比索蘭芝還清楚，但她為何會知道這些事情？」

「如果羅潔梅茵從一開始便知道此事，在我們討論到鑰匙管理者的時候，應該就會主動告知了。因為她並不擅長隱瞞。可能是斐迪南提供給她的消息吧？」

亞納索塔瓊斯認為，可能是她向斐迪南報告了自己成為鑰匙管理者一事後，他才將這些資訊告訴她。兩人若會通信的話，算算時間確實是該收到回覆了。

「明明政變當時，艾倫菲斯特的排名一直是敬陪末座，竟會擁有這種資訊……果然如勞布隆托所說，斐迪南十分可疑。不過，能得到的情報自然不能放過。我會馬上詢問其他奧伯，也許有人進過那處書庫。」

假使不只王族，就連領主一族也能進入地下書庫的話，說不定能蒐集到更多情報。我決定也問問庫拉森博克與戴肯弗爾格的領主。

「裡頭若有王族應該閱覽的資料，往後可能該由身為下任國王的王兄親自出面。現在是因為羅潔梅茵與艾格蘭緹娜交好，才都由我出面應對，但如果書庫裡有著成王所需的知識，該由王兄去取得吧。」

我一眼便能看出王弟正心想著，他可不想在提供情報以後，結果被人懷疑有意謀反。聽出他的語氣似乎還十分同情備受勞布隆托懷疑的斐迪南，我思索了片刻。我與王弟對於艾倫菲斯特的了解有著相當大的差距。明明我們同樣聽到勞布隆托訴說他的疑慮，亞納索塔瓊斯卻沒有對羅潔梅茵起多少疑心。

「我聽說斐迪南曾因為與領主的母親處不來，被送進神殿裡去。說不定是入贅至大領地後，他很感謝可以離開艾倫菲斯特，才提供了新情報給我們吧。或許他對王族的觀感有了改變也說不定。」

我這麼說只是顧及亞納索塔瓊斯的感受，其實心裡對斐迪南的懷疑有增無減。勞布隆托懷疑，斐迪南可能是在阿妲姬莎這處離宮裡出生的旁系王族。還說他有可能因為被帶往他領而心生怨恨，便試圖得到古得里斯海得。我在王宮中調查了離宮的文書紀錄後，發現前任奧伯．艾倫菲斯特曾將一名男孩當作是親生孩子帶回去。儘管紀錄當中並未留下名字，但從日期來看，肯定是斐迪南沒錯。

讓極有可能再次引發政變的斐迪南入贅至亞倫斯伯罕後，他已經沒有機會篡奪王位。為了深入調查此事，勞布隆托曾想取得那處離宮的鑰匙，但我記得父王認為這件事已經了結，便沒有多加理會。

……應該把離宮的鑰匙交給勞布隆托，讓他深入進行調查嗎？

斐迪南當然需要調查，但我似乎也該先去會會羅潔梅茵。先前我們從未當面見過，但見到她以後，說不定就能明白為何歐丹西雅與亞納索塔瓊斯都不肯將她排除，執意要讓她擔任鑰匙的管理者。

「那就如你所說，我們先去見見羅潔梅茵，然後前往地下書庫吧。三天後的話我應該有時間。另外，也幫我通知一下錫爾布蘭德。畢竟國王正式指定的貴族院代表是他。」

儘管這件事年幼的孩子處理不來，但當初是我們把這份工作推給他，認為不過是駐守在貴族院，應該不會有什麼問題。他也說過想對自己的工作負責任，就該給予應有的尊重。再者有年幼的錫爾布蘭德在，也許能讓羅潔梅茵稍微放鬆戒心。

……那麼，他究竟知道些什麼？

不是羅潔梅茵，而是斐迪南究竟知道些什麼，又想傳達什麼訊息？這才是我在意的事情。

父王一直想要取得可以證明王位正當性的古得里斯海得，有的話也有助於平息輿論，所以一有消息我便會去尋找。但坦白說我只覺得麻煩，而且找不到的時候更會覺得這根本在浪費時間。

由於我從未見過有古得里斯海得的尤根施密特是什麼模樣，因此也完全沒有執著。即便沒有，也總有辦法維持國家的運作。事實上現在就維持住了。為了守住現在的和平，縱然得要有些犧牲我也在所不惜。

當然，若能有古得里斯海得自然再好不過。但若沒有，王族仍要繼續統治尤根施密特。父王是在沒有古得里斯海得的情況下繼位成王，而我身為他的兒子，必須要證明即便沒有古得里斯海得，我們也能做得很好。

這便是我身為下任國王的職責。

令人頭痛的報告書（三年級）

「奧伯・艾倫菲斯特，這份名單請您過目。在逮捕到的侍從當中，這些是罪責較輕、罰款即可的人。」

「放在那裡吧。」

得到馬提亞斯提供的情報後，我們成功逮捕了已向姊姊喬琪娜獻名的貴族。只不過，打頭陣衝進去的波尼法狄斯事後回報說，當時屋內的貴族一發現騎士團的到來，好幾個人便自行了斷，甚至自毀頭部讓人無法察看記憶，還有人放火燒了宅邸，現場的景象慘不忍睹。

「雖然不知道他們有什麼陰謀，但看現場氣氛，顯然不是為了慶祝冬季社交界開始而在舉辦餐會或茶會。十幾個人為了湮滅證據，全都無所不用其極……真是幸好有馬提亞斯的告發。」

當初原訂在冬之主的討伐結束後進行肅清。波尼法狄斯認為，倘若真按原訂計畫，一切可能為時已晚。大多數人都自行了結了生命，沒有留下多少證據。而除了格拉罕的冬之館，其他地方也有舊薇羅妮卡派的罪犯，已將他們悉數逮捕。只是後續的處理工作非常龐雜，人手卻不足夠。

「……卡斯泰德，冬之主的討伐沒問題嗎？」

由於肅清提早進行，消耗了不少攻擊用的魔導具與回復藥水，就連騎士人數也減少了。然而在這種情況下，冬之主還是非討伐不可。卡斯泰德除了要處理肅清的後續事宜，也要重新擬訂討伐時的作戰計畫，臉上有著顯而易見的疲倦。

「有羅潔梅茵送來的魔石，再加上能讓那些被捕的文官幫忙出力，勉強還行吧。」

他說羅潔梅茵先前因為魔力滿溢而傷透腦筋，向她送出了大量的空魔石以後，她馬上讓魔石盈滿魔力，因此幫他減輕了不少負擔。不僅如此，他也在逮捕到的輕罪罪犯當中，找來文官命令他們製作討伐冬之主用的攻擊魔導具，付出魔力與勞力作為懲罰。

「從貴族院送來的高品質原料也幫了我們大忙。今年雖然一切都很緊湊，但應該仍能順利討伐冬之主吧。」

「那我就放心了。神殿的奉獻儀式呢？柯尼留斯和護衛騎士們在參加訓練時有沒有跟你說過什麼？」

神殿的儀式會直接影響到明年的收成。過往都是羅潔梅茵與斐迪南在處理，但今年兩人皆不在神殿。還在神殿裡的青衣神官本就魔力不多，如今人數又減少了。而且由於肅清提前到奉獻儀式開始前進行，受洗前的孩子們都被送到了神殿裡的孤兒院。

「羅潔梅茵已經把神殿交給哈特姆特打理，他似乎也卯足了勁。柯尼留斯還跟我抱怨過，說他也被拖去幫忙，簡直麻煩得要命。」

關於神殿目前的情形，卡斯泰德把從羅潔梅茵的護衛騎士們那裡得來的消息告訴我。聽說他們竟被迫臨時擔任青衣神官，連儀式服都準備好了。

「達穆爾來騎士團訓練時也向我報告過，說要教安潔莉卡背下奉獻儀式的禱詞簡直難如登天。畢竟安潔莉卡與柯尼留斯是討伐冬之主時的兩名主力，他們似乎想讓奉獻儀式盡快結束。」

由於現在斐迪南與艾克哈特不在了，羅潔梅茵的護衛騎士們成了重要的戰力。要如何兼顧儀式與討伐是很重要的事情吧。

「奧伯．艾倫菲斯特，方便打擾您嗎？」

芙蘿洛翠亞的文官雷柏赫特抱著幾塊木板走了進來。一頭整齊服貼的紅髮也許是萊瑟岡古貴族的特徵，髮色與卡斯泰德十分相似。那雙深褐色的眼睛總是冷靜沉著，我從未見過他失去理智的模樣。

「雷柏赫特，是你啊。貴族院寄來的報告書都處理完了嗎？」

今年因為肅清提早進行，加上後續有太多事情要處理，我便交由芙蘿洛翠亞回覆孩子們從貴族院寄來的報告書。現在應該是和往常一樣，要把回覆送來吧。我這麼心想著，抬起頭來。

「不，芙蘿洛翠亞大人在看報告書時暈過去了。能請奧伯接手處理嗎？」

「什麼?!芙蘿洛翠亞怎麼樣了？」

聽完雷柏赫特語氣淡然的稟報，我不由得猛然起身。現在哪是閱讀貴族院報告書的時候，芙蘿洛翠亞的身體狀況更讓人擔心。然而，雷柏赫特一派不慌不忙，要我重新坐下。

「芙蘿洛翠亞大人已經停下手邊的公務，回房歇息了。目前也派了醫師前往，稍後會為她進行檢查吧。但接下來的事情，皆是醫師與侍從的份內工作，奧伯．艾倫菲斯特趕去了也無濟於事。請連同芙蘿洛翠亞大人的份，留在這裡處理公務吧。」

「唔唔……」

「如今芙蘿洛翠亞大人身體不適，身為文官的我同樣無能為力。因此，我們希望能留在這裡協助奧伯處理公務，能請您准許嗎？」

肅清過後，領主辦公室裡的人手也變少了，說實話雷柏赫特的請求讓我非常感激。我於是把工作分配給芙蘿洛翠亞的文官們。

「那麼，請您過目。這些是貴族院寄回來的報告書。」

「我記得昨天的內容是羅潔梅茵在茶會上被惹怒後，因此失去控制，決定在貴族院舉行奉獻儀式吧？今天還接到王族的召見，預計向王族徵得使用祭壇的許可……這也難怪，還沒看我就覺得頭會很痛。」

儘管內心百般不想看，但今天的內容與王族有關，還是非看不可。我伸手接過雷柏赫特遞來的木板。

「……若是王族能禁止羅潔梅茵使用祭壇就好了，但從芙蘿洛翠亞的反應來看，想必是答應了吧。」

「是的。事情發展完全出乎預料。」

我萬不得已地看起報告書。一開始的內容十分普通，只是報告了戴肯弗爾格的人已能藉由訓練靠著自己得到祝福，另外也因為戴肯弗爾格的要求，共同研究者與協助者將有明確的區分。

「亞納索塔瓊斯王子說了，只要能從艾倫菲斯特借來神具與道具，便能使用祭壇所在的房間。等神殿的奉獻儀式結束了，請把我、韋菲利特哥哥大人與夏綠蒂的儀式服，還有地毯與供品等奉獻儀式的所需物品送過來。只要向哈特姆特吩咐一聲，相信他會準備得萬無一失。（羅潔梅茵）」

我反覆看了幾遍木板上的內容。

「什麼啊，我還以為內容有多嚇人。」

我這麼嘀咕後，卡斯泰德似乎也感到好奇，看起木板。

「要準備好神具與服裝再送過去，還是得花點時間與工夫吧。但看來只是借用場地而已，並沒有任何條件。還在能接受的範圍內。」

「嗯。如果王族沒有特別干涉，也不需要與中央神殿交涉的話，這結果比原先預期的要好得多。沒有讓人感到頭痛的地方嘛，真難得。」

正當我們都鬆懈下來時，雷柏赫特說著：「奧伯，請勿鬆懈大意。」然後將木板翻面。原來背面還有文字。

「又及，我也邀請了王族參加奉獻儀式。因為這樣不僅可以防止其他參加者中途退出，我也希望王族可以親自體驗儀式。希望王族以後也能取得加護，稍微減輕負擔。亞納索塔瓊斯王子已經說了他會考慮。（羅潔梅茵）」

……慢著慢著慢著！我們不是吩咐過妳別與王族接觸嗎?!

我忍不住單手扶額。我本還預期若想徵得許可，王族可能會開些麻煩的條件，沒想到結果是羅潔梅茵在積極與他們接觸。

「……她這建議是基於好心嗎？」

「畢竟木板上寫著希望王族能減輕負擔……就和當初為了拯救犯罪者的孩子們、她便把領地的未來當成談判籌碼一樣，在羅潔梅茵大人看來，她大概也認為自己完全是出於好意，這麼做對雙方都有好處吧。」

雷柏赫特說完，我小聲呻吟。雖然他說得尖酸直接，但也確實沒錯。當初羅潔梅茵以肅清後貴族人數會變少，以及也要考慮到領地的將來為理由，希望能饒孩子們一命，而我也同意了。但是，對於長年來備受舊薇羅妮卡派欺壓的萊瑟岡古貴族來說，這樣的結果讓他們難以接受。

「羅潔梅茵大人似乎總會思考自己與對方能得到的好處，卻不太會去思考周遭人們將因此蒙受什麼損失。比如這次的提議也是，儘管對我們與王族皆有益處，卻不知他領的學生將作何感想……」

「老實說，王族會怎麼樣都與艾倫菲斯特沒什麼關係。因為他們一向很愛把麻煩推給別人。」

我這才想起斐迪南曾說過，一旦往來密切，羅潔梅茵就會忍不住為對方著想。看樣子，她似乎已經與王族建立起了會為對方著想的關係。是我們讓她有太多交集了吧。

「但這下該怎麼辦……」

「既然如今已把王族牽連進共同研究裡，我們也無法單方面禁止中斷。總之，先把哈特姆特叫來吧。必須先了解奉獻儀式的道具是否真能送去貴族院，以及儀式大概要什麼時候結束，才能著手寫下回覆。」

雷柏赫特說完，我點了點頭，吩咐他喚來哈特姆特。看著奧多南茲往外飛出後，我再看起其他孩子寄來的報告書。

「賈鐸夫老師責怪我們，說艾倫菲斯特都沒有什麼有趣的見解。還拐著彎暗示我們該把羅潔梅茵大人帶來。（瑪麗安妮）」

「我們提出了一些看法以後，多雷凡赫便在改良時加以採納。有種研究成果被人搶走的感覺。（伊格納茲）」

在羅潔梅茵寄來的報告書中，內容都是有關與戴肯弗爾格的共同研究；韋菲利特與夏綠蒂的見習文官寄來的報告書，則都只提到了與多雷凡赫的共同研究。正好可以看出雙方各自最關心的是什麼事情。

「看來與多雷凡赫的共同研究進行得不太順利哪。」

「畢竟進行共同研究時，本就非常考驗學科根本測不出來的能力，比如創意發想、實踐速度，以及提供情報時該做的隱蔽與取捨，所以這也無可奈何。對於好不容易才能在學科課上取得好成績的見習文官來說，負擔太大了吧。」

雷柏赫特並不怎麼放在心上，只是簡單地說：「既然他們能力不足，那也沒辦法。」卡斯泰德則是滿臉同情地交抱手臂。

「既然對他們來說負擔太大，更該提供點建議吧？況且多雷凡赫原先邀請的就是羅潔梅茵。要不要叫他們去問問她有沒有什麼好主意？她會幫忙想些點子吧。」

「不，他們或許需要建議，但我不想再讓羅潔梅茵去出鋒頭了。到時不光與戴肯弗爾格，感覺連與多雷凡赫也會惹出麻煩。先讓他們自己想想吧，這也是種經驗。」

況且從字裡行間，也看得出他們並不想仰賴羅潔梅茵，想要自己進行研究。正因為是別人讓予的共同研究，他們肯定更想靠著自己做出成績。

「噢，所以您認為與多雷凡赫的共同研究就算失敗了也無妨嗎？」

「羅潔梅茵曾說，她就算想拒絕也無法拒絕。不過是學生之間的共同研究，即便提出的主意被多雷凡赫搶走、成果不佳，也不會對領地造成什麼損失。這正好是在失敗中學習的寶貴機會，讓他們在錯誤中成長也好。」

「那我便如此回覆他們吧。」雷柏赫特思索了一會兒後這麼回道。把回信的工作交給他後，我才發現這次不只木板，還送來了一封信。

「這是什麼？」

「是哈特姆特的未婚妻寫給他的信，這次一併送來的。由於是他領學生寫的信，可能還是需要請您過目，我便帶過來了。」

往年私人的信件都會直接交給收件者，但今年因為有肅清行動的關係，從貴族院寄回來的信與報告書都會先讓我過目。儘管閱讀私人信件讓我有些提不起勁，但這也是工作。我並不認為哈特姆特的未婚妻會與亞倫斯伯罕串通，但還是要確認內容。

「我從不曾像今天這樣，如此感謝埃維里貝為我帶來經過嚴格遴選的相遇。羅潔梅茵大人在接受了黑暗之神的祝福後，與夜空色長髮飄散而出的力量一同起舞，凝視著敵人的金色雙眸在得到光之女神的祝福後熠熠生輝。我們的主人集最高神祇的寵愛於一身後，手裡緊接著出現了鍛造之神瓦肯奈夫特的最高傑作，那把長槍還不停迸放著藍色閃光。夏季諸神的恩光讓羅潔梅茵大人的英姿更是耀眼奪目，英勇之神安格利夫的威武也深深烙印在我眼底。不對，等一下。不光是安格利夫——」

……妳才給我等一下，這封信是怎麼回事？

既然是寫給未婚夫的信，我還以為會是寫滿華麗詞藻的情書，但好像不太對。剎那間我還以為自己在看什麼戀愛故事，但很快就發現整封信都在讚揚羅潔梅茵。至於表達情意的文字，則是半點也看不到。正確說來是看到一半我就恍神了，根本看不下去。

「呃……雷柏赫特，這封信確實是哈特姆特的未婚妻寫的嗎？」

「這裡寫著克拉麗莎的名字，應該沒有錯。」

雷柏赫特似乎並未看過內容，只是看著寄件者的名字點點頭。他的冷靜沉著正好與克拉麗莎信裡的內容形成莫大反差，難道只有我這麼覺得嗎？

「她是怎樣一個人？那個，有可能造成危害嗎？」

「我在去年的領地對抗戰上見過她。她是戴肯弗爾格的上級貴族，似乎無論如何都想嫁來艾倫菲斯特，服侍羅潔梅茵大人。思及領地的將來，我認為這是門好親事。儘管我完全沒想到，印象中性格冷漠的犬子竟會在貴族院與人戀愛結婚……」

聽見雷柏赫特這麼說，我有些納悶地偏頭。哈特姆特曾給人冷漠的印象嗎？在我看來，他可說是羅潔梅茵忠實的近侍，在報告書中也經常顯露熱血激昂的一面。

「奧伯．艾倫菲斯特，失禮了。奉您之命前來晉見。」

在我檢查著信件的時候，哈特姆特走進屋內。是一收到奧多南茲就趕來了吧。想必是騎著騎獸在暴風雪中飛行，頭髮上還留有沒拍乾淨的雪花。

「抱歉百忙中把你叫來。包括羅潔梅茵也很在意，不知道孤兒院收留的孩子們情況如何了？我擔心可能和冬之主的討伐一樣，許多事情都無法按照原訂計畫……」

畢竟那些孩子本來都以貴族之子的身分長大，如今卻被送進神殿。雖說還是孩子，必然會感到非常抗拒吧。太小的孩子肯定還會因為想念父母而哭泣。對於我的詢問，哈特姆特微微一笑。

「請您放心。有我盯著，絕不會讓孤兒院出任何問題。目前看來每一個人都平靜安穩地過著生活。」

「……這樣啊，那我就放心了。雖說受洗前的孩子還不算是貴族一員，但能活下來的人還是越多越好。」

如今領內到處都是一片混亂。儘管是在哈特姆特的嚴格看管下，但能有個地方還算和平，讓我鬆了口氣。

「哈特姆特，接著是今日叫你來的正題。羅潔梅茵寄來了報告書，想麻煩你準備儀式用品。還有，這是你的未婚妻克拉麗莎給你的信。」

我把木板與信都遞過去後，哈特姆特當場看起報告書。只見那雙明亮的橙色眼睛越張越大，握著木板的手還顫抖起來。

「怎麼會變成這樣，羅潔梅茵大人竟要在貴族院舉行奉獻儀式……？真是難以置信。為什麼我已經畢業了！居然不能親眼看著羅潔梅茵大人舉行儀式……我簡直是失職的近侍！」

這麼說來，上一次給哈特姆特看報告書已經是三天前的事了。短短三天情況便有劇烈的改變，也難怪他驚慌失色。

「倘若無法備好儀式用品，更是失職的近侍吧？先不說這些了，神殿的奉獻儀式大概要多久才結束？我得寫下回覆才行。你有辦法把神具帶出神殿嗎？」

「既是羅梅茵大人的要求，我自然會盡快結束神殿的奉獻儀式。屆時我會將所有用品都準備好，由我帶去貴族院。」

真不知該說哈特姆特是一如既往的優秀，還是羅潔梅茵至上主義者哪。我看著哈特姆特這麼心想時，發現雷柏赫特一臉錯愕。

「哈特姆特，不要多此一舉。羅潔梅茵大人需要的只有神具與儀式服，並未叫你過去。再說了，你這態度是怎麼回事？哪裡有像領主一族的近侍。你以為這是哪裡？還不退下，先讓腦袋冷靜下來。」

雷柏赫特對著哈特姆特喝斥一番後，接著眉頭深鎖地向我致歉。

「實在非常抱歉。因為他是么子，似乎是我們從小太縱容他了。」

「……倒不是因為縱容，看來更像是一片忠心不受控制吧。我看你一臉吃驚的樣子，但其實只要事關羅潔梅茵，哈特姆特幾乎都是這種反應。你不知道嗎？」

「內人曾告訴我他近來變化極大，卻沒想到變得如此愚蠢。為主人著想固然是件好事，但那般失去理智的模樣真教人看不下去。」

雷柏赫特嘆口氣後，旋即掩去了臉上不悅至極的表情。接著他更從哈特姆特身上別開目光，不讓兒子再進入自己的視野。哈特姆特也看都不看父親一眼，只是來回看著木板與克拉麗莎寫給他的信，神情認真地沉思起來。從雙方都不想瞧見彼此這點來看，這對父子還真是相像，但也連帶地讓辦公室裡的氣氛變得沉悶。

「哈特姆特，要告訴你的事情就這些了。我們會回覆羅潔梅茵，說奉獻儀式所需的用品都能確實做好準備。」

讓哈特姆特退下後，我再轉向雷柏赫特。

「這是我寫給羅潔梅茵的回信，其他人的回覆再麻煩你了。我去看看芙蘿洛翠亞吧。」

「遵命。」

哈特姆特果真十分優秀。過沒多久，神殿的奉獻儀式就結束了。自那之後，他每天來領主辦公室報到。一下子報告進度，說有多少奉獻儀式所需的用品都已搬到城堡來；一下子為韋菲利特與夏綠蒂的近侍們提供建議，說儀式時穿的儀式服該有哪些帶著冬季貴色的飾品。但是，這些都只是藉口。

「去年聖典檢證會要求我們出示聖典的時候，是由當時擔任神官長的斐迪南大人負起管理之責，將神殿的聖典帶去貴族院。這次若要將奉獻儀式所需的用品帶去貴族院，應該也需要管理者吧？這是我身為神官長的職責。」

已經成年的哈特姆特若想前往貴族院，需要向王族徵得許可。由於太麻煩了，我很想一口回絕，但他一提出斐迪南這個前例，就讓我很難推辭。

「今年因為羅潔梅茵大人在術科課上取得了諸多神祇的加護，眾人都開始用不同的眼光看待儀式。而她模仿戴肯弗爾格舉行了同樣的儀式後，變出的萊登薛夫特之槍更是立起光柱，也讓眾人意識到了神具與儀式的重要性吧。若要把神具帶出去，領地應該負起責任好好看管才對。我身為神官長願意負起全責。」

哈特姆特早就想好了讓人難以辯駁的說詞，我聽得滿心鬱悶。羅潔梅茵竟有辦法跟這傢伙打交道，我簡直佩服。

「此外，有太多事情只看貴族院的報告書，還是難以了解全貌。若有機會可以前往貴族院蒐集情報，理應好好把握。如果能由我把神具帶去貴族院，並以神官長的身分出席奉獻儀式，也能夠接觸到王族。」

……倘若王族肯讓哈特姆特進入貴族院，那就再好不過了。

就算哈特姆特去了貴族院，也沒有需要擔心的事情，反倒他一直在這裡長篇大論才讓我頭痛。每天被迫聽著哈特姆特發表他的主張，我越來越感到厭煩，於是就說：「我會建議羅潔梅茵向王族徵得許可。」然後把他打發出去。接下來就是王族的問題了。

「王族似乎已經同意哈特姆特出入貴族院，但附了幾個條件。」

雷柏赫特送來了從貴族院寄來的木板。然而，比起徵得了同意這件事，木板上有則消息更讓我在意。

「給我等一下！國王也要參加奉獻儀式嗎?!為何事情會變成這樣?!並不只有亞納索塔瓊斯王子嗎?!」

雖然羅潔梅茵確實說過，王族最好也能親身體驗一下儀式，但誰想得到竟然連國王也要參加。拜託饒了我吧！

「君騰竟會參加貴族院的共同研究，這真是前所未聞呢。」

「我一點也不想知道這種事！乾脆設法中止這次的共同研究……」

「事情發展雖然出乎意料，但事到如今已經不能中止。」

雷柏赫特依舊一派不慌不忙地回答。大概是因為平常會跟我一起抱頭的卡斯泰德此刻不在，激動的心情遲遲難以平復。

「可惡……沒想到我也會有羨慕卡斯泰德去討伐冬之主的一天……」

我真是羨慕此刻不用在場閱讀報告書的卡斯泰德。早知道頭會這麼痛，我就一起去討伐冬之主了。

「如今連君騰也要參加貴族院的奉獻儀式，絕不可能什麼事都沒發生。」

「……是啊。」

偏偏我們不能干涉貴族院內的所有事情，真是急死人了。但明明禁止大人干涉，為何會演變成有這麼多成年王族都要參加？那當初禁止與王族接觸的意義……

然而再怎麼苦惱，人在艾倫菲倫斯的我們也什麼事都不能做。我只能一再叮囑哈特姆特，一定要讓奉獻儀式平安落幕，然後送他前往貴族院。

「奉獻儀式結束後的報告已經送回來了。這一份是哈特姆特所寫。他還說了明天想當面向奧伯報告，希望能給他一點時間。」

聽說哈特姆特是在第六鐘即將響起前趕回領地，今天必須先把奉獻儀式所用的各種物品送回神殿。看來他身為神官長，確實負起了責任在管理神具，那當然晚點報告也無妨。再者既然回來後沒有馬上報告，代表奉獻儀式的場面並沒有太過混亂，順利結束了吧。我這麼心想著，接過哈特姆特的報告書。

看完報告書後，我發現有八成內容都在講述羅潔梅茵舉行奉獻儀式時有多麼莊嚴神聖，以及藉此機會終於讓在場的他領眾人也見識到了；還有一成是寫下了哪些領地曾被舒翠莉婭之盾彈開，以及今後該注意的危險；最後那一成則提到了王族的感謝，並為自己無法一同前往圖書館表達懊悔。

「……雷柏赫特，沒有其他的報告書嗎？這上面寫著羅潔梅茵在貴族院的祭壇前變出了舒翠莉婭之盾，但我不太明白是怎麼回事。」

我接著看起他遞來的另一份木板。這次是韋菲利特的見習文官伊格納茲寫的報告書。

「儀式本身十分成功。舉行奉獻儀式的時候，羅潔梅茵大人還把中央騎士團以及領主候補生的見習護衛騎士都屏除在外。幸好有舒翠莉婭之盾，大家才勉強接受了這個做法。（伊格納茲）」

……所以是為了屏除中央騎士團與見習護衛騎士們，才變出了舒翠莉婭之盾嗎?!

既然伊格納茲還寫著「幸好大家接受了這個做法」，代表儀式應該順利落幕，但一想到真的安然無事嗎？我的胃就痛了起來。

「姊姊大人用思達普變出了兩把神具。若非親眼所見，我大概不會相信吧。叔父大人好像也辦得到，難道這並不是什麼大不了的事情嗎？我總覺得姊姊大人好像誤會了什麼。還有，在貴族院舉行儀式的時候都會出現光柱。聽說戴肯弗爾格在舉行儀式時也出現了同樣的現象。如果光柱很常見的話，也許可以讓姊姊大人顯得不那麼特異突出吧。（夏綠蒂）」

……羅潔梅茵，妳到底幹了什麼好事?!

哈特姆特根本沒在報告書裡提起過她變出了兩把神具。該不會只有夏綠蒂發現而已吧？還是說，對羅潔梅茵身邊的人來說這已經司空見慣了？我一時間無法判斷，只好先拿起下一塊木板。這次是夏綠蒂的見習文官寫的。

「君騰當場對我們表達了感謝。如此一來，與戴肯弗爾格的共同研究勢必會受到全領地的矚目。我也要好好努力，希望與多雷凡赫的共同研究不要相形失色。至於與亞倫斯伯罕的共同研究，倘若知道什麼消息的話，懇請不吝告知。因為我幾乎蒐集不到有關情報……（瑪麗安妮）」

看得出瑪麗安妮湧起了強烈的對抗意識。由於絕對贏不了與戴肯弗爾格的共同研究，便想了解與亞倫斯伯罕的共同研究是什麼內容吧。遺憾的是，對此我也不太了解。

「雖然很想給她答覆，但我也只知道是在研究如何能減少魔導具的魔力消耗量，而設計是由亞倫斯伯罕的見習文官負責，羅潔梅茵則負責調合。」

由於並非領地間的，而是雷蒙特與羅潔梅茵個人間的共同研究，所以她平常很少向領地匯報進度。設計圖與成品也是到了領地對抗戰上才會展示。但說不定，他們會送去給斐迪南檢查。

「明明是羅潔梅茵大人的共同研究，奧伯不了解詳情沒關係嗎？」

「因為與亞倫斯伯罕的共同研究，負責人並不是我，而是斐迪南。有他盯著，應該出不了什麼差錯。這不在我的管轄範圍內。」

我想起為了管束羅潔梅茵，至今一直為此傷透腦筋的異母弟弟。他現在肯定也和我們一樣正抱頭苦惱。一思及此，我的心情就暢快多了，也感到彼此之間還存有聯繫，心情變得愉快一些。

「那麼，我就這樣回覆瑪麗安妮吧。另外這是羅潔梅茵大人的報告書。」

我伸手接過。

「奉獻儀式上因為有多餘的魔力，後來便提供給貴族院的圖書館使用了。聽說剛好可說是圖書館基礎的魔導具魔力就要耗盡，真是千鈞一髮呢。我們馬上補充了大量魔力。這樣一來，圖書館好一陣子都能順利維持運作了。（羅潔梅茵）」

我不由得有些遙望遠方。接著，我向已經討伐完冬之主回到辦公室來的卡斯泰德展示木板。

「……卡斯泰德，你看。這是與奉獻儀式有關的報告嗎？」

「上頭提到了奉獻儀式有多餘的魔力，嗯，勉強算吧。」

站在我身後的卡斯泰德探頭看向木板，一臉苦悶地說。果然就只有羅潔梅茵一個人活在另一個世界。明明是奉獻儀式的報告書，為何圖書館的事情占了八成？

「羅潔梅茵，其他還有更多該寫的事情吧！」

「奧伯，您說得沒錯。不過，看來所有學生一致認為，這次的奉獻儀式並未遭到王族斥責，十分順利地結束了。相信接下來在領地對抗戰之前，不會再發生什麼大事吧。」

雷柏赫特說完，我與卡斯泰德對看一眼。卡斯泰德只是輕輕聳肩，搖了搖頭。我則點一點頭。貴族院的奉獻儀式也許順利落幕了吧。

……但是……

嘆一口氣後，我神色認真地轉向雷柏赫特。

「雷柏赫特，你還不夠了解羅潔梅茵。在領地對抗戰到來前，她怎麼可能就此不再惹麻煩。」

雖說是我自己斷言，羅潔梅茵不可能就此不再惹麻煩，但誰想得到有婚約在身的她竟被當成了賭注，要在貴族院裡與戴肯弗爾格比迪塔。只要羅潔梅茵還在貴族院，令人頭痛的報告書今年依舊源源不絕。

後記

大家好久不見了，我是香月美夜。

非常感謝各位購買本作，《小書痴的下剋上：為了成為圖書管理員不擇手段！【第五部】女神的化身II》。

序章是眾多讀者熱切要求的斐迪南視角。主要描寫他在亞倫斯伯罕生活時的模樣、收到羅潔梅茵的來信時有什麼反應……話雖如此，由於蒂緹琳朵還在貴族院，所以就只是如常地處理公務。

本集內容可說是一波未平，一波又起。從王族的召見開始，再到圖書館的地下書庫、戴肯弗爾格的儀式，然後是讓人火大不耐的茶會、貴族院的奉獻儀式，最後則在藍斯特勞德的挑釁下比了求娶迪塔，末了甚至有中央的騎士跑來攪局。其實一開始草擬大綱的時候，有更多時間都是待在赫思爾的研究室裡與雷蒙特一起製作魔導具，結果後來卻不斷被戴肯弗爾格與迪塔壓縮。

在對王族並沒有足夠敬意與畏懼的羅潔梅茵視角中，很難感受到國王參加學生的共同研究一事有多麼不尋常。因此，當初在網路上連載時，我便穿插了蕊兒拉娣視角的番外篇，從她的角度來描寫貴族院的奉獻儀式，出版成書時則是獨立成了短篇的形式。在他領的上級貴族眼中，王族究竟是什麼模樣，對於第一次參加的儀式又有什麼感想，希望讀者看得開心。

終章是漢娜蘿蕾視角。包括求娶迪塔是怎麼分出的勝負、羅潔梅茵離開後與亞納索塔瓊斯的對話，以及戴肯弗爾格的人是如何看待漢娜蘿蕾的行動……這些在羅潔梅茵的視角中都無從得知，所以藉著終章寫了下來。

這集的全新番外短篇，則由第一王子席格斯瓦德與齊爾維斯特擔任主角。

在席格斯瓦德視角的短篇中，看得出中央是如何看待總是不見人影的羅潔梅茵與影響力急遽攀升的艾倫菲斯特。另外也描寫到了席格斯瓦德與亞納索塔瓊斯的關係。兩人的關係究竟會在今後有什麼變化，敬請拭目以待。

齊爾維斯特視角的短篇，則是大受歡迎的「令人頭痛的報告書」。短篇一開始，便是負責閱覽報告書的芙蘿洛翠亞終於承受不住地暈了過去，改由齊爾維斯特接手。斐迪南離開以後，填補他空缺的人便是雷柏赫特。他既是芙蘿洛翠亞的文官，也是哈特姆特的父親。儘管在領主面前是鎮定自若的上級貴族，但在看到兒子那麼不受控制、逮著機會就想去貴族院的模樣後，其實這個父親內心也是頭痛不已（笑）。

本集請椎名老師設計的新角色，有席格斯瓦德、特羅克瓦爾與蕊兒拉娣三人。

席格斯瓦德是與亞納索塔瓊斯有幾分相似的傳統王子外形；特羅克瓦爾則是頭髮長度與斐迪南一樣，看來疲憊得彷彿身上會飄出藥水味的國王。蕊兒拉娣則指定了要與繆芮拉的外形做搭配，所以一看就知道是愛作夢的少女。每個人物都很完美呢。

然後有消息要通知大家。

四月開始播放動畫第二季了。在寫這篇後記的時候，正好動畫才剛開始播出，每次看到故事初期的法藍、吉魯與戴莉雅，都讓我感到新鮮又懷念，也無比期待葳瑪與羅吉娜的出場。至於播放頻道與上架平臺，還請上動畫官網查詢：http://booklove-anime.jp

動畫第二季的藍光DVD預計在六月十七日發售。出版社官網的購買特典有我、椎名優老師與責任編輯的對談，還有收錄了戴莉雅視角短篇的小冊子。有興趣的讀者歡迎前往：http://tobooks.shop-pro.jp/

六月也預計出版許多《小書痴的下剋上》相關作品。六月一日有To Junior文庫的《第一部 士兵的女兒4》，十五日有漫畫版第三部第三集以及官方漫畫選集第五集。歡迎有興趣的讀者也給予支持。

下一集第五部III將有附廣播劇CD的特別版。特別版只在出版社官網才有販售，敬請多加留意。

這集封面的主題是求娶迪塔。有手握萊登薛夫特之槍的羅潔梅茵、拿著戴肯弗爾格秘寶的藍斯特勞德，以及穿著全身鎧甲的韋菲利特與面帶愁容的漢娜蘿蕾。充滿緊張感的構圖讓人心臟撲通直跳。

彩色拉頁則指定了地下書庫。這裡對尤根施密特來說也是非常重要的一處場所。由於一般都由成人擔任鑰匙管理者，所以嵌入鑰匙的地方得比羅潔梅茵高才行呢。

由衷感謝椎名優老師的繪製。

最後，要向購買本書的各位讀者獻上最高等級的謝意。

第五部第三集預計九月發行。期待屆時再相會。

二〇二〇年四月　香月美夜

每回都出場的
卷末漫畫
輕鬆悠閒的家族日常
作畫 椎名優
「開車送到亞倫斯伯罕城堡」的實踐圖
您好，我是小熊貓巴士宅急便。
……
戴肯弗爾格特有語尾
羅潔梅茵大人，
本日歡迎妳的到來，迪塔。
關於共同研究的儀式說明，迪塔。
讓我們馬上開始，然後馬上結束吧，迪塔。
羅潔梅茵，關於調查的結果，
統計等事宜就交給妳了，迪塔。
……漢娜蘿蕾大人。
對不起，真的很對不起……迪塔。

少女心（誤）

哈特姆特大人進入神殿後，
大家都對身為他未婚妻的我投來同情的眼光。
但為了能在身邊輔佐羅潔梅茵大人，
儘管他內心百般抗拒，卻仍全心全意做好這份工作，明明他是如此優秀的人啊。
竟然要我與這樣的哈特姆特大人分開，說什麼我也無法忍受。
閃亮—
既然如此，我也要成為羅潔梅茵大人虔誠的信徒，絕不讓任何人取消這樁婚約！
我想事情就是這樣子吧。
不不不並不是。
揮揮揮

戀人

是時候道別了呢，
哈特姆特大人。
一想到分離的時刻就要到來，
我也痛苦得幾欲發狂哪，克拉麗莎。
因為再也找不到人能像你一樣如此理解羅潔梅茵大人的不同凡響呀！
沒錯!!我也這麼覺得。
握
說起羅潔梅茵大人，要我聊上一整晚也沒問題!!
我就算三天三夜也不成問題！
時間到了，把兩人拉開吧。
怎麼可能等上三天三夜嘛。

國家圖書館出版品預行編目資料

小書痴的下剋上：為了成為圖書管理員不擇手段!. 第五部, 女神的化身. II/ 香月美夜著；許金玉譯. -- 初版. -- 臺北市：皇冠文化出版有限公司, 2022.03
面；　公分. --（皇冠叢書；第5011種)(mild；42)
譯自：本好きの下剋上：司書になるためには手段を選んでいられません. 第五部, 女神の化身. II
ISBN 978-957-33-3852-9(平裝)

861.57　　　111000777

皇冠叢書第5011種
mild 42

小書痴的下剋上

為了成為圖書管理員不擇手段！

第五部 女神的化身Ⅱ

本好きの下剋上
司書になるためには
手段を選んでいられません
第五部 女神の化身Ⅱ

作　　者—香月美夜
譯　　者—許金玉
發 行 人—平　雲
出版發行—皇冠文化出版有限公司
台北市敦化北路120巷50號
電話◎02-27168888
郵撥帳號◎15261516號
皇冠出版社（香港）有限公司
香港銅鑼灣道180號百樂商業中心
19字樓1903室
電話◎2529-1778　傳真◎2527-0904
總 編 輯—許婷婷
美術設計—嚴昱琳
行銷企劃—蕭采芹
著作完成日期—2020年
初版一刷日期—2022年3月
初版三刷日期—2023年9月
法律顧問—王惠光律師

讀者服務傳真專線◎02-27150507
電腦編號◎562042
ISBN◎978-957-33-3852-9
Printed in Taiwan
本書定價◎新台幣320元／港幣107元